光文社文庫

黒豹の鎮魂歌（上）

大《おお》藪《やぶ》春彦

光　文　社

黒豹の鎮魂歌（上）

第一部　復讐のヨーロッパ

海を穢《けが》す者　8
復讐の第一歩　35
パ　リ　61
オージー・パーティ　84
ブラック・ミサ　108
刺　客　129
再びアムスで　150
断　崖　171
祈　り　193

第二部　京葉工業地帯

復讐の鬼　216
飢えたネズミ　251
侵　入　278
第四海堡　304
クルーザー　326
乗　込　む　346
ダブル・プレイ　367
罠　388

第一部　復讐のヨーロッパ

海を穢《けが》す者

1

運河とエロスの街、オランダのアムステルダムに、日本商工会館がある。元首相の沖と、沖の一の子分で、次期首班の椅子《いす》を狙《ねら》っている富田大蔵《おおくら》大臣が、財界から金を集めて作ったものだ。

その会館の表向きの顔は、オランダに日本の産業の実力を知ってもらうための民間PR施設だ。

しかし、裏に三つの役割を持っており、そのほうが本命だ。

第一は、沖―富田派の資金ルートの海外拠点の役割である。たとえば、次期戦闘機《エフ・エックス》をファントムに決めるために沖―富田派が果たした功績に対して十億円のリベートが支払われたが、それはドルで日本商工会館の館長であり、沖の第二秘書であり代理人である川上に支払われた。

日本国内の財界から政治献金という名目で湯水のように入ってくる賄賂《わいろ》の五分の一は、ユダヤ系の銀行を通じてアムステルダムの日本商工会館に送られ、そこで川上の手によって、スウィスの銀行に信託されたり、ヨーロッパやアメリカの成長企業に投資されたりしている。

無論、日本に革命が起こったり、北からの侵略で体制が引っくり返されたりしたときにそなえてだ。それと第二の役割にもその金は使われる。

第二の役割は、陰の大使館としてのものだ。沖や富田にかぎらず沖―富田派の政財界人は、ヨーロッパに旅行したときはそのアムステルダム日本商工会館に寄ってドルを受取り、女や宝石や投資用の絵画を買いあさるのだ。

絵と言えば、沖が買うときには、画廊に行くと、並べられている絵の左端と右端を示し、

「あそこからあそこまで買う」

と言って、画商の度肝を抜かせるそうだ。

第三の役割は、小さなことだが、川上個人の財産の確保と蓄積の機能であり、年間一億円以上の金を、沖―富田派の資金から横領していることは、口止め料がわりとして黙認されている。

新城《しんじょう》彰《あきら》は、ローマ、パリ、ロンドン、ハンブルク、ストックホルムとガイドしてきた日本の流行作家が帰国するのを、アムステルダム空港で見送ると、予約しておいた市内フェルドナンド・ストラートの格式高いレストラン、ディッカー&ティースに向かった。エイヴィスから借りたレンタ・カーのプジョー四〇四を、自転車だらけの狭い道を巧みに走らせる。

長いヨーロッパの生活のせいもあって、長身の新城の顔つきは、雰囲気と同様に日本人ばな

れしていた。年は三十三歳。激しく迫った眉《まゆ》と奥深い瞳が印象的だ。

頭に手榴弾《しゅりゅうだん》の破片をくらって三年前に退役するまで、新城は四年間のあいだ、フランス軍秘密部隊に傭《やと》われて、コルシカ島で対ゲリラ要員として働かされていたのだ。交戦で数えきれないほど死地をくぐった。

そして今は、日本から来た金持ちの観光客に、普通の観光コースでは絶対に味わうことが出来ない、ヨーロッパの秘密の快楽を体験させてやる一匹狼《おおかみ》の高級ガイドとして生きているのだ。

かつての対ゲリラ秘密要員時代の同僚や上官や部下たちは、それぞれがさまざまな国籍や階級社会の出身であった。だから彼等を通じて紹介された快楽の秘密ルートが、今では新城のメシのタネになっているわけだ。

新城に案内された連中は、帰国してから口コミで宣伝してくれる……と言うより、異様な体験を自慢したい気持ちを押えることが出来ないから、パリとローマの一流ホテルの世話係《コンセルジュ》を買収して連絡係にしている新城は、時として好条件の客でも断わらねばならぬほど商売繁盛だ。

新城の実家は千葉の君津浜《きみつはま》で漁業をやっていた。ノリとアサリと雑魚《ざこ》を相手の零細漁業だ。だが、毎日の暮しに困るというほどではなく、豊かな海からの恵みで、新城が東京の大学を卒業できたほどだ。

しかし、昭和二十八年の川鉄千葉製鉄所の進出をキッカケとし、京葉《けいよう》工業地帯への巨大企業の進出は、三十二年に三矢不動産が県に替わって埋立て工事費や漁業補償金を立替え払いする協定が出来てから、急ピッチとなった。漁民の海は次々に大企業に奪われていった。政財界に思いのままに動かされる県は、漁民たちに高圧的な態度でのぞんだ。

昭和三十六年、マンモス企業九州製鉄も、どんなに公害を出しても県も町も文句を言わぬ京葉工業地帯に進出することを決めた。

狙われたのは、新城の実家がある君津地方であった。当時大学を卒業した新城は、丸の内にある海外旅行案内社の社員として、団体客に添乗《てんじょう》して、アメリカや東南アジアやヨーロッパの観光コースを案内するのが仕事であった。

九州製鉄が君津に東洋一の製鉄所を建設するためには、社員住宅を含めて、莫大《ばくだい》な土地を必要とした。

当然ながら、漁民たちから海を奪って埋立て、農民たちから畠《はたけ》を奪って盛土したり山を奪って切崩す。

漁業補償は、県や企業と漁業組合が取決める。だから、漁業補償金は組合に対して支払われるものであって、その配分は組合のボスに任されているわけだ。

新城の家が加入していた漁業組合の会長は、熱海に本拠を持つ広域組織暴力団銀城会の千葉支部最高幹部の一人であり、県会議員で県会土木常任委員もしていた小野徳三——小野徳《おのとく》——であった。

貧しい古物商のセガレとして生まれた小野徳は、博徒《ばくと》時代に漁業権を手に入れると、年によって出来不出来の差が大きく投機性のはなはだしいノリ養殖の漁民たちに高利の金を貸しつけて荒稼ぎすると共に、彼等を賭場《とば》に引きずりこんでさらに財を増やし、町会議員を振りだしに利権あさりで得た金を政界にばらまいて、当時でも県会の実力者にのしあがっていたのだ。

小野徳は、九州製鉄君津製鉄所の従業員用食堂の経営を彼の一手に任されるという利権と引替えに、漁業組合の補償を法外に安く九鉄と県とのあいだで決めた。

組合員の大半は反対したが、小野徳には銀城会の暴力というバックがついていた。しかも、組合員には小野徳から借金している者が少なくなかった。小野徳から、今後は九鉄の守衛や食堂の従業員として傭ってやるという約束をとりつけた、と言われると、反対の声は鎮《しず》まった。

漁業補償金は普通一割から二割が現金で入り、あとは保証書や公債で渡される。新城の家に入ったノリとアサリの漁業権放棄に対する補償金はたった百万であった。

千葉の漁民はバクチ好きだ。金が無くなれば海で働けば何とかなるという気があるからだ。新城の父も例外ではなかった。

新城の父は二十万の一時金の現ナマを握ったあと、ほかの組合員たちと一緒に、バスで白浜の旅館に招待された。

酒と女があてがわれ、翌朝から賭場がたった。見ているだけでは我慢出来なくなった父は、二十万の現ナマを元手にバクチに加わった。

夜までに百万を稼いだ父は熱くなった。気がついたときには保証書を担保として捲《ま》きあげられただけでなく、さらに三百万の借金を背負っていた。

組合員のなかにも、新城の父と同じような目に会った者が少なくなかった。

だが彼等には君津浜に共同で持っている漁具や漁船置場の土地二万坪ほどが残っていた。ノリやアサリなどの漁業権は放棄したが、雑魚《ざこ》の漁業権はまだ放棄したわけではないから、彼等はその土地を出来るだけ高く九州製鉄に売りつけようとした。

千葉の場合の企業用土地の埋立て事業は、いわゆる千葉方式という予納金方式で行なわれる。つまり土地代金は埋立て事業費に漁業補償金を加えたものを県が進出企業に先払いさせておき、その金で県が埋立てを行なって、造りあげた土地を企業に引渡すわけだ。

しかし、埋立て予定地が決まっても企業の進出が決まらないときには、予納金が入らずに県の財政ではまかないきれないわけだ。

そんな時には、京葉工業地帯の最初の計画である五井《ごい》・市原地区埋立て地帯の工費を立替え払いして以来、京葉工業地帯の造成で荒稼ぎしている日本三大財閥の一つ三矢グループのなかの三矢不動産が立替え、実費で土地を手に入れて、あとで進出してくる企業に大きな利ザヤをとって売りつける。

だが君津地区の場合には九州製鉄の進出が決まっているから、新城の父たちが共有している漁船や漁具置場の土地の買収交渉は九鉄自体が行なった。

九鉄はまたも法外な安値をつけてきた。新城の父たちが、ふざけるな、と怒ると、

「どうぞ、ご自由に。売ってもらえなくても結構です。ですがね、共有地のまわりの海の埋立て権はうちのものですからね。まわりを埋められて、どうやって船を出し入れするんです？」

と、九鉄の庶務課の用地係長の岸村はせせら笑ったのだ。

2

結局、その共有地は時価の半値で買い叩《たた》かれた。

その金を、土地を共有していた百人の仲間で分けると、新城の父は小野徳に借りたバクチの借金を返し切ることも出来なかった。

父はあせってますますバクチに溺《おぼ》れ、ついに小野徳からの借金が一千万を越えたとき、妻と新城の二人の妹を道連れにして猟銃自殺をしてしまった。

小野徳は、銀城会の若い衆を引連れて通夜に戻っている新城彰のところに押しかけ、父の借金の証文を振りまわしながら、

「これをどうしてくれる？　金を返さない、とは言わせないぜ」

と、凄《すご》んだ。

「父の借金を俺が返す義務は無い。それに、バクチの借金は法律で返さないでいいことになっている」

新城は小野徳を睨《にら》み返した。

「何を生意気なことを抜かしてやがるんだ。おい、若造、この証文のどこに、バクチの借金だと書いてある？　どうだ？　貴様のオヤジはな、どこかの女に狂ったんだろう。儂《わし》のところに毎日のように泣きついてくるんで、可哀そうに思って貸してやったんだ。さあ、返せ。一度に

全部とは言わん。月賦《げっぷ》で返すと証文を書いてもらおう」

小野徳は迫った。

「断わる。帰ってくれ。しつこくつきまとうと、警察に訴える」

新城は叫んだ。

「馬鹿。儂《わし》を誰だと思っているんだ。儂にはな、通産大臣から大蔵大臣になられた親分の富田先生、保守党幹事長の水木先生、それにもと首相の沖先生というバックがついているんだ。九鉄も三矢不動産も儂を可愛がってくれている。それに、儂はいつまでも県会あたりでくすぶっている男じゃねえ。今に代議士様になる身だ。県警ごときが儂に手出しが出来るもんか。貴様、儂を舐《な》めるんじゃねえぜ」

小野徳は残忍な表情で歯を剝《む》いた。

「一丁、可愛がってやりますか先生」

銀城会の男たちのうち代貸し格の安西というものが、サディスティックな笑いと共に言った。

小野徳はニヤニヤ笑った。

銀城会の男たちは一斉に襲ってきた。

新城は三人までは叩き伏せたが、多勢に押えつけられ、半死半生の目に会わされた。一週間後、やっと歩けるようになった新城は警察に被害届を出したが、果たして何の捜査も行なわれなかった。

新城が会社に出ると、会社に銀城会の連中が押しかけてきて借金の返済を迫った。

新城の能力を高く買っていた会社は、新城をパリの支社付けにしてくれた。これでやっと新城は小野徳の手から逃れることが出来たが、その二年後、再び新城の運命を変える事件が起こった。

一家の命を奪った連中への復讐《ふくしゅう》の念を絶やさなかった新城は、パリで生活するようになってから、暇さえあれば射撃場とボクシング・ジムと中国系フランス人がコーチする拳法《けんぽう》の道場、それにアラブのナイフ使いのジムにかよって腕を磨《みが》いていた。

だから、日本人の旅行客五、六人を夜のパリに案内していたとき、パン助宿でジゴロと争った客を助けようとして、ナイフを抜いて襲いかかってきたジゴロを手刀の一撃で殴り殺してしまったのだ。

フランスの警察に逮捕された新城は、フランス領ギアナの鉱山で二十年の強制労働に服するか、それともコルシカ島で対ゲリラ要員として働くか……の選択を迫られた。

新城は後者を択《えら》んだ。

フランス領コルシカ島は、ナポレオンの生地として名高いが、地理的にはフランスから遠くイタリーに近い。

かつてはイタリー領であったその島は、ブドウ酒とオリーヴがとれるが、ほとんどが山地で牧畜で生計をたてている者が多い。

住民たちの生活は苦しく、離島しない者の多くも、フランス政府を憎むようになっている。

したがって、ゲリラ活動は激しかった。役所や軍隊に攻撃を掛けたゲリラは山のなかに逃げこんでは、次には思いがけぬ場所に出てきてゲリラ活動をくり返すのだ。

そのゲリラ団体は、イタリー復帰同盟という名であった。軍隊の前では何食わぬ顔をしている農民や牧夫が、夜になると、隠してあった武器を掘り出してきてヴェトコンのように戦う。

それにコルシカには昔からベンデッタといって、肉親が殺されたら、あくまでも仇敵《かたき》をつけ狙うというシキタリがある。あまりに貧しいから、命がけで誰かを憎んでいないことには、生きる甲斐《かい》がないのかも知れない。

そうでなくても、貧しいのに誇りばかり高くて、侮辱されたと感じるとすぐにナイフを振りまわす土地柄だ。いや、貧しすぎて、誇りという支えがないことには生きていけないのかも知れない。

新城が編入させられた秘密憲兵隊は、一九六二年にアルジェリアが独立をかち取ると共に表向きは解体された外人部隊に替わるものであった。

ちがうところは、隠密行動をとることと、フランス人でも入隊できることだ。五年のあいだ任務に忠実であったら、隊員が入隊前に犯した法律上の罪は特赦され、除隊の自由も与えられる。

アフリカにあるフランス領ソマリで半年の特殊訓練を受けた新城は、コルシカの県都アジャクシオ郊外の日本製バイク屋の小さな店を表看板に持ち、仲間たちと連絡をとりながら対ゲリラ活動に従事した。

ゲリラをひそかに殺すとき、新城は激しい胸の痛みを感じたが、それもはじめのうちだけであった。同情していたら、こっちが殺《や》られるのだ。

あるときは、拷問をうけて新城の身許《みもと》をしゃべりそうになった同僚の言葉を盗聴器で聞いて、千メーターの遠距離からライフルで狙撃《そげき》して口を封じたこともあるし、山に逃げたゲリラを深追いして、マキと呼ばれる低木地帯でゲリラ十数名の待伏せ《アンブッシュ》に会って腰が抜ける思いをしたこともある。

そして新城は三年前、とうとうゲリラたちに正体を知られて店を取りまかれた。自動銃の銃身が熱で曲がるほど射ちまくって防戦したが、放りこまれた手榴弾の破片を幾つも頭に受けて意識が遠のいていった。

正規軍が援《たす》けにきてくれなかったら、新城は捕えられてなぶり殺しにされていたことであろう。

パリの病院に空輸された新城は大手術を受けて命をとりとめたが、脳にくいこんだ手榴弾の破片のうちの一つは、それをとりだす手術を行なえば脳自体が目茶苦茶になってしまう怖《おそ》れがあるので、脳内に残されたままになった。

ゲリラに正体を知られた新城はもうコルシカに戻っても政府のための役にたたない。それに、重傷を負った身であるし……ということで、二カ月後に退院すると共に、まだ五年の満期が終了するまでに一年近くあったが、除隊を許された。

フランスの永住権も与えられた新城は、しばらくは軍から与えられた見舞金で食いつなぎ、そのあとはガイドをやって食っているのだ。

脳に残された手榴弾の破片はときどき位置を変え、そのたびに新城はベッドで転げまわりながら、狂暴な発作に見舞われた。

そんなとき新城は、日本に帰り、小野徳をはじめとする、父や母や妹たちを死に追いこんだ連中をなぶり殺しにする夢を見た。

だが夢はまだ実現していない。今の気楽な生活を捨てて、再び暴力のジャングルに戻っていく決心がなかなかつかないのだ。

小野徳が先の衆議院選で二億円を越す金をバラまき、また銀城会に有権者を脅迫させて、直接親分の水木さえも押え、千葉某区でトップで当選したということは、風の便りに新城は聞いた。

選挙が終わってみると、小野徳派の選挙違反は厖大《ぼうだい》なものであったという。全国第三位という違反のなかでも、県全体の逮捕者三十五人中の十四人、任意取調べ六百二十二人中の二百三十人が小野徳派であり、一票五千円で小野徳は票を買ったことも判明した。

だが、地元民も怪しむほど、調べは途中で打切られた。

沖―富田派につながっている小野徳のことであるから現在の権力機構社会では不思議なことではない。千葉のケネディと自称する小野徳は、警察の存在などまったく無視し、無法地帯のようななかを肩で風を切って闊歩《かつぽ》しているのだ。今は、ぬけぬけと、千葉県公害対策特別委員長を兼職している。

だが、それには、千葉でも銚子《ちようし》地方を選挙地盤とし、現在は保守党副総裁を勤め、やはり富田や東北出身の水木幹事長と同様次期保守党総裁、すなわち首相の椅子を狙っている藪川《やぶかわ》と、沖――富田派とのパワー・バランスを保つための取引きが小野徳に有利に働いた、ということも言えるらしい。

新城の実家が海を奪われた頃の県警本部長は藪川の子分の山部元次郎であった。

藪川はその頃山部を副知事にしようと強押しに働きかけていた。だが当時の羽山知事は現在の知事の吉野がすでに副知事でいるので、二人の副知事は必要ない、と断わった。

さらに羽山は埋立て権について藪川と揉《も》めた。羽山は農漁業と工業の共存を主張していた。京葉工業地帯の実現に夢中になっていたのは副知事の吉野のほうであった。

三十七年十月、すなわち新城の家に悲劇が起こった翌年、藪川は羽山の四選阻止運動の音頭《おんど》取りをした。

羽山四選に一番反対しているのは財界であって、工業用水や産業道路、鉄道や港湾などの整備行政の遅れで進出会社は困りきっている……というのが理由であった。候補者として藪川は財界代表である日本商工会議所国際委員長の狩野を立てた。

3

藪川派は県下の建築業者や建材業者を集め、狩野が当選すればいかに荒稼ぎが出来るかを説いた。

沖―富田派は、狩野が藪川派であることにこだわったが、いずれにしても狩野が当選すれば京葉工業地帯の建設は急ピッチで進むことには違いないからと、藪川と歩調を合わせた。

当然ながら羽山の四選は阻止され、狩野が知事の椅子についた。そして、やはり当然ながら、県警本部長であった山部は副知事についた。千葉には吉野、山部という二人の副知事が生まれたわけだ。

暴力団双葉会を抱えている藪川は、地元の銚子港の整備に国庫から六十億を出させることを党内で決めさせた。

それは、京葉工業地帯に対抗し、その三倍の規模と天文学的な金を食う、九十九里浜工業地帯を実現させることによって、莫大な金と首相の椅子をもぎ取るための藪川の布石であった。九十九里は鹿島、銚子とつながり、そこも藪川の地盤だ。

そのためには、行く行くは山部を県知事にすることが必要だ。

藪川の真の狙いが露骨になるにしたがって、沖―富田派はあわてた。京葉工業地帯の完成をいそぐ沖―富田―三矢派の吉野と、九十九里浜工業地帯を優先させようとする藪川派の副知事山部は、ことごとにいがみあった。苦りきった沖―富田派は、山部が県警本部長時代から、東京を本拠とする大東会と深いつながりがあり、バクチや密輸を見逃す代償として、妾《めかけ》や妾宅《しょうたく》の世話までしてもらっていることを嗅《か》ぎつけた。双葉会にも大いに手心を加えていたことも分かった。

その頃、参議院の選挙が近づいてきた。

そして新知事の狩野は〝急死〟した。

藪川と沖は高度の政治的交渉を持った。山部は参議院に転じ、吉野が次の知事に当選するように段取りが講じられた。

つまり、藪川派がどんなに派手な選挙違反をやろうが、沖—富田派はそれを問題にするような野暮なことはしない、というわけだ。

山部は参議院議員となった。元県警本部長に楯《たて》つくような県警幹部はいないようであった。

そして、吉野のほうも新知事に当選した。

京葉工業地帯はいま、東洋一の君津製鉄所を持つ九州製鉄、千葉工場の増設計画が完了したら世界最大のアルミ工場を持つ第二水俣《みなまた》病の元凶の明和電工、東電、世界最大のガス発電所建設を計画中の東京ガスをはじめとし、水俣病の元凶の窒素石油化工や公害発生大企業数十社と、その下請け数千社がひしめいている……。

アムステルダムは、ちょうどニシンの季節であった。運河沿いの街角では、大柄なオランダ娘が屋台の前で自転車を停《と》め、ニシンの塩漬けにタマネギを刻んだ薬味をつけ、口を大きくエロティックに開いて立喰いしている。

一度裏通りに車を停めた新城は、ディッカー&ティースに歩いた。案内した流行作家からもらった千ドルで懐は温かい。

すでに予約してあったので、新城は丁重に奥の席に案内された。ニシンのカクテルのオードゥブルと、アブサン系のペルノーの水割りのミルクのように白濁した液体のアペリチーフを、ゆっくりと時間を掛けて飲む。

酒をオランダ・ジンに切替え、鴨《かも》とアンズのキューラソー煮からはじまるメイン・コースを食いはじめた。

そのとき、野卑な高笑いと共に、二人の日本人の男と、二人のオランダの女が入ってきた。女たちは、一見して中級のパン助と分かった。

一行は、ほかの客たちが顔をしかめるなかを、新城の横のテーブルについた。

その二人の男の顔を見たとき、暗い怒りの表情が剝《む》きだしになろうとするのを必死で押えた。

二人とも、沖元首相の側近のグループだ。

痩《や》せて貧相なのが沖の筆頭秘書の田中、中国人じみた大柄なほうが、沖のトンネル会社五光開発の社長であり、一年ほど前に女優松平淳子と再婚した岸村四郎だ。

田中と岸村、それにアムステルダム日本商工会館館長川上、それにあと二人の沖の元秘書は田中グループと呼ばれている。

彼等は沖元首相や義弟の江藤首相を生んだ山口の中学の同級生だ。戦争下の中学時代に将来の立身出世の夢を語りあった彼等であったが、今ではそれぞれが夢の実現を着々と進めている。

沖の筆頭秘書の田中は、沖の財布のヒモを握っており、安保再改定の嵐《あらし》が鎮まったら沖の地盤を引きついで衆院選に立候補することになっている。現在は、プロ野球ロッキー・ガムズのオーナー代理であり、沖への財界からの賄賂《わいろ》をピンはねして貯えた金だけでも十億は軽く越している。

いま、ここにはいない元秘書の鳥飼は、富田大蔵大臣の茨城の地盤をお裾分《すそわ》けしてもらって、代議士になっている。やはりここにいない阿波は、山口出身の代議士であった父の地盤を継いで、これも代議士になっている。

そして岸村四郎だ。

岸村はかつて九州製鉄の庶務課の用地係長をしていた男だ。新城の父たちが君津浜に持っていた共有地を安く買い叩くに当たって、

「売ってくれなくとも結構。そのかわり、九鉄はあんたたちの共有地のまわりを埋めたてて、船の出し入れが出来なくするだけのことですからね」

と、鼻で笑った男だ。交渉のとき君津浜に休暇をとって帰っていた新城は、今でもあのときの岸村の顔を覚えている。

戦後まもなく岸村は郷里の山口を出奔《しゅっぽん》し、私立大学の夜間部に入った。食うためにはバーの女や未亡人のヒモになった。

だが彼女たちも貧しかった。やっと岸村が金鉱を掘当てたと思ったのは、名古屋の資産家の一人娘という女子大生であった。

どう見ても美人とは言えなかったが、金はふんだんに持っているようであった。岸村は一緒になろうと、その娘と名古屋に行った。

確かに資産家にはちがいなかった。娘の実家はパチンコ・チェーンの経営者であった。おま

けに、娘には海千山千の両親と、荒くれ者の五人の兄がいた。

岸村はパチンコ屋の店番をさせられるだけで、経理に立入ることは許されなかった。そこで岸村は二年間を我慢した。

逃げだす決心を固めた頃、岸村は近所のタバコ屋をやっている若い未亡人とねんごろになった。寝物語りにそれとなく尋《き》いてみると、亡夫が遺《のこ》した九州製鉄の株をかなり持っていて、生活の心配はない、ということであった。

二人は東京に向けて駆落ちした。その女が岸村の前夫人だ。彼女の知りあいが九鉄本社の常務に出世していたので、岸村は九鉄の庶務課に職を得ることが出来た。

用地係に廻された岸村は、水を得た魚のように、土地買収に辣腕《らつわん》を振った。何人もの女を騙《だま》したときのように、嚇《おど》したりすかしたりご機嫌をうかがったりで、農民や漁民から工場用地を安く買叩き、新城の父たちと交渉したときには係長になっていたわけだ。

だがその後、図に乗った岸村は、街の不動産屋と組んで、九鉄の土地買収に乗じて自分の利ザヤを稼ぐことを覚えた。もともと、サラリーマン生活に入った岸村の狙いは、そういった甘い汁を吸うためであった。

一年後に岸村の背任はバレてクビにされた。岸村は利ザヤをひそかにためておいた金で不動産屋をはじめたが、九鉄のバックを離れた岸村は、仲間と思っていた不動産屋たちに散々にカモにされた。

女房の持っていた九鉄の株も売払って軍資金に当てたが、とうとう五年前には、ほかの不動産屋に歩合で傭《やと》ってもらう外交員になった。

悄然《しょうぜん》とした岸村は、恥も外聞もなく、中学時代の旧友の田中を、赤坂の沖事務所に訪ねていった。

田中が沖の番頭として羽振りをきかせていると噂《うわさ》に聞いていたからだ。土地の百坪も田中に買ってもらえば、その歩合で今月は飢《う》えることもなかろう、という気持ちであった。

ところが田中は、

「どうだ、また一旗上げる気はないか？　独立するんだ」

と、貧弱な体をソファにそっくり返らせながら言った。

「とても、とても。独立すると言ったって、先だつものが……」

岸村は弱々しく呟《つぶや》いた。

「何を言っとる。互いに山口中学で誓った仲じゃないか。俺が応援してやる。と、言うことは沖先生が応援してやる、と言うことだ」

「本当か？　俺は夢を見とるんじゃないだろうか？」

岸村は自分の頬をつねった。

「俺は友情に篤《あつ》い男だ。旧友のためなら、たとえ火のなか水のなか……とは俺のことさ」

田中はしきりと友情を強調し、男泣きする岸村の手を握った。

だが当然ながら、田中が岸村を応援しようと言ったのは、旧友のよしみからではない。むしろ、友情を当てにしたのは田中のほうであったほどだ。つまり、旧友のよしみから岸村は秘密を守るだろう、と見込んだのだ。

沖と一番番頭の田中は、新しい資金ルートを作る構想を持っていた。その資金ルートは、かつて沖の仇敵《きゅうてき》であった故川本実力大臣の手口を真似たらしい。その構想が、岸村の出現によって、明確な形をなしてきたわけだ。

4

そうやって、五光開発が生まれることになった。

準備金は実に十億であった。その十億を沖が自分の持っている天文学的金額の隠し預金のなかから出したというのなら、沖はただのくたばりかけの反《そ》っ歯《ぱ》の爺《じじ》いだ。

だが沖も田中も権力を利用することにかけては天才であった。

その十億は関西に地盤を持つ陽光銀行から無担保で融資された。陽光銀行はその直前、不正融資が表面化して、某地検特捜部の峻烈《しゅんれつ》な取調べを受けていた。

沖と田中はその不正融資問題を揉み消した。地検の幹部たちは続々と栄転した。田中はその一件をテコにして、五光開発のために、十億の金を引きだしたのだ。しかも、前に書いたように無担保でだ。

五光開発が最初に手がけたのは、富士五湖周辺の別荘地の分譲や土地投資であった。

投資した土地は、分譲中の別荘地に取りまかれた土地で国民休暇村が作られた。公共投資の対象になったわけだ。国や県が言い値で買ってくれ、まわりの別荘地は見る間に値上りを続けた。

つまり田中は、国や県の大施設——団地、ニュー・タウン、高速道路、官庁や大学など——が建設される予定地に集中的に投資する不動産会社を作ったのだ。

沖ほどの実力者になると、国や県の計画の青写真は、大ていのことは分かっている。その立場を利用すれば、濡《ぬ》れ手にアワの荒稼ぎが保証されていることは当然であろう。事実、五光開発は半年もかからずに十億の借金を返している。

ロボットである岸村を使って沖はさらに私財を増やしていった。何百億という私財を棺に入れて地獄に持っていけるわけもないのに、六〇年安保のときの最高責任者として民の怒りに触れて小便を漏《も》らしながら震えた体験から、ありあまる権力と金を常に握っていなければ不安でたまらないらしい。

五光開発で稼いだのは、沖だけではなかった。田中の懐《ふところ》にもたんまり入ったし、ロボットの岸村もたっぷり潤《うるお》った。

大金を握った岸村は、妻に五光開発の株の半分と二億を与え、女優の松平淳子と結婚した。だから先妻は五光開発の重役として、田中グループの女房たちと今も交際を続けており、互いの宝石や衣裳を自慢しあって、虚栄と嫉妬《しっと》のタマを投げあっている……。

日本商工会館のクラブですでに飲んできたらしく、田中も岸村もすでにかなり酔っていた。女たちに酒と料理の注文を任せると、給仕たちに千円に当たる十ギルダー札をばらまき、日本語で傍若無人にしゃべりちらした。

この二人の男からはたっぷり絞り取れると計算したらしい二人の女は、シャンペーンを田中たちにすすめ、片言の英語で必死にご機嫌を取り結んだ。女は二人とも若造りにしているが、二十五歳を過ぎている。

「つまらん。せっかく唸《うな》るほどドルを持っていても、いい女がいないんではな」

シャンペーンをガブ飲みしながら田中がぼやいた。

「まったくだ。飾り窓の女にも飽きたし、ここにいる女にいくら尺八を吹かれても立ちはしねえよ」

岸村が答えた。

「昨日拾った女は気に入ったようじゃないか？」

「凄《すご》い腰の使いかただった。だけどな、酔いが醒《さ》めてから臭くて臭くて、三べんもシャワーを浴びたんだ。何かこうスリルがあって品がいいところは無いかな」

「お前も好きだな。だけど、パリにいる奥さんに浮気されても知らんぞ」

田中がニヤニヤ笑いながら言った。

新城はフォークとナイフを使いながら、田中と岸村の会話にさり気なく聴《き》き耳をたてていた。

岸村は新城のことなど全然覚えていないようだ。

「浮気するんなら勝手にすればいい。あの女は俺のアクセサリーだ。もっとも、あの女、パリで夢中になって絵を買いこんだり、ディオールの店で服を仕立てさせたりして、男どころじゃないだろうさ」

「明後日《あさって》はこっちでの仕事が片付く。パリに行って奥さんに会ったら、俺は口説《くど》くぞ？　いいだろう？」

田中は言った。

「どうぞ、どうぞ。だけど、うまくいくかどうかは大いに疑問だぜ。何しろあの女はフランスかぶれだからな。メイド・イン・ジャパンのお前がどう迫っても、相手にしてくれるかどうかな」

岸村は唇を歪《ゆが》めた。

「参ったな。ところで、真面目な話、奥さんはパリの野郎どもと浮気しとるのは本当らしいぜ」

「あの女、あそこがバカバカなんだ。女泣かせの俺の持物でも、大海に何とかだ。ところがあの女、ダッコされながら耳にフランス語を吹きこまれると、キュッと締まると自分でも言ってるし、本当にそうなんだよ。俺は結婚したてのときは、無理してテープで覚えたフランス語の殺し文句をあの女の耳に吹きこんで確かめた。だけど、今は馬鹿らしくて……」

「ご苦労さん。お前がフランス語だなんておかしいがな。俺はジャパン語しかしゃべれないから、奥さんは諦《あきら》めた。……ああ、どっか面白いとこは無いかな。川上の奴、自分だけベルギーの王室のパーティに招かれて、俺たちにこの品がねえ女たちを押しつけて、いそいそと出かけやがって。俺たち二人にも招待状をよこすように運動してくれたらいいのに、けしからん奴だ。ああ、やりてえ。貴族の女とやりてえよ」

田中は吠《ほ》えた。

「俺もだ。澄ましてやがる毛唐《けとう》の貴婦人とかをヒーヒー泣かせてみたい」

岸村はわめいた。

それを聞いたとき、新城はひっそりと薄笑いを浮かべた。埋れ火のようにくすぶり続けていた復讐の火種《ひだね》が、いよいよ炎をあげる時が近づいたのだ。

新城は立上った。もし、岸村たちのテーブルに近づき、

「失礼します。もし、お許しがあれば、ご同席させていただく光栄にあずかりたいと存じますが」

と、優雅《ゆうが》に一礼する。

「びっくりさせるなよ。あんた日本人か？」

田中が目をこすりながら言った。

「さようでございます。私は旅のおかたの無聊《ぶりょう》をなぐさめる場所や女性を色々と紹介させていただくのを世過《よす》ぎの道としている者です」

「気取るなよ。じゃあ、ポン引きというわけか？」

岸村は言った。

「これはお口が悪い。夜のガイドと呼んでくださいませんか」

煮えくり返る暗い怒りをまったく顔に出さずに新城は爽《さわ》やかな笑いを絶やさなかった。

「まあ、坐れよ。じゃあ、どっか気がきいた所を知っているのか？」

「盗み聞きする気は無いのですが、お二人ともあまり豪快なお声でお話しなさるので、つい聞こえてしまいました。貴婦人がご所望のようですが、私がご希望をかなえて差しあげましょう。勿論《もちろん》、それなりの出費は覚悟していただきますが」

新城は空いている椅子を引寄せて腰を降ろした。

田中は、内ポケットをさぐると、ハガキほどもの大きさの名刺を差しだした。沖の第一秘書やロッキー・ガムズ代理オーナーはじめ、三十幾つもの肩書が刷りこまれている。

「おそれ入りました。私は荒木という者です」

新城は偽名《ぎめい》を名乗った。

「俺は読んだら分かる通り、沖先生の女房役だ。俺を騙《だま》したりしたら、お前を強制送還してブタ箱に放りこむからな」

「ご冗談を……私が良心的にビジネスを続けていることは、この店のオヤジさんに尋《き》いて頂いても分かりますよ。ところで失礼ながら、こちらの先生は？」

新城は岸村のほうに愛想笑いを向けた。

「知らんのか、松平淳子のご亭主だ」

田中が言った。

「は？　何しろ長く日本を離れてますので……」

新城はとぼけた。

「こいつは愉快だ――」

岸村は、はじけるように笑い、

「気に入った。スターの淳子の名も知らんのなら、よっぽどこっちに長くいるんだろう？」

と、尋ねた。

「このアムステルダムだけでなく、ヨーロッパじゅうの華《はな》やかな市《まち》の夜のことなら、この私にお任せください。今夜、私が案内いたします所も、きっとお二人のお気に召すと思いますよ」

新城は言った。

「この女たちはどうしよう？」

田中が声をひそめた。

「帰らせます。一人いくらでお相手代を決められたんですか？」

「百ギルダーやってくれ、と言われたんだが、イロをつけて百五十払う。一発もやらずに、こいつらはタダ儲けだ。この女たちを連れていくわけにはいかんかね？」

「駄目ですよ、格がちがいすぎます」

新城は再び立上った。二人の女のあいだに回りこんで、両手を二人の肩に乗せ、

「この旦那《だんな》たちは、これから俺の女の客になる。俺が交渉して、二人とも百五十に増やしてやった。金をもらったら、大人しく消えるんだぜ」

と、達者なオランダのヤクザ言葉で囁《ささや》いた。

「あんたにいくらバックしたらいいの？」

「俺はいいんだ。あとで旦那がたから別にもらうからな」

新城は答えた。

二人の女は、それぞれの相手にキスの雨を降らせた。男たちは、新城に言われて、それぞれの女に金を渡した。女たちは去った。

「ところで、お前が知っているところに行くには、いくらかかるんだ？」

「お一人千ギルダー。そのかわり、絶対に失望させませんよ」

「十万円は高い」

「行ってみて、高いと思われたら、一文も払わないで結構です。私が負担しますから。私はこの商売に生きているプロとしての面目《めんもく》にかけてお話しをしているんです」

「分かった」

「じゃあ」

新城は電話のブースのほうに歩いた。

「おい、待て、どこに行く？」

と、岸村はわめく。

「ガツガツなさらないでください。パーティが開かれる館《やかた》に、これから行くことを知らせるだけですよ」

と、苦笑してみせる。もう二度とこの店には来ることが出来ないだろうと思うと、少しながらさびしかった。

復讐の第一歩

1

二十分後、新城が運転するプジョー四〇四は、後部座席に、元首相沖の筆頭秘書である田中と、沖の資金源の一つである五光開発社長岸村を乗せ、アムステルダムを郊外に向けて走っていた。

周知のように、オランダは低地だ。海より低いところが多い。さまざまの花の温室畑の間を縫う、アスファルト道路を疾走するプジョーの中で、田中と岸村は町の中で一度新城に車を停《と》めさせて買っておいた、ボルスのオランダ・ジンをラッパ飲みしている。

したがって、二人ともかなり酩酊《めいてい》していた。

「おい、ポン引き、これから行く秘密クラブというのは、どれくらい時間がかかるんだ？」

岸村がわめいた。

「それほどには」

新城は煮えくり返る怒りを顔にまったくあらわさずに、微笑とともに答えた。

「ほんとに貴族の女なんだろうな。うそつきやがったら、ただじゃすまんぞ」

貧弱な体格の田中が、運転する新城の肩を小突く。

「信用してくださいよ。それとも、あなたたちはどうしても私を信用できないとおっしゃるので……」

新城の声にはじめて凄《すご》みが加わった。

「わかった、わかった。さあ、もっとスピードを出せ」

田中が言った。

やがてゾイデル海を堰《せ》きとめてつくられた広大なアイセル湖が右手に見えてきた。風車も見える。絵ハガキ的な風景だ。オランダ・ジンをラッパ飲みしていた岸村は、

「がっぽり金をもうけて、天下の美女を抱くのが、おれの夢だったんだ。金はできた。天下の美女も手に入れた。淳子だ。前の女房と別れるとき、おれはこの夢のことを女房に正直に打ち明けて、〝淳子と一緒にさせてくれ、おれを男にさせてくれ〟と土下座した。おれは金も淳子も手に入れた。だけど一緒になってみると、淳子はたいしたものじゃなかった。あれは貴族じゃない。おれが憧《あこが》れていた、痛めつけがいがある、上品な女じゃない。あすこがバカバカな成り上がりもんだ」

と、ジンの瓶を振り回しながら、泥酔者《でいすいしゃ》独特の、だらしないしゃべり方で言う。

「それはそれは。しかし、うらやましいですな。私も早くこんなしがない商売から足を洗って、

思いきり使えるだけの金を握ってみたいもんですよ」

新城は言った。

湖は果てしなく続いているかのようであった。月光が湖面に銀のように反射している。やがて車はフォレンダムの漁村を通り過ぎた。さらに十分ほど車を走らせると、湖に突き出した岬《みさき》の上に建つ古城が見える。

「あの城ですよ。パーティが行なわれるのは……。フォン・ライツブルグ伯爵《はくしゃく》夫人が主催者です。伯爵は五年ほど前になくなりましてね」

新城は説明した。

「それで何人いるんだ、女たちは、おれたちの相手をする貴婦人とやらは？」

田中が、はやりきった表情で言った。

「その前に、先生方の趣味をまだお聞かせ願ってませんでしたね。どちらなんです？」

車のスピードを緩《ゆる》めながら、新城はたずねた。

「どっちとは何のことだ。バカにするんじゃねえや。おれにオカマ趣味はねえぜ」

岸村はどなるように言った。

「いえ、そんなつもりでは……。ただ、女性に痛めつけられて喜びを感じる方と、女性を痛めつけて快感をおぼえる方と、両方ありますからね」

「何だ、そういうことか。俺は痛めつけるほうが好きだ」

岸村は言った。

「おれはスタンダードだ」

田中が言う。

「そうですか。今夜は五人いるそうです。もちろん伯爵夫人を除いてですがね、みんな貴族の娘たちです。お二人でその五人を自由にしてください――」

新城は答えた。車を停め、

「ところで、料金をいただいておきたいんですが……」

と言う。

「わかった」

田中はズボンのベルトを緩めて、腹巻きから分厚い財布を取り出す。少なくともその中には二十万ギルダーが入っているだろう。

「立て替えておくぜ――」

と、岸村に言い、二千ギルダー新城に払って、

「おまえの手数料は」

とたずねる。

「三百ギルダーで結構でございますよ」

新城は答えた。

「伯爵夫人とやらからはたっぷりリベートをもらえるんだろう」

と言いながらも、田中は百ギルダー札を三枚新城に渡した。

再びプジョーを発車させた新城は、岬の付け根に向けて近づける。やがて鉄柵と金網が張られ、番小屋がついた門のところに突き当たった。そこには〝私有地につき立入禁止〟とオランダ語で書かれてある。門の前で一度車をとめた新城は軽くクラクションを鳴らした。

番小屋から水平二連のよく使い込んだ散弾銃を肩に吊った逞《たくま》しい男があらわれ、鉄柵の門からのぞく。

車から降りた新城は、

「私だ。お客さまをご案内してきた」

と、声をかける。

「お待ちしてましたよ」

門番は門を開いた。

その男に五十ギルダーのチップをやった新城は再び車に戻り、プジョーを門の中に突っ込ませる。屋敷の庭は原始林になっていた。少なくとも十万坪はあるであろう。岬全体が庭なのだ。鬱蒼《うっそう》と茂った原始林の中でうねりくねっている車道を、新城はゆっくりと車を走らせる。

十八世紀のものらしい城の前の広場で車がとまると、十頭をこえるマスチフとドーベルマンの猛犬がどこからともなく走り寄ってきた。唸《うな》りながら車のまわりを回る。

「おい、どうにかしてくれ」

岸村は顔色を変えた。そのとき、城の門が開き、乗馬服姿の女が鞭《むち》を手にして、姿をあらわした。

年は五十を越えているだろう。しかし凄絶《せいぜつ》なほどの美しさがある。髪は燃えるような赤毛だ。ぴったりとした乗馬服に包まれたからだには、贅肉《ぜいにく》のかけらもうかがえない。フォン・ライツブルグ伯爵夫人ミランダだ。

夫人はうしろからの灯《あかり》を受けて、昂然《こうぜん》と立ち、鋭く鞭《むち》を鳴らした。オランダ語で、

「散りなさい」

と、犬の群れに命令する。

猛犬たちは尻尾《しっぽ》を巻いて、甘えた鼻声とともに、森の中に散っていく。エンジンを切った新城は車から降りた。

そのとき、夫人のうしろから燕尾服《えんびふく》をつけた執事風の老人が姿をあらわした。小腰をかがめて車に近寄ると、

「よくいらっしゃいました」

と、うしろのドアをあける。白髪に艶《つや》があった。

田中と岸村は車から降りた。執事と新城に案内されて、城の扉に近づく。新城は伯爵夫人の前で立ちどまると、その手をとって、優雅に唇を当てた。

「あの二人は日本の実業家です。今夜もよろしく」

とオランダ語で言う。

微笑を浮かべた伯爵夫人は、田中たちにも右手を差し出した。ハンド・キスに慣れてない二人は、彼女の手の甲にべったりと唇をつけた。

当然のことながら、城の中も広かった。三十坪もある控え室に、岸村と田中を待たせておき、新城は別室で伯爵夫人に、二人の料金を渡した。

「あの殿方はどういうご趣味なの」

伯爵夫人ミランダは嫣然《えんぜん》と笑いながら尋ねた。小皺《こじわ》もほとんど目立たない。高貴な雰囲気を充分に身につけている。

「なにしろあの二人はヤボなエコノミック・アニマルですからね。アルコールとマリファナで朦朧《もうろう》とさせてやれば満足するでしょう。もっともあの二人は高貴な女に憧れているから、はじめは上品に振舞えと言っといてください」

新城は言った。

「わかったわ」

「じゃあ、よろしく……。もっとも大きいほう——岸村という名前なんだが——は、サディストの気もあるらしいですがね」

「じゃあ、その方《かた》にはマリーを回すわ。あの二人の方が夢中になり始めたら、あなた、またこんなオバアチャンでもお相手してくれる？」

伯爵夫人ミランダは新城の逞しいからだに身を寄せた。

返事のかわりに、新城はミランダの唇を吸う。年を感じさせぬほど、ミランダの体は熱かった。

2

新城と執事のマンデンは、田中と岸村をシャンデリアが輝く豪奢《ごうしゃ》なサロンに連れていった。そこでは暖炉が燃えていた。絨緞《じゅうたん》は踝《くるぶし》が埋まるほど厚い。要所要所に寝椅子《ディヴァン》や、ソファが置かれたそのサロンには、すでに酒の用意が整えられている。肉や魚もたっぷり用意されていた。

「おい、ここの女たちに日本語は通じないのか」

岸村が興奮でかすれた声で尋ねた。

「ご冗談《じょうだん》を。日本語が通じるほど一般ずれしているところに、連れてくるわけがありませんでしょう。ご心配なく。私が通訳しますから」

新城は軽く一礼した。

そのとき、乗馬服姿の伯爵夫人ミランダに連れられて、五人の娘が入ってきた。みんな若いだけでなく、どんな高級コールガールにも見られない気品がある。イヴニング・ドレス姿だ。

「来たか来たか、なるほど、これなら十万円の元がとれそうだな」

岸村は相好《そうごう》をくずした顔つきで言った。

「こちらの日本の紳士は、君たちのように美しい娘たちを見たことがないと言ってらっしゃる」

新城はオランダ語で、適当《てきとう》に、娘たちに向かって言った。

「紹介するわ――」

伯爵夫人は、娘たちを二人の男に引き合わせた。執事は別室に消えている。

プラチナ・ブロンドと、灰色の瞳を持つ、北欧系の娘がオルガだ。憂《うれ》いを含んだ美貌《びぼう》だ。

蜜《みつ》のようなハニー・ブロンドの髪と、湖のようなブルーの瞳の娘がアンネだ。イヴニングの胸もとから乳房がはみ出しそうだ。

伯爵夫人に劣らぬほどに燃え立つように赤い髪のグラマーがマリーだ。ダークブルーの瞳が暗い。

栗色の髪とアンバー色の瞳を持つ、背の高い娘がエリザベートだ。ボーイッシュなからだつきをしている。

そして、黒く長い髪と、エメラルド・グリーンの瞳を持った娘がシュザンナだった。髪が黒いのに、眉毛《まゆげ》が金色という、珍しい特徴を持っている。

紹介された娘たちは、ドレスのすそを両手で軽くつまみ、バレリーナのように優雅に一礼した。伯爵夫人の口上《こうじょう》を適当に通訳した新城は、

「マリーはマゾですよ。気分が乗ってきたら、思いきり痛めつけてやってください」

と、岸村の耳にささやく。

田中も、岸村も、濁った瞳をぎらぎらと脂《あぶら》っこく光らせていた。

「ほんとに貴族の娘なのか？」

岸村は言った。

「ほんとにあなたは疑い深い方ですね」

新城は苦笑いしてみせた。

ほんとうに娘たちは貴族の子女なのだ。ただ彼女たちは見せかけに似合わず、ニンフォマニアックなのだ。

銀のバケツで冷やされたシャンペーンが抜かれた。シャンデリアの灯が消される。暖炉の桃色の焔《ほのお》と、大きなロウソクの炎が、あやしげな雰囲気をつくり出す。娘たちは、緊張している田中と岸村を、大きな寝椅子に腰を下ろさせた。その左右に坐ったり、間に入ったり、前の絨緞に坐ったりする。

乾杯が行なわれた。新城も伯爵夫人とグラスを合わせる。

「おい、通訳、こっちに来て何かこの娘たちにうまいことを言ってくれ」

田中が叫んだ。

乾杯が終わると、娘たちは、田中や岸村に、口当りはいいが、強い酒を勧め、タバコを差し出す。

そのタバコは、葉が緑色を帯びていた。いうまでもなく、マリファナだ。娘たちも吸う。

通訳としての新城は、男たちと娘たちの言っていることを、それぞれ大げさな褒《ほ》め言葉に替えて伝える。

やがて、田中と岸村は、アルコールに加わって、マリファナが猛烈に回ってきたらしい。獣のような吠《ほ》え声を立てると、ソファから立上り、ズボンを下ろす。

娘たちは笑いながら、彼らから逃げるジェスチュアをした。二人の男は、服を引きむしるようにして、素っ裸になる。二人ともそびえ立たせていた。

田中のものはスタンダードというより、少々小さいが、岸村のものは自慢するだけあって、かなりの逸物《いちもつ》だ。

二人は娘たちを追っかけ始めた。まず岸村がマリーをつかまえる。イヴニング・ドレスを力まかせに引き裂いた。

悲鳴を上げながらも、マゾヒストのマリーはうれしそうであった。岸村はそのマリーを引き倒し、むしゃぶりついていく。

一方、田中のほうは、自分よりも三十センチは背が高いオルガにむしゃぶりついた。胸の谷間に顔を埋める。立ったままでは下のものは届かない。

マリーに強引に押し入ろうとしている岸村に、伯爵夫人ミランダは鞭を渡した。一瞬けげんな顔になった岸村も、すぐにその意味がわかったらしい。

「なるほど、好きなようにしていいというわけだな」

と笑うと、マリーから体を離し、鞭を振り上げる。

マリーは、

「ぶたないで」

と、哀願しながらも、期待に身を震わせている。

岸村は狂ったようにマリーを鞭打ち始めた。それを横目で見ながら、オルガに足払いをかけて倒した田中は、銀色がかった金髪の繁みに飾られた蜜壺に口を寄せる。

ほかの三人の娘は、みずからヌードになった。オルガにまつわりついている田中を、横や、背後から刺激する。

一方、マリーのほうは皮膚が切れて、血がにじんでいた。それでもおびただしく蜜をしたたらせる。

我慢できなくなった岸村は、そのマリーに突入する。

パーティは蜿蜒《えんえん》と続いた。田中と岸村、それに娘たちは、マリファナのせいで、もうほとんど正常な意識を失ったまま、動物的にうごめいている。

新城は、乗馬服のズボンを下げたミランダを背後から満足させてやった。

夜明け近く、完全に意識を失った岸村の脾臓《ひぞう》に、新城は、女たちの目を盗んで、拳法《けんぽう》の突きを食らわせた。憎悪のありったけを込めた一撃であった。

打撃を食らった本人は、目が覚めても苦痛は感じないが、一週間後に必ず頓死《とんし》するという、おそろしい一撃であった。

新城は、田中にもその一撃を食らわす。岸村のときと違って、半月後に効き目があらわれて死ぬようになる。娘たちもマリファナに完全に酔って、絨緞の上で眠りこけていた。

3

新城は田中の財布から二千ギルダーを抜いた。疲れ果てて、寝室で眠っている伯爵夫人のところに行く。

「どうしたの?」

レースの垂れ幕がついたベッドで眠っていたミランダは、もの憂げに上半身を起こした。乳房はまだ娘のもののようだ。

「あの二人はあと一日遊びたいと言っています。これでよろしく」

と、二千ギルダーをミランダの枕《まくら》の下に差し込む。

「わかったわ。あなたもおやすみになったら、ここで?」

伯爵夫人は媚笑《びしょう》した。

「ありがとう。でも、私がいないと、客が不安がるでしょうから」

新城は優雅に一礼し、サロンに戻った。意識がない田中の髪をつかみ、乱暴に揺する。

やがて田中は目を開いたが、その焦点は定まらず、夢遊病者のようだ。

「貴様は沖の女房役だと言ったが……」

新城は尋ねた。

「そうだ。眠い。眠らせてくれ」

田中はろれつが回らぬ声で言った。いま何をされたところで、あとで思い出しはしない筈《はず》だ。

「沖は、アムステルダムの日本商工会館を通じて、どのくらいの金《かね》をヨーロッパにプールしてるんだ？」

「一千億円だ。ざっと」

「じゃあ、日本にはどれくらい蓄《たくわ》え込んでいる？」

「三千億円。放《ほ》っといてくれ。眠い」

「ヨーロッパにプールしている金はどこに預けてある？」

「知らん。それは川上の領分だ。館長の川上と沖先生は知っているが……」

「うそをつくな」

「ほんとなんだ。日本国内に隠してある沖先生の金のことなら、俺は知っている。だけど、ヨーロッパの沖先生の金は、スウィスの銀行に信託されたり、いろんな会社に投資されていることは分かっていても、それがどこなんだかは、はっきりとは教えられていない。川上は知っているが……。川上はそのために存在してるんだ」

「アムステルダム日本商工会館は、沖の資金ルートの海外拠点の役割を果たしているという噂《うわさ》は、やっぱりほんとだったんだな」

「そうだ。沖先生だけのじゃない。沖先生と富田先生の資金ルートだ。もちろん川上にも充分な報酬が払われている」

「じゃ、さっき言った金額は、沖だけじゃなく、富田のも含まれているのか？」

「そういうことだ。ほぼ半々だ。貴様は誰だ？　早く眠らせてくれ」

夢遊病者のように朦朧《もうろう》としている田中は、目の前の男が新城であることさえもわからないようであった。

「もう少ししたら、貴様はゆっくり眠れる。ゆっくりとな。じゃあ、川上について教えてくれ。奴に関することなら何でもいい」

新城は言った。

聞きとりにくい声で、田中はしゃべった。新城は、川上の自宅から情婦の家の番地まで聞き出す。

そして、

「岸村はいま何をしてるんだ。そのけだもの野郎は？」

と、尋ねる。

「五光開発の社長だ。沖先生のトンネル会社だ。おれが世話してやったんだ。五光開発は、国や県や公団が計画している公共大施設を、沖先生が一般に発表される前に嗅《か》ぎつけて、そこを買い占めさしておくんだ。公共事業が始まると、五光開発は買い占めてあった土地を転売して、ボロ儲けする」

田中は言った。かなり詳《くわ》しく、具体的に説明する。

さらに田中は、京葉工業地帯と沖—富田派のつながり、さらには九十九里浜工業地帯と藪川保守党副総裁とのつながりもしゃべった。

さらに鹿島工業地帯と富田の深いつながりもしゃべり、それらすべてが、次期保守党総裁選挙の資金源となっていることもしゃべる。

さらには、京葉と鹿島には、三矢財閥の三矢不動産が深くからみ、九十九里浜工業地帯には、巻返しを狙う安住《やすずみ》財閥の安住不動産がからんでいることもしゃべった。

新城はさらに詳しく尋こうとしたが、田中は再び意識を失った。暖炉にでも顔を突っ込んでやれば、また目を覚ますだろうが、それではヤケドのあとが残って、あとでまずいことになる。

新城は、今度は岸村のほうに移った。岸村の鼻を押える。口も押えた。息ができなくなった岸村は苦悶《くもん》した。新城は、岸村の鼻と口から手を離し、耳を左右に引っ張る。呻《うめ》きながら岸村は目を開いたが、田中と同じように、瞳の焦点は定まらず、夢遊病者そのものだ。

新城は、その岸村の髪をつかんで、乱暴に揺《ゆ》さぶった。

「何をするんだ。眠たい。やめてくれ」

岸村は呻いた。

「貴様はえらく出世したそうだな。貴様が九州製鉄の用地係長をしていたとき、君津浜の土地を買収したことを覚えているか」

「昔のことだ。しかし、覚えてはいる」

岸村は眠りこみそうになった。

新城は再びその岸村を激しく揺すった。

「貴様は君津浜の漁師たちが共有していた漁船や、漁具置場を、恐喝《きょうかつ》同然にして買い上げたことを覚えているだろうな」

「ああ、あのときのことは覚えている。われながらうまくいったと思った」

「そうか。漁師の中に、新城という男がいたのをおぼえているか？」

「新城？　全然思い出さん」

「そうか。だが、新城のほうは、貴様のことを怨《うら》みながら、死んだと思うぜ。一家心中をしたんだ。貴様や、九鉄や、小野徳を怨みながらな。一家で一人だけは生き残ったが……」

「何のことだかわからん。とにかく酔っぱらった。横にさせてくれ」

「いまにゆっくり眠れる。永遠にな──」

新城は歪《ゆが》んだ笑いを浮かべた。そして、

「貴様の女房は女優の松平淳子だそうだな。いまパリにいるのか」

と、尋ねる。

「そうだ。女房に何の用がある」

上体をふらふらさせながら、岸村はろれつが回らぬ声で呟《つぶや》いた。

「何でもいいから答えろ」

「俺は淳子のために、アパルトマンを、ワン・フロアー買ってやってある。年に、平均合計して一《ひ》と月《つき》ほどしか使わないんだが、ホテル住いよりカッコいいと淳子が言うんだ」

「ワン・フロアーもか。金は幾らした？」

新城は眉《まゆ》を軽く吊り上げた。周知のように、パリの市内では、一戸建ての家はほとんどないといってよく、どんな金持ちでもアパート暮しだ。ただしアパートといっても、日本でいうマンションやメーゾンなどよりはるかに高級だが。

「五百万フランだった。シャンゼリゼ通りとオスマン大通りに挟《はさ》まれたフォーブル・サントノレ通りのパトー・アパルトマンだ。その七階全部だ。パトー・アパルトマンはホテル・フィリッツに近い」

「五百万フランか。たしかに貴様は、金もできたと自慢したとおりだな。そのパリで、貴様の女房は何をやってるんだ？」

「女房はフランスかぶれだ。パリかぶれと言ったほうがいいかな。パリにさえいればゴキゲンなんだ。毎晩オペラを見たり、芝居を見たり、パーティをやったりしている」

「それで貴様はいつパリに行く」

「向うに行ったって、俺の出る幕はない。こっちの用事が、あと三、四日あればすむから、そしたら一週間ほど北欧で遊びまくってから、パリに行き、女房と落ち合って帰国するつもりだ」

岸村はのろのろと答えた。それっきり眠りこける。

新城は舌打ちし、ふんだんに残っているオランダ・ジンの一本をラッパ飲みする。肉の塊を暖炉の熾火《おきび》であぶって平らげ、寝椅子に横たわる。酔いが回ってくる。この場で、岸村と田中をなぶり殺しにしたい衝動に駆られたが、どうせ二人は近いうちに死ぬのだと、衝動を押し殺す。

死ぬときに、二人は楽に死ねないのだ。パリで、中国系フランス人の拳法の教師に秘伝を教わり、コルシカの対ゲリラ要員時代に、充分に実戦で鍛《きた》えた一撃は、犠牲者が死ぬ前に、丸一日ほど発狂するほどの苦痛を与える。

いつしかぐっすり眠ったらしい。騒々しい岸村たちの声で、新城は目を覚ました。反射的に腕時計を見ると、すでに昼を過ぎている。

「失礼しました。つい寝過ごしまして……」

起上った新城はへりくだった態度で、腰にバスタオルを巻いただけの二人の男に頭を下げる。娘たちも目を覚まして、素っ裸のまま、宴《うたげ》の残りの肉を口に入れている。

二人の男は正気に戻っているようであった。だが、マリファナに酔っているときに、新城から受けた仕打ちについては、何も覚えてないらしい。

「通訳、二千ギルダーほど金がなくなってるんだ。どうしたのか知らないか」

と、田中がわめく。

「おや、お忘れになったんですか。もう一晩パーティを続けようとおっしゃられて、二千ギルダーを追加払いなされたんですよ」

新城はまじめな顔で言った。

「ほんとか、全然おぼえてない」

田中は額を揉《も》んだ。

「いかがです？　せっかくお払いになったんですから、今夜もお楽しみになったら」

新城はにこやかに笑いながら言った。二人の男は顔を見合わせた。

「電話はどこだ。日本商工会館に連絡してから流連《いつづけ》よう」

岸村が言った。

「それはできません。ここには電話がないんです。それに、こういう所があるということをあまり知られたくありませんし……」

新城は揉み手して見せた。

「しようがない。それじゃあ夜までの時間がもったいない。これからまたパーティだ」

田中が叫ぶように言った。バスタオルの下がみるみる突き上がってくる。

「さすがに日本男児ですね。昨夜の敢闘振りもまことに羨《うらや》ましいかぎりでしたが……」

新城はお世辞を言った。

二日酔いを鎮めるアルコールを飲み、食い物を素手で握って齧《かじ》りながら、二人の男は娘たちと早くも交わりを再開した。「いい気持ちだ」とか、「溶けそうだ」などとわめくことばを、オランダ語で娘たちに伝えろと、新城に命じる。

岸村と田中は、アルコールが効《き》いてきて、二日酔いが直ったらしい。それに泥のように眠ったので、スタミナも回復していた。娘たちを並べ、ウグイスの谷渡りを行なう。新城は、娘たちにもマリファナを吸わせた。

二人の男が完全にグロッキーになって、眠りこけたのが、夜の九時ごろであった。アルコールもマリファナも充分に回っている。

新城は、その二人を、昨夜のように、無理矢理に目を開かせて、尋問した。かなりのことが聞けた。

二人が意識を取り戻したのは、朝になってからであった。今度は先に目覚めて、シャワーを浴び終えていた新城は、

「いかがです、ご満足いただけましたか？」

と微笑する。

「さすがにくたびれた。もう女を見てもゲップが出そうだ」

頬がこけ、目のあたりに黒い隈《くま》ができて、ますます南方系中国人じみてきた岸村は言った。田中も同意する。

一時間後、新城は二人をアムステルダムの市内に送った。中央駅の広場で車を停めると、

「すみませんが、ここからはタクシーを拾ってください」

と言う。

「わかった。ポン引きと一緒に商工会館に帰るわけにはいかんからな」

ぐったりしている田中が言った。

4

その二人と別れた新城は、ＫＬＭの営業所で、パリ行きの飛行機の予約をしておき、空港に

向かう。

空港近くのエイヴィスのレンタ・カー会社にプジョー四〇四のセダンを返した新城は、近くのレストランとカフェ・テラスで、飛行機が出るまでの時間をつぶす。

飛行機に乗ると、わずか一時間で、もうパリのオルリー空港であった。ＫＬＭやＳＡＳなどは、普通北方のル・ブールジェ空港に着くことが多いのだが、この便はオルリーに着いたのだ。

新城は、無料駐車場に突っ込んであった自分のＢ・Ｍ・Ｗ《ベーエムヴェー》二八〇〇ＣＳに乗り込む。帰国するときには、この車も持って帰り、ついでに、ガソリンタンクを隠しポケットに改造して、銃器や弾薬も運び込むつもりだ。

パリは、ローマと同じように、新城のホーム・グラウンドだ。スムーズにＢ・Ｍ・Ｗを走らせた新城は、サンジェルマン大通りとセーヌ川に挟まれた一画の古ぼけたアパートに戻る。

車は路上駐車させ、風雨に打たれて完全に変色している青銅の門を鍵《かぎ》で開き、扉はもう一つの鍵で開いて、アパルトマンの中に入る。管理人《コンセルジュ》のアンリが、

「お帰んなさい。だいぶ長い留守だったね」

と言う。六十過ぎの老人だ。

「ああ、留守の間にどっからか電話はなかったかい」

新城は尋ねた。むろん流暢《りゅうちょう》なフランス語だ。

「ローマのホテルと、こっちのホテル・ヒルトンから」

と、アンリは言った。

「そうか。どうも。これで芝居でも見てきてくれ」

新城は五十フランのチップを与えた。エレヴェーター・ホールに歩く。

エレヴェーターといっても、三人も乗れば動けなくなる、重力式の、旧式なやつだ。住人の歴史がしみこんだようなそのエレヴェーターで、新城は七階に上った。七階の七〇五号室が、新城の部屋だ。

その部屋は、居間と、寝室と、台所の三部屋続きであった。風呂もついている。窓のカーテンを開くと、前方の建物の隙間《すきま》から、セーヌとシテ島が見えた。


コーヒーを沸《わ》かし、乾《ひ》からびたパンをそれに浸して口に運んだが、新城はまず、ホテル・ヒルトンのコンセルジュのアンドレーに電話した。

「やあ、電話をくれたんだって」

「そうなんだよ。このホテルに、日本の土地成金が泊まっている。ぜひ秘密クラブに連れていってくれと、しつこくてな」

アンドレーは言った。

「すまん。これから予約を受けているほかの客をロンドンに連れていくんだ。埋め合わせはする。俺は病気で動けないと、ストックホルムから電話があったぐらいに言って、ごまかしておいてくれ」

「しようがないな。じゃあ、俺が案内するか。あんたの顔が利《き》くところほど、おもしろいところじやないが」

アンドレーは電話を切った。

新城は、今度はローマのホテル・インペリアルに電話を入れた。そこのコンコルジュは、日本から電話があって、一週間後に日本の有名な俳優がローマに着くが、その男をおもしろいところに案内してくれないかと言ってきたと伝える。新城は、

「客が着くのはありがたいが、こっちのスケジュールがちょっと辛《つら》いんだ。三日後に、あんたのほうに連絡する」

と言って、電話を切った。

このところ、強い酒ばかり飲んでいたので、かえって安物の葡萄酒《ぶどうしゅ》がよく体に回った。ちょうど昼寝の時間も近づいたし、素っ裸になってベッドにもぐりこんだ新城は、目をつむり、どうやって岸村の女房の松平淳子に近づこうかと考える。一時間ほど考えてから、やっと成功の目算がついたので、ぐっすりと眠った。

二時間ほどの午睡から目を覚ました新城は、シャワーを浴びると、アパルトマンを出た。車に乗り、ミシェルの裏通りにある小さな印刷所に回った。

受付の若者に、

「ボスは?」

と尋ねる。

若者は黙って、地下室の入口を指さして、インターホーンで、

「お仲間が来ましたぜ。ボス」

と、地下室に伝える。

やがて、黒く汚れた手をベンジンで拭《ふ》きながら、ゴリラのような体格と顔つきの巨漢が地下室から上がってきた。

「友よ」

その男ポール・モランと新城は抱き合った。ポールは対ゲリラ要員として、新城とコルシカで共に闘った旧友だ。

「頼みがある」

新城は言った。

「何でも言ってくれ。偽造パスポートがほしいのか、それとも、運転免許証か」

ポールはニヤニヤ笑った。

新城は、受付の若者のほうに視線を走らせる。

「心配するな、奴は口がかたい」

ポールは言った。

「名刺と、身分証明書とパスポートだ。身分証明書といったって、あんたの腕からしたら、目をつむっててもできるような仕事だ。〝ザ・ソサエティ〟ニューヨーク本社の記者《レポーター》ということに俺をしてくれ。名前はそうだな、ヘンリー鶴岡とでもしといてくれ」

新城は言った。〝ザ・ソサエティ〟はニューヨークに本社がある。アメリカの上流社会だけでなく、パリやロンドンやローマの、最上級の社交界の情報や、ゴシップを扱う雑誌だ。

「わかった。二時間以内にはつくってみせる」

ポールは約束した。

新城は、近くのサウナ風呂に入り、そこでマッサージを受けてから、散髪とひげ剃《そ》りもやってもらった。冷たいジュースを飲んで、印刷所に戻ってみると、ポールは、新城が注文した品を、すでに偽造《ぎぞう》し終えていた。

パリ

1

ミシェルの裏通りに路上駐車しておいた新城のB・M・W二八〇〇CSは、前後をほかの車にピッタリとはさまれていた。

だが、横に二重、三重に駐車されてないだけましだ。パリやローマでは、二重駐車は珍しいことではない。

自分のB・M・Wに乗りこんだ新城は、エンジンを掛けると、まずバックでうしろの車を押しのけ、次いで前進で前の車を押しやって隙間《すきま》を作ると脱出した。バンパーは飾りではない。

岸村四郎の妻であり、映画や演劇界のスターでもある松平淳子が岸村にワン・フロアーを買ってもらっているパトー・アパルトマンは、シャンゼリゼの大通りに近いという。

車を飛ばせば、すぐに着く距離だ。東京のように道が混んでいるところは世界中どこにもない。

だが、いきなり淳子を訪ねたところで、会ってくれるかどうかは疑問だ。だから新城は、一度パトー・アパルトマンに近いホテル・フィリッツに宿をとって、そこから淳子に電話することにする。

長い暗鬱《あんうつ》な冬が去ったシャンゼリゼは観光客とヒッピーで一杯であった。白い車を運転するパン助はまだ表に出ていないが、歩道にまで椅子を並べたカフェ・テラスでは、すでに車や運転免許証を持たぬパン助たちがカモを待っている。

ヨーロッパの都市は、どこも歓楽都市だ。ほとんどのバーは、シャンペーンか発泡酒を一本女に奢《おご》って店へのショバ代がわりにするとホテルに連れ出せる。割りに粒揃《つぶぞろ》いなのはハンブルクのテレフォン・バー〝メイラー〟と、〝チェリー〟というウインク・バーだが、そのかわり、パリには世界各国の女が集まっている。

ホテル・フィリッツは表通りから少し引っこんだところにあった。古めかしい、いわゆる格式高い外観のホテルだ。

そのホテルの中庭の駐車場にB・M・Wを突っ込んだ新城は、レセプションのフロントに向かった。ロビーで人待ち顔のミニやマキシの女たちのなかには新城が知っている娼婦も何人かいた。

娼婦といっても、一見お嬢さんか上流夫人風だ。新城を認めてそっとウインクを送ってくる彼女たちに目だけで笑いを返した新城は、レセプションのクラークに素早く十フラン札を握らせ、

「空いている部屋があったら頼む」

と、言う。無論、流暢《りゅうちょう》なフランス語だ。

「ご滞在は何日の予定です？　前金で頂戴《ちょうだい》できるなら、何とか都合つけますよ」

コールマン髭《ひげ》を生やしたクラークは答えた。

「とりあえず二日だけでいい」

「それでは、一応百フランをお預かりしましょう」

「分かった」

新城は百フラン札を出した。

「それでは、パスポートを……」

「私は外国人ではない。フランスの国籍を持っている。名前はヘンリー……いやアンリ鶴岡だ」

新城は答えた。

スーツ・ケースを持ってない新城が手もちぶさたなホール・ポーターに案内されて入ったのは、三階にあるビッグ・ベッド――いわゆるダブル・ベッド――付きの部屋であった。

その部屋に入って少したってから、新城はホテルの交換嬢に、松平淳子のアパルトマンに電話をつないでもらった。

「アロー……？」

中年女の声が電話を通じて応《こた》えた。

「松平淳子さんですか？」

「家政婦です。あなたはどなた？」

「〝ザ・ソサエティ〟ニューヨーク本社のヘンリー鶴岡と申します。マダム松平の優雅なパリ生活ぶりをリポートするために派遣されてきた者です」

新城は答えた。

「今はマダムにお取りつぎ出来ません。あとでこちらから電話します」

「では、ホテル・フィリッツの三〇七号室にお願いします。ヘンリー鶴岡というより、こちら風にアンリ鶴岡と言ってくださったほうが交換手がまごつかないで済むでしょう」

新城は言った。

電話を切って三十分ほどして、その電話のベルが鳴った。ベッドに引っくり返っていた新城は受話器を取上げ、くわえていたタバコを灰皿に放りこむ。

掛けてきたのは、先ほどの家政婦であった。

「マダム松平は、ただのインタビューをご希望なのか、それとも何日間か密着して取材なさりたいのか……と、お尋きしています」

と、新城に言う。

「出来ましたら、後者のほうを……」

新城は答えた。

「それでは、明日の十一時に訪ねてきてください」

「有難う」

新城は電話を切った。

一度セーヌ川に近い自分のアパートに戻ってライカと数本のキャノンの交換レンズとそれに着替えの品などを詰めたスーツ・ケースを車に積んだ。

その車をカルチェ・ラタンのほうに回す。五月に入ってから急に陽暮れが遅くなったパリでは、まだ明るい。その頃でも、北欧だと十時を過ぎないと陽は落ちない。

ゆるい坂になった細長いラテン区の商店街の左右は、庶民のためのあらゆる食品を売る店が軒をつらねていた。

牛や豚や羊の頭や臓物、毛を半ば残されたウサギや野鳥、数百種のソーセージやペースト、それに新鮮な野菜や魚が並べられ、黒人を混じえた男女が値切っている。学生が多く、日本ならフーテン・コジキのような身なりの者も少なくなかった。

新城は、その商店街のなかにある臓物料理店で、一本二百円のワイン三本を飲みながら、ほとんどトロに近い味のシャケの燻製《くんせい》、羊の子宮、牛の脳、それに豚の睾丸《こうがん》などを飽食《ほうしょく》した。

オランダのサクランボや、割ると血のように赤い果肉が現われるオレンジなどを買ってホテルに戻り、それを平らげながら、電話で黒ミサ・パーティの主催者に隠語で連絡をとる。

それから、ぐっすりと眠った。十数時間の眠りののちに昨夜の栄養は体に吸収され、体力は完全に回復して、朝マラが痛いほど突っぱっていた。

風呂に入り、入念に髭を剃《そ》ってからシャワーを浴びる。浴室に備えつけのドライヤーで髪を整えた。

約束の十一時、B・M・Wをパトー・アパルトマンの裏通りに駐《と》めた新城は、その建物の前庭の鉄柵の門のブザーを押した。

鋭い目付きの痩《や》せたコンセルジュが門のところにやってきた。

「どなた様にご用で？」

と、尋ねる。

「マダム松平に面会のアポイントメントを取りつけてある、〝ザ・ソサエティ〟の者です」

新城は答えた。

コンセルジュは、門の脇の詰所にある電話で松平淳子に連絡をとった。詰所を出ると、固い表情を愛想笑いに変えて、

「どうぞ」

と、門を開く。

前庭に駐まっている数台の車は訪問客のものらしい。それらも全部高級車であったが、中庭に見えるそのアパルトマンの居住者のものらしい車は、ロールス・ロイスとメルツェデス・ベンツのリムジーン、それにシトローエンDS21やSM、それにアストン・マーチンなどだ。

カメラ・バッグを左手に提《さ》げた新城が、一流ホテルのそれから売店を取り去ったような構えのグランド・フロアのロビーに入ると、燕尾服《えんびふく》をつけた初老の男が腰をかがめて迎えた。

「マダムはあなた様を歓迎される、とおっしゃっています」

と言う。執事であろう。

銀髪のその執事に案内されて、新城はエレヴェーターで七階に昇った。七階全部を、淳子は亭主の岸村の汚れた金で買ってもらっているのだ。

贅《ぜい》を尽くしたサロンに通され、体が埋まるようなソファに身を沈めた新城のところに、三人の女中がコーヒーを運んできた。

たっぷり十分ほど待たせてから、松平淳子が姿を現わした。

年は三十を越している筈《はず》だ。しかし、お抱えのマッサージ師の努力と美容整形手術のせいで、小皺《こじわ》一つない。

クレオパトラのようなヘア・スタイルと、象牙《ぞうげ》のような色の白粉《おしろい》を使った化粧法によって、謎めいたオリエンタル調をひけらかせている。

体のほうは大柄であった。脂がついた腹をコルセットできつく締めあげているらしい。

「お会いできたとは夢のようです。私はヘンリー鶴岡……電話で申しあげた通り」

立上っていた新城は偽造した名刺を差しだし、偽造した身分証明書を見せた。

「失礼……アメリカ生まれの三世なの？　フランス語がお上手ですわね」

淳子はフランス語で言った。少女歌劇調の歌うようなしゃべりかただ。ジェスチュアも宝塚調であった。

「お褒《ほ》めにあずかって光栄です。ニューヨークやボストンやフィラデルフィアにも、フランスの名士がたびたびいらっしゃいますので」

新城は優雅に一礼した。

「お掛けになって、くつろいでください」

新城は言われた通りにした。演技の神よ自分に乗り移ってくれ、といった祈りに似た気持ちで、賛美の表情を浮かべ、淳子を見つめる。

向かいのルイ王朝時代のものらしい椅子《いす》に腰を降ろした淳子は、高々と脚を組んだ。コルセットにつながっているらしいストッキングの吊《つ》り紐《ひも》まで見える。脚は細いが、腿《もも》は豊かだ。

「〝ザ・ソサエティ〟には毎号目を通してますのよ」

「ご愛読ありがとうございます。来月号には、あなたに関する記事が十二ページ載《の》ることになっています」

新城はもっともらしく言った。

2

「十二ページも！」

日本の大衆雑誌の記者たちには露骨にさげすみの視線を向ける淳子であったが、新城がヨーロッパやアメリカの最上級の社交界の情報を扱う〝ザ・ソサエティ〟の記者と思いこんでいるから、自己満足に瞳をキラキラさせた。

「したがいまして、一日や二日の取材ではどうにもなりません」

新城は言った。

「分かりましたわ。ホテルを引き払って、ここにお泊まりになってくださる？　五日間……五日あれば記事はできるでしょう？」

「じゃあ、お言葉に甘えまして」

再び立上った新城は、淳子の手の甲に唇を寄せた。

「それでは、一時間後にまた会いましょう。今日の昼は小説家のレオン・ベコーさんや詩人のロベール・マレノさんと会食することになっているの」

淳子は答えた。

一度淳子のアパルトマンを出た新城は、フィリッツ・ホテルに寄ってチェック・アウトし、車は自分のアパートの前の通りに移した。

タクシーに乗って淳子のアパルトマンに戻る。豪勢なサロンで、化粧直しをし終え、マキシ・スタイルになった淳子はジン・トニックのグラスを手にしていた。

執事に案内された新城は、あてがわれた部屋に入った。中庭に面した広い寝室の一つだ。淳子のフラットには少なくとも十五部屋はあるのだろう……と新城は見当をつけた。

顔を洗って再び髭を剃り、ワイシャツを着替えてからサロンに移ると、淳子が、

「では行きましょうか？」

と、腰を上げた。

「会食の場所は」

新城は尋ねた。

「旧中央市場近くの〝エスカルゴ〟。お二人の芸術家は庶民的な雰囲気を愛していらっしゃるの」

淳子は答えた。

あんな気取った店が、何で庶民的なことがあるものか……と腹のなかで薄笑いしながらも、新城は頷《うなず》いてみせてから右腕を淳子の左腕にからませた。

「お願い……あなたが〝ザ・ソサエティ〟の記者だということを二人の芸術家に悟《さと》らせないようにして。あの二人はとても気むずかしいのよ。だから、店に着いたら、別のテーブルにあなたは坐るのよ。写真も、隠し撮《ど》りでないとまずいわ」

淳子は言った。

「分かりました。私は勝手が分からぬ日本からの観光客ということにして、ブロークンな英語をしゃべって見せましょう」

新城は答えた。

アパルトマンの車寄せに、運転手付きの淳子の車が中庭から回されていた。

二《ツー》ドアの四座席クーペを特別に四《フォー》ドアに改造した燻《いぶ》し銀色のシトローエンSMだ。マセラッティのDOHCエンジンを積んだ最新型で、当時はまだパリでも正式には市販されてなかった。

運転手はマリオという名の若いイタリー人であった。血の気が多そうな顔つきだ。淳子と新城のために車の後部ドアを開く。

車高が自動的にも調節できる装置がついた窒素ガス・スプリング付きのハイドロ・ニューマチック・サスペンションを持つそのシトローエンは、二人が乗りこむと一度尻を沈め、油圧で元の高さに戻った。

四段階に地上高を調節できるそのサスペンションは、荷重や路面の変化にかかわらず、地上高を決められた高さに保つのだ。

ステアリング・ハンドルを回すのに応じてドライヴィング・ランプが照射方向を変えるという特徴を持つそのシトローエンSMは、二・七リッター百七十馬力の回転を上げて跳びだしたが、加速は大したことはない。

しかし、独特のサスペンションのため、石畳が多いフランスの市街地でも、実に乗り心地がいい。震動はほとんど伝わらない。

五速のミッションのうちの四速までを駆使してマリオは飛ばした。フランスではほとんど使わないクラクションをわめかせながら、のんびりと走る個人タクシーの群れを右から左から抜く。

個人タクシーの運転手は老人が多く、なかには八十近い者さえいる。そういった運転手は話し相手に飢《う》えているかのように、客とのおしゃべりを楽しむ。

道行く人々は、本場でもまだ珍しい車と、彼等から見ればひどくエキゾチックらしい淳子に注目した。淳子を盗み見た新城は、彼女が自己満足の微笑を浮かべているのに気づく。

パトー・アパルトマンから旧中央市場までは二キロたらずであった。

そこに近づくと、道の左右には露店が並び、朝の築地のようであった。旧中央市場とはいっても、まだ完全にはオルリーの近くに市場は移しておらず、一部はまだ営業中だから、主にそこで働く人々のために露店が出ているのだ。

レストラン〝エスカルゴ・モントルギイュ〟は、その市場のすぐそばにあった。淳子はそのレストランの二百メーターほど先で一度車を停《と》めさせると、

「あなたはここで降りて。店のマネジャーに、あなたのことは電話で言ってあるの。だから、二人の芸術家にわたしたちの関係を悟られないように、少したってから店に来てね」

と、新城に言う。

頷《うなず》いた新城はカメラ・バッグを持ってシトローエンから降りた。シトローエンが再び走り、レストラン〝エスカルゴ〟の前で停まるのが見える。

新城はゆっくりとライカにキャノンの広角レンズをセットした。店々のショー・ウインドウを覗《のぞ》きこんだり、店仕舞いをはじめている露店をひやかしたりしながら、ぶらぶらと〝エスカルゴ〟に近づく。

露地では労働者が地面に腰を降ろし、ミネラル・ウォーターより安いアルジェリア産のブドウ酒をラッパ飲みしながら、チーズとソーセージを細長いパンにはさんだものを食っている。

レストラン〝エスカルゴ〟は時代がかっていた。格式高いことを誇示しているようだ。二、

三度その店に日本からの観光客を連れてきたことがある新城ではあったが、カメラ・バッグを渡したクロークの前で、三、四人の給仕に迎えられると、

「席はあるかね？」

と、わざと下手な英語で言う。横目で覗いてみると、一階の突き当たりのテーブルで、すでに淳子は二人の男と同席し、シャンペーンのグラスを手にしていた。

淳子にたっぷり金を摑《つか》まされているらしい支配人は、新城にウインクした。主任ウエイターが、新城を淳子たちの横のテーブルに案内する。

客の数よりも、ギャルソン《ウェイター》たちのほうが多いぐらいだ。それも、酒の注文を取ったり、どの酒がその店のどの料理に合うかを勧めたりするソムリエや、酒を運ぶ係、酒を注ぐ係、料理の注文を取る係、料理を運ぶ係、食器係と階級制のようだ。

おまけに、地下の酒倉に続く階段のところでは、酒倉の番人が睨《にら》みをきかしている。

まず食前酒に、シェリー・アンド・アイスをソムリエに頼んだ新城は、淳子のテーブルの二人の男をさりげなく見る。

小説家のレオン・ベコーも、詩人のロベール・マレノも新聞や雑誌で見た顔であった。二人とも二十代だ。

淳子たちはヌーボー・ロマンについてもっともらしく会話を交わしていたが、もとより新城にはそんな気取った会話を盗み聞きする気はない。

ただ、どうやって淳子の信用をかち得、そのあと、どうやってなぶり殺しにするか、という

だけのことだ。

料理の注文をとりに来た初老のギャルソンに、オニオン・スープと舌ビラメの白ソース天火焼き、それに豚の脂と血で造ったソーセージとカタツムリ《エスカルゴ》とカエルの足の料理のところを指でメニューをおさえて示し、再び現われたソムリエには、ルションのヴァン・ローゼ、すなわちローゼ・ワインを注文する。

氷で冷やしたシェリーのアペリチーフを飲み終えた新城は、淳子を信用させるために、カメラで店内の様子を撮りまくり、再び腰を降ろしざま淳子たちを隠し撮りする。

淳子たちの食事は、キャヴィアとフォア・グラの前菜からはじまり、二時間以上かかった。

そのあいだ、ひっきりなしにフランス文壇の噂話などをしている。

新城にはニンニクを強く効《き》かせた青っ鼻の汁のようなソースで味つけしたカタツムリ料理は美味《うま》いとは思えない。

だから、皿についた一ダースほどの窪《くぼ》みに置かれた殻つきのそれらカタツムリを左手の薄いペンチのような道具ではさみ、右手のフォークで身をほじくりだして口に入れるごとに、ヴァン・ローゼで口を洗う。

その新城に、主任ウエイターが、ソースにパンを浸して食えと、押しつけがましく忠告する。

淳子たちの会食が終わったとき、新城は間を保《も》たすために飲んだ三本のヴァン・ローゼのせいで少々眠気がさしていた。

小説家と詩人の勘定も自分で払った淳子は、ボーイに呼ばせておいたハイヤーで彼等を送りとどけさせる。

淳子が店を出て二、三分してから新城も表に出た。ほかの安い店で食事を済ませたらしいマリオが運転するシトローエンSMに乗せてもらって、パトー・アパルトマンに戻っていく。

3

それから五時まで昼寝の時間だ。新城はあてがわれている部屋でぐっすりと眠る。まだ計画を実施するまでには充分な時間が残っている。

昼寝から覚めて化粧直しをした淳子は、ピエール・ジョルダンのブッティークに向かった。彼女が乗ったシトローエンSMに、無論新城も同乗する。

市役所に近いピエール・ジョルダンの高級服装店《オートクチユール》は、クリスチャン・ディオールの店と並んで、最も高くデザインした服を売りつける。

その店のショー・ウインドウには、新作の服や手袋や帽子だけでなく、ジョルダン自身が調合創作したと称する香水も飾られている。

男とも女とも交わることができるジョルダンは、額《ひたい》の髪がかなり後退した、抜け目がない眼付きの男だ。

淳子の手をとって、恭《うやうや》しく唇を当てたジョルダンは、

「十着とも、マダムのお体にぴったりと合わせるのを待つだけになっております」

と、愛想よく言い、それから淳子の耳に唇を寄せて、何か囁《ささや》く。頷いた淳子は、新城に向かい、

「ムッシュー・ジョルダンは、ご自分のデザインをローマやニューヨークや東京のデザイナーに真似されてマス・プロされては困るので、撮影する服は、わたくしのだけにして欲しい、とおっしゃられているの」

と、フランス訛《なま》りの英語で言う。

「分かりました、と伝えてください」

新城は答えた。

淳子のためにジョルダンがオリジナル・デザインした十着の服のための仮縫いは、撮影スタジオのようなサロンで行なわれた。

十人のお針子《はりこ》がジョルダンの指示で動く。スリップ一枚になった淳子はコルセットで腹をきつく締めつけているのが、もっともらしくカメラのシャッターを押し続ける新城にはよく分かった。

淳子が作らせている服は、一着について五十万円ぐらいは取られるだろう。淳子の亭主が権力と結びついて日本の庶民たちから絞《しぼ》り取っている金は、こうやって湯水のごとく浪費される。

午後六時でピエール・ジョルダンの店は閉店になるのに、淳子のために、店の連中は午後七時半近くまで働いた。淳子はお針子たち一人一人に約一万円相当のチップをフランでくれてやった。

そのあと、レストラン・グラン・ヴェフールで新城に夕食をおごってくれた淳子は、前衛劇場でジャン・アヌイの芝居を付き合わさせ、それからシャンゼリゼに近いストリップ劇場〝クレージー・ホース〟に新城を連れて繰りこんだ。

売春都市という点ではアムスやハンブルクに劣らぬパリなのに、一般のエロ・ショーは、せいぜいチラッと恥毛を見せる程度だ。

ストリップ・ショーのクラブで名高い〝クレージー・ホース〟でさえも、本番の実演やファッキング・フィルムの映写は行なわれない。カソリックの偽善のせいかも知れない。

ところが、ハンブルクから北欧にかけては昼間から、喫茶店のようなところでも、白黒やレズやサド・マゾやホモの本番ショーをやり、合間にフィルムを映す。

ショーの女たちが舞台――と言っても客席のあいだにあるベッドだが――から、客に呼びかけて、タダでやらせるところもある。

そういったものをうんざりするほど見てきた新城だから、女を混じえた観光団体向けのパリのショーを見ても退屈なだけだ。

だが淳子は小鼻を開き、胸を波打たせて熱心に見ている。ミスター・フランスと称する男がボディ・ビルの実演を見せると、淳子の瞳がとろんとしてくる。

その店からの帰りに、気取った表情を取戻した淳子は、

「明日はムッシュー・アルベルト・エルフェルドの城にお招きを受けているの。あのかたは、スウィスとスペインとブローニュの森とニースに城を持っていらっしゃるけど、明日からのパ

ーティはスウィスの城のほうよ。二日ぶっ続けなの」

と、新城に言う。

「エルフェルド？　I・O・T《アイ・オー・ティー》……インヴェスターズ・オーヴァーシーズ・トラストの会長の？」

新城の声は、思わず高まった。

「そうよ。あのバートよ」

淳子は誇らしげに呟《つぶや》いた。

I・O・Tは、バートの愛称で呼ばれているアルベルト・エルフェルドが創立した巨大な国際金融コンツェルンだ。

イアン・フレミングのスパイ小説のなかにしばしば登場する国際秘密組織スペクトルの首領エルンスト・ブロフェルドのモデルであるとも言われるアルベルト・エルフェルドは、謎に包まれた男だ。父はユダヤ人、母はロシア人と噂されるエルフェルドは十年前までは、無名に近い人物であった。

生国はどこなのか不明だが、いつの間にかアメリカにもぐりこんで市民権を獲《と》り、ニューヨークで証券セールスマンをやっていたバートは、十五年前、まだ米兵が進駐していたパリを訪れた。

そこで彼が見たのが、当時は圧倒的にドルの強かったために闇ドル操作で派手に遊ぶ米兵たちと、国家も銀行も信用せずにタンス預金した財産がインフレのために急激に価値を失っていくのを嘆くフランスのプチ・ブルたちであった。

バートはそこで、満期には必ず二倍から三倍にして返すというフレ込みで投資信託会社を作った。

無論、タコ配によってその会社は維持されたが、解約しようとすれば半年分の積立金が投資者には一文も戻らない巧妙な約款《やっかん》によって、ボロを出すことなく次々に投資者を集めることができた。

投資者が多くなると大きな成長企業に効果的に投資することもできる。バートの会社は急激に大きくなった。

そうなると、タコ配をやらなくともバートの会社はやっていけるようになった。そこでバートは五年後、I・O・Tを創立したのだ。

I・O・Tの事業の中心は投信事業だが、百社あまりの子会社を持ち、世界各国で投信のほかに、生命保険、銀行、不動産業を派手に行なっている。世界最大の国際金融コングロマリットだ。

現在のI・O・Tは、総本部が法人税がかからぬカナダのモントリオール、マネージメント会社は法人税が安いルクセンブルク、現金を扱う本部は税金が安い上に貨幣価値が安定しているスウィスのジュネーブにある。

七十五万人の客を抱えるI・O・Tの資産内容は約百億ドルと言われている。三兆円をはるかにオーヴァーしているわけだ。

　そして、怪物と呼ばれる会長のアルベルト・エルフェルドは、金にあかして世界三大プレイボーイのうちの一人という地位を買い取り、自家用ジェット機で遊びに出かけているときのほかは、自分の四つの城のうちのどこかで大パーティを開いている……。

「そいつは凄い。私もご一緒させてくださるんでしょうね？　いや、断わられても、無理にでもついて行きますよ。そうでないと、いい記事が出来ませんから」

　新城は言った。

「いいわよ。オルリーにあの男《ひと》の自家用ジェット機が迎えに来てくれるの。あなたが坐れる席ぐらいはあるわ」

「明日の何時に出発です？」

「午後四時よ……ところで、約束してもらいたいことがあるの」

「おっしゃってください」

「パーティには、ビディ・パン・スケーノも招待されていると思うの。ビディは、何とかしてバートを蕩《たら》しこんで金を絞り取ろうと一生懸命なの。なにしろ、あの女は欲の塊だから――」

　淳子は唇を歪《ゆが》めて吐き捨てるように言い、

「でも、バートとビディのパトロンのシオンチャイルド男爵は友達だわ。いつも情報を交換しているの。だから、バートはビディの狙いを何もかも知った上でからかっているのよ。それに、ビディが血道を上げているという噂をたてられたら、バートのプレイボーイとしての名声が上るし」

と、付け加える。

「ビディですか。それで私が守る約束というのは？」

新城は呟いた。

赤坂のナイト・クラブのホステスであったビディは、日本の商社を通じてボルネシアの独裁者であったパン・スケーノ大統領に献上された。その後彼女は日本の大企業とボルネシア政府との汚職のパイプ役として莫大《ばくだい》な私財をたくわえてスウィスの銀行に預け、ボルネシアに革命が起こったのちは、パン・スケーノを捨ててパリに移り、社交界を泳ぎ渡っている。

現在ビディはユダヤ系のシオンチャイルド財閥の総帥《そうすい》ギイ・ド・シオンチャイルドの愛人の一人になっているが、ギイは自分の女に対してはケチで有名だ。

もっとも、ケチだとはいっても、愛人一人について年に三千万円から五千万円ぐらいは使うらしいが、二兆円の私財を持つシオンチャイルドの当主にしては渋いというわけだ。

「わたしが刺身だとしたら、あの女を刺身のツマとして扱ってほしいの。例えば、わたしとバートが親しげに踊っているさまを、あの女がうらやましげに見つめている写真を〝ザ・ソサエティ〟に載せてくださるとか……」

淳子は言った。

「分かりました。我々ジャーナリストは、あの女に今まで散々な目にあわされてますからね。ここらでシッペ返しをしてやるのも面白い」

新城は笑った。

「お願いよ」

淳子は新城の手を熱っぽく握った。

淳子のアパルトマンのなかにあてがわれている寝室に戻った新城は、シャワーを浴びてベッドにもぐりこんだが、容易には寝つかれそうもなかった。

淳子の口ぶりからして、淳子とエルフェルドは、かなり深い関係にあるらしい。

その関係が、ヨーロッパの社交界での淳子の名を高めるために持たれたのか、それとも金がからんでいるのか……新城の目はますます冴《さ》えてくる。

二時間後、意を決した新城は、ノー・ネクタイのワイシャツとズボンだけを身につけて、自分の寝室からそっと抜け出た。

ズボンのポケットには、先端を潰《つぶ》した二本の針金を入れてある。スーツ・ケースのなかに隠してあったものだ。

深夜の廊下に人影はない。新城は見当をつけておいた淳子の寝室の前に立つと、ドアに耳をつけた。

室内で歩きまわっているような音は聞こえなかった。新城は二本の針金でドアの鍵を開き、細目にドアを開いて身を滑りこます。

広い寝室であった。ルイ王朝時代のもののような装飾がしてある。そして淡い光が柔らかに光るスタンドが脇に置かれた大きなベッドでは、化粧を落とした淳子が眠りこけていた。

化粧を落とした淳子は、どうみても欲望をそそる女ではなかった。だが新城は、そっとズボンを脱ぐと、手を使って硬く起立させた。

ベッドに近づき、淳子の横にもぐりこむ。淳子は素っ裸であった。しかし、想像していたほどは下腹はたるんでない。

淳子は目を覚ました。叫ぼうとするその淳子の喉《のど》に新城は両腕を捲《ま》きつけ、

「大きな声を出されないほうが賢明ですよ。二人とも大人でしょう?」

と囁く。

「お願い、帰って。今夜は駄目。明日はバートに会わないとならないから」

淳子は喘《あえ》いだ。

「バートを愛しているんですか」

鋼鉄のようになったもので蜜の泉を愛撫《あいぶ》しながら新城は囁いた。

「ちがうわ。沖先生の命令なの。やめて」

淳子は喘いだ。

だが、口では拒んでも、蜜があふれだす。新城はすかさず貫く。甘美な苦痛に眉《まゆ》を寄せる淳子に、

「心配しなくともいい、私は秘密を守る男です」

と、囁きながらも、エルフェルドと沖元首相がつながっている……と言う淳子の言葉に驚き、その真相をどうしても尋《き》きだしてやる、と胸のなかで誓う。

オージー・パーティ

1

亭主の岸村が言っていた通りに、淳子の蜜壺《みつつぼ》は、熱い息と共に歯が浮くような賛美の言葉をフランス語で囁《ささや》くと、塩で揉《も》まれたアワビのように締まった。

新城はゆるやかなペースを、次第に激しいものに変えていった。淳子の尻の下にたくましい腕を回して引きつける。

フランスかぶれの淳子は、耐えきれずに漏らす本能のほとばしりの声もフランス語を使った。新城は商売柄、放射の時間を意思の力でコントロールすることが出来た。偽りの甘い言葉をフランス語で囁き続けながら、淳子を抉《えぐ》って抉って抉りまくる。

東洋人の硬度は、まさにフニャマラとしか形容できないヨーロッパ人――行為中にも〝く〟の字に曲がってしまうのですぐにすっぽ抜ける――とは比較にならないが、特に新城のものは筋金《すじがね》入りだ。

両脚を高々と上げて新城の胴を締めつけながら、淳子は続けざまに波にさらわれる。

「バートと会うのは、沖の命令だとおっしゃったが、どういうことなんです」

淳子が怒濤《どとう》に溺《おぼ》れこもうとした直前、新城は身を引くようにして囁いた。

「やめないで！……お願い……生殺しにしないで……」

淳子は新城の背に爪をたて、腰を突きあげながら呻《うめ》いた。巧みに空振りさせた新城は、

「沖はなぜあなたに命令したんです？」

と、尋ねる。

「わたしたちが贅沢《ぜいたく》出来るためのお金を守るため……もうこれ以上尋《き》かないで……」

淳子は喘《あえ》いだ。喘いだが、冷静さを取戻そうとしそうな気配を示した。

新城は、今夜はこれ以上は突っこんだ質問をしないことにした。焦って淳子から敬遠されたのでは元も子も無くなるからだ。

だから、再び偽りの愛の動きをはじめる。フランスの俗語で絶叫しながら淳子は痙攣《けいれん》し、仮死に近い状態におちいった。新城はしたたかに注ぎこむ。

しばらくして、まだ夢の国をさまよっている淳子から新城はそっと離れた。浴室のビデで入念に洗うと、素っ裸のまま、ワイシャツとズボンを抱えて廊下に出た。

防音装置がついている淳子の部屋ではあったが、凄《すさ》まじいほどの淳子の声は廊下に漏れたらしい。

廊下には、エレヴェーター・ホールに近い部屋をあてがわれている淳子のお抱え運転手のマ

リオが立っていた。

若いイタリー人のマリオはスウェーターとスラックス姿に、バックスキンの靴をはいていた。髪を乱したマリオは、まわりに隈《くま》が出来て落ちくぼんだ暗褐色の瞳をギラギラ光らせていた。握りしめた拳《こぶし》が小刻みに震え、ズボンの前が異様にふくらんでいる。

苦笑いを浮かべた新城はマリオに目礼したが、憎しみと嫉妬《しっと》の表情を露《あら》わにしたマリオは、新城を睨《にら》みつけたままであった。

前も隠さずに、

「お休み」

と、呟《つぶや》いて、新城はそのマリオの横を通り過ぎようとした。

「ムッシュー！」

マリオは圧《お》し殺したような声を新城にかけた。

新城はマリオのほうに顔を振り向けた。その途端、マリオの体重が乗った右のストレートが新城の顎《あご》を襲った。

新城にとっては予期していた一撃であった。だがマリオのパンチのスピードは意外に早く、斜めに体を沈めた新城は、やっとのことでマリオの右の拳を避けるだけで精一杯であった。

体勢が崩れた新城の脇腹《わきばら》に、マリオは左のフックをくいこませた。一瞬、新城の脚が鉛のように重くなるほどの威力があった。

マリオのフックを避けることが出来なかったことで、新城は自分に対する怒りから、残忍な笑いが閃《ひらめ》くのを押えることが出来なかった。

新城がサンド・バッグのようになったと錯覚していたらしいマリオは、その笑いを見て逆上した表情になった。

狙《ねら》いすました右のストレートを新城の顔面に叩《たた》きつけてくる。

新城は真剣手ばさみ取りの要領でその右ストレートを両手ではさんで防いだ。マリオの左フックが襲ってくる前に、鳩尾《みぞおち》に当て身を突きあげながら捩《ねじ》る。

瞬間的にマリオは意識を失った。勢いよく倒れようとするマリオを支え、八十キロはあるその体を軽々とズボンのベルトを持って横にぶらさげる。

そうやって、マリオの部屋のドアを左手で開いた。鍵《かぎ》はかかっていなかった。ベッドにマリオを放りだすと、ドアを閉じてくる。

その部屋は、和室に直したとすれば二十五畳ほどの広さであった。かつてはアマチュアのボクサーでもあり、二輪モトクロスのライダーでもあったらしいマリオは、当時の写真や優勝カップなどを飾ってある。

シャツとズボンを身につけた新城は、気絶しているマリオの脾臓《ひぞう》に、半月後に死にいたる病いが起こる一撃を加えた。

それから、マリオの耳を捩りあげる。呻き声を漏らしながらマリオは目を開く。瞳の焦点が定まってくると、

「畜生……」

と、跳ね起きようとした。しかし、鳩尾の痛みに耐えかねて突っ伏す。

「マダム淳子に惚《ほ》れているのか？」

新城は言った。

「放っといてくれ」

マリオは口惜《くや》し涙を流した。

「生意気な口をきくんじゃない。私は客だ。客の私を侮辱したということは、マダム淳子を侮辱したと同じことになる」

新城は言った。

「わ、分かりました」

マリオは唇を嚙《か》んだ。

「分かったら、それでいい。私も今夜のことは忘れるから、君も忘れるんだ」

「済みません」

マリオは呟いた。

「じゃあ、お休み」

新城はマリオに背を向けた。

「待ってください。俺は……私はどうやって倒されたか覚えてないんだ……いや、覚えてないんです」

マリオが苦しい声を出した。

「君の素晴しいフックを避けようとした私の手に君のボディが偶然に当たっただけなんだ。カウンター・パンチのようになったんで効《き》いたんだろう。君は名誉を重んじる誇り高い男のようだから、素人の私に倒されたなんて吹聴《ふいちょう》しないと信じているよ。じゃあ、お休み」

新城はドアに向かった。

自分の部屋に戻ると、バスに体を沈める。淳子が漏《も》らした……財産を守るために沖の命令でI・O・T――インヴェスターズ・オーヴァーシーズ・トラストの会長アルベルト・エルフェルドとねんごろな仲になっている……という意味をよく考えてみる。

もしかしたら、沖元首相が、アムステルダムにプールさせているという厖大《ぼうだい》な資金は、I・O・Tに運用を任せているのかも知れない。

ともかく、あせらずに真相を突きとめて、俺の肉親を自殺に追いやり、国民をコケにして薄汚い大金を稼ぎまくっている連中に一泡も二泡も噴かせてやる。浴室から出てベッドにもぐりこんでからも、新城は闇《やみ》のなかにしばらく暗い目を据えていた。

2

十時頃に目を覚ました新城はベッドに朝食を運ばせた。

カフェ・オーレとクロワッサンとマーマレードの朝食を運んできた若い女中は、淳子のところに男の客が泊まることに慣れているようであった。

ベッドのベッド・ボードに当てた枕に背をもたれさせ、はだけたガウンからたくましい素裸の胸を覗《のぞ》かせている新城を見ても、目をそらそうとはしない。ベッドに組立て式の小さな食卓を乗せ、そこに盆に入れた朝食を置いた。

「奥様は？」

新城は焼きたてらしい温かいクロワッサンを手にして尋ねた。

「もうお目覚めですわ。いま、マッサージにかかっていらっしゃいます」

マドレーヌというその女中は答えた。新城はマッサージ・ルームの位置を尋《き》いてからマドレーヌを引きさがらせた。

すぐに昼食の時間が来るから、新城は五分ほどで朝食を片付け、服をつけると、カメラ・バッグを持って部屋を出た。

マッサージ・ルームのドアの脇にはインターホーンがついていた。新城はそのボタンを押した。

しばらくして、聞いたことのない娘の声が、

「どなた？」

と、尋いてくる。

「奥様はいらっしゃいますか？　もしよろしかったら、マッサージ中の写真を撮《と》らせていただけないか、と尋いてもらえませんか？」

新城は言った。

昼食は外でではなく、シャンデリアが輝く客用食堂でとられた。食卓には、新城のほかに、すから夫は自分の土地を、家を建てる土地が手に入らなくて困っているかたがたに、売って差しあげているの」

と、吹いて、新城をひそかに苦笑させた。

「夫は長州《ちょうしゅう》の旧伯爵家の長子なの。日本全国の土地の十分の一は岸村家の持ちものなの。で

いて記者らしい口調で質問した。淳子は亭主の岸村について、

写真を撮り終えた新城は、全身美容のマッサージを受け続けている淳子に、日本の生活につ

っともらしく写真を撮りまくった。

太陽灯がついているのでフラッシュは必要なかった。礼儀正しく淳子に挨拶《あいさつ》した新城は、も

化粧室になっていて、ヘア・ドレッサーとメークアップ師が控えていた。

――は、淳子の足の指のマニキュアをはじめる。ドアが開かれた横の小部屋は美容院のような

ら、ビキニ・スタイルの淳子は、艶然《えんぜん》と笑う。先ほどの娘――マッサージ師の助手であろう

淳子は化粧を済ますあいだ新城を待たせたらしい。初老のお抱えマッサージ師に揉まれなが

と、新城をなかに入れる。白いマッサージ・コートを着けていた。

「どうぞ」

うんざりするほど新城は待たされた。やっとドアが開き、灰色がかった金髪の娘が、

娘は答えた。

「お待ちください」

美男の映画スターであるアロン・ディロンが招かれ、淳子といちゃつきながらマキシムから呼ばれたコックが作った料理を平らげる。新城はその様子を撮影させられた。

昼食後、淳子から国宝級の浮世絵をもらったアロンは退散した。そして午後三時、淳子と新城は、マリオが運転するシトローエンSMに乗りこむ。

マリオは殴られた鳩尾《みぞおち》がまだ痛むようであった。ときどき顔をしかめながら、オルリー空港に向けての無料の高速道路を飛ばす。

空港に近づくと、右手に試作中のコンコルド機が見えた。そして空港はスト中であった。一般客にも関税検査はまったくない。出入国の係官もそっぽを向いてタバコをふかし、パスポートをろくろく見もせずにスタンプを押す。

ヘンリー鶴岡と、淳子に対して名乗っている新城であった。しかし、ポール・モランが偽造してくれた鶴岡名義のパスポートを持っている新城のことであるから、出入国の検査が厳しかったところで困ることはない。

世界最大の国際金融コンツェルンI・O・Tの会長、バート……アルベルト・エルフェルドの自家用ジェット機ボーイング七二七は、十番ゲートの前のスポットに駐まっていた。エルフェルドの使用人が、リムジーンで、淳子と新城、それに荷物を機内に運ぶ。

その七二七機内は改造され、前半分がバーやサロンや食堂、後半がベッド付きの個室になっている。ドアがついた個室の数は狭いとはいえ充分だ。

サロンにはすでに七、八人の客が乗っていた。そのなかで、失意の病床にあるボルネシアの元大統領パン・スケーノを捨てて浮かれ歩いているビディ・パン・スケーノが女王のように振るまっていた。

整形に整形を重ねたビディの顔は、いかにも男心をそそるものがあった。しかし、整形で背丈までのばすことは出来なかったので、いかにヒールが高い靴をはいていても、顔や頭の大きさと小柄な体がアンバランスであった。

ほかの客は、有名な画家や女優、それにシャンソン歌手などだ。ルオーの絵を数十点抱えている億万長者のピエール・ブランクに手を握られ、歯が浮くような賛辞を受けていたビディは、入ってきた淳子のほうに振り向いた。

二人の視線が交錯し、火花が散った。だが二人は一瞬後には、臈《ろう》たけた仮面の微笑を取戻した。ビディは、ピエールの手をそっと外して立上り、

「まあ、お久しぶり」

と、フランス語で歌うように言って淳子に歩み寄る。

「今日は一段とあでやかね」

淳子もフランス語で答えた。二人は抱擁しあう。

抱擁を解いたビディは、

「エスコートの素敵な男性はどなたなの？」

と、新城のことを尋ねた。

「セントラル映画の宣伝担当の重役の鶴岡さんよ。社長の甥《おい》なの」

淳子は新城と打合わせてあった通りに言った。セントラル映画と淳子は、年間出演三本の契約を交わしている。

「ぜひ紹介して」

自己PRの塊であるビディは目を輝かせた。その頃には、淳子とビディのまわりに、男の客が集まっている。

淳子はビディだけでなく、全員に新城を紹介した。新城は優雅にふるまった。皆に断わってからカメラをバッグから出す。

やがてボーイングにエンジンが掛かり、皆は一度食堂寄りの隔壁に並べられたソファに移って、安全ベルトをつける。機はゆっくりと滑走路に向けてタクシーし、そこでブレーキを掛けたままエンジンをフル回転させる。

ブレーキが緩められると、エネルギーを溜《た》められて身震いしていた機は猛然と走りだした。荷重が軽いために、三十秒もかからずに離陸する。

機が上空に達すると、スチュワードが皆の安全ベルトを外した。自由になった客たちに、パーサーとスチュワーデスがカクテルを配る。

淳子を中心とした写真をフィルム一本分撮った新城が、ジン・ライムのカクテルを二杯飲んだとき、機はもうスウィスの上空に来ていた。

上空から見ると、日本の中部山岳地帯とよく似ている。山々のあいだの川沿いに村落がある。機が降りたのはチューリヒの空港だ。バート・エルフェルドの迎えのメルツェデス六〇〇リムジーンが三台、空港のなかまで入って待っていた。

バートの専用機のタラップの下まで来た出入国管理官は、皆のパスポートにすぐにスタンプを押した。

三台のリムジーンに分乗した淳子たちは、ルツェルン湖に面したバートの城に向かう。超ロング・ボディのリムジーンの後部座席は二列になっていて、向かいあって坐れるようになっている。無論、カクテル・セットもついている。

ヨーロッパ道路E六号沿いの光景は新婚旅行者向けだ。新緑と万年雪の山々との対照が鮮やかであった。

バートの城は、エメラルド・グリーンのルツェルン湖とルツェルンの街を見おろす丘の上にあった。城のまわりは外堀と高い城壁に囲まれ、その城壁をくぐると、使用人の住居が並んでいる。広場は駐車スペースにもなっていた。

そして、城自体は、跳ね橋がかかった内堀の内側にあった。一行は跳ね橋を歩いて内堀を渡る。

執事に迎えられた一行が渡り切ると、橋は跳ねあげられて、世間の干渉を断ち切った。

バート……アルベルト・エルフェルドは、石畳の中庭——その広さだけでも野球場ほどある——に出て一行を迎えた。

年は五十前の筈《はず》だが、黒っぽい髪は半分近く禿《は》げあがっている。背は高く痩《や》せぎすだ。精悍《せいかん》な顔と、好色な目を持っている。

「ようこそ、皆様。よくいらっしゃいました。ドイツやイギリスのかたたちがお待ちかねですよ」

バートは顔一杯に笑いを浮かべた。淳子とビディに公平に会釈する。広いカクテル・ルームに皆を案内した。

そこでは、西ドイツやユナイテッド・キングダムの大物の政治家や女優、それに財界の指導者や芸術家たちが、カクテルのグラスを手にしていた。

バートは皆を紹介した。すでに淳子が電話で言ってあったらしく、新城はセントラル映画の重役ということで通った。

やがて、早目の夕食会が豪華な大食堂で開かれた。一人分の実費が百ドルはかかっている。酒にしても、赤は一九二一年のボルドーのシャトー・マルゴー、白は二九年のソルテーヌのシャトー・イカンといった具合だ。

食事が終わり、ダンスが行なわれた。パーティといっても何ということはないではないか……と、新城が失望しかけた頃、執事が大きな葉巻箱に入った紙巻タバコを配った。新城のところに来ると、

「カメラを預からせていただきたいのですが……」

と、言う。

「構わない。だけど、大事に扱ってくれよ」

新城は答えた。

執事は指を鳴らして下男の一人を呼んだ。下男は、恭《うやうや》しく新城のカメラを運び出した。新城は執事から受取ったタバコに火をつける。

マリファナ・タバコであった。だが、それだけではない。アヘンも混ぜられている。強く煙を吸いこんだ新城は、一瞬ながら、ふらっとしたほどであった。

皆にそれを配り終えた執事は、下男が運んできた麻薬タバコ入りの箱をサロンの要所要所に置いた。

サロンのシャンデリアを消し、執事や使用人たちは姿を消した。バートや客たちは踝《くるぶし》が埋まるほど分厚い絨緞《じゅうたん》の床に坐りこんで煙を吐きだす。

マリファナがアヘン入りと知って、新城は煙を肺や鼻に通さなかった。だが、口から吐きだしたり、他人が吐いたりした煙をうっかり吸いこむだけでもこたえる。

パーティの客たちもホストも、しばしばアヘン入りのマリファナに親しんでいるようであった。

だから、はじめて吸った者なら気分が悪くなるのに、彼等は一本目を吸い終わると恍惚《こうこつ》とした表情になってきた。二本目に火をつける者もいる。

上体をゆるやかにゆすっている者もいる。

3

灰色がかった金髪のフランスの映画女優のヴェロニカ・ニコールがまっ先に脱いだ。陽焼けした体は漂白されたような金色の産毛《うぶげ》で輝いている。ビキニのパンティの跡が鮮やかだ。

若いヴェロニカは露出狂の気《け》もあるようであった。

靴も脱いで一人で踊りながら、坐っている男たちの前で左右の脚を開きながら交互に持ちあげる。そこに鼻や舌を突っこむ男もいた。

そのとき、一匹のシェパードが廊下から跳びだしてきた。すぐ脇を駆け抜けられた女たちが悲鳴をあげる。

その茶色がかった黒いシェパードは仔牛ほどもあった。

ヴェロニカに体当たりする。ヴェロニカは仰向けに引っくり返った。

部屋の電気は消え、天井から一条《ひとすじ》のスポット・ライトが強烈な光線を流した。シェパードとヴェロニカを浮かびあがらせる。

シェパードは、両股《また》を開いて倒れたヴェロニカのあいだに鼻を差しこんで嗅《か》いでいた。

ヴェロニカは震えはじめた。シェパードは、アッシュ・ブロンドの髪に噛《か》みついてから、前脚と顎《あご》を使ってヴェロニカを俯《うつむ》けにさせた。

しかし、ヴェロニカが腹を床につけているのでうまくいかない。シェパードは焦り、鼻に皺《しわ》を寄せて、獰猛《どうもう》な唸《うな》り声をたてた。

それを見ている男も女も、アルコールと麻薬のせいもあって、異様なほど興奮してきた。

バートは、淳子とビディを左右に抱いてまさぐっている。

ほかの男女もカップルを組んでいた。男と男、女と女というのも幾組かある。新城は、ドイツの絹のようなマロン・ブロンドの若い歌手ヘレーヌ・ルーエックを抱き寄せる。ゲルマンだけに、ヘレーヌはドレスをつけていると細っそりして見えても、抱き寄せてみるとヴォリュームがある。

スポット・ライトのなかでは、焦ったシェパードに顔を噛まれそうになったヴェロニカが、やがてシェパードの意にしたがった。

シェパードは焦らずに済むことになった。たくましく振るまう。ヘレーヌは熱い洪水になっていた。

そのときには、客の幾組かのカップルは本番に移っていた。

バート・エルフェルドは、淳子とはじめている。そのバートにビディがしがみついてせがんでいる。

新城は、スカートをまくりあげたヘレーヌをアグラをかいた膝《ひざ》の間に沈めて楽しむ。

うんざりするほどのあいだ続けたシェパードは、根元が野球のボールのようにふくれあがった犬類独特の連結器を滑り出させ、廊下に去った。

続いて、今度は本職のショーのカップルがスポット・ライトの下に登場した。男がマゾで女がサドだ。

そんな調子で、パーティはおよそ四十八時間にわたって続けられた。

新城はパーティがお開きになるまでのあいだに十人の女と交わった。ビディとも寝て、夢うつつの彼女から、

「ボルネシアからスウィス銀行に送ってあった百万ドルを、いまはバートのI・O・Tに預けてあるの……利子だけで、年に二十万ドルが入るわ……スウィス銀行だと、たったの三万ドル……だから、バートはわたしの守り神なの」

というのを聞くことが出来た。

中心部のヒダまで整形したということだが、ビディの味は大したことはなかった。そのビディは淳子について、

「バートが言ってたわ。アムスの日本商工会館に一度プールされた沖先生や富田先生の海外資金や淳子のハズの岸村たちのお金は、以前はスウィスの銀行に大半の運用を任せていたけど、今はバートのI・O・Tにほとんど全部を移したんですって。淳子がこっちで贅沢していられるのは、バートのご機嫌をそこなわないようにサーヴィスするためのお手当を沖先生からもらっているからよ。勿論《もちろん》、岸村の汚いお金もあるけど……あの女はパン助だわ」

と、自分のことは棚にあげてしゃべった。

バートのジェット機でパリに戻った翌日、ルーブルの近くの画廊でピカソの小品を五万フラン出して買った淳子は、ツール・ジャルダンで新城に鴨《かも》料理——絞った血のソースを掛けて焼く——をおごったあと、マリオが運転する車のなかで、

「もう取材は充分でしょう？　いつもカメラに狙われていると落着かないわ」

と、言う。

「長いあいだ取材に協力していただいて有難うございました。ムッシュー・エルフェルドのパーティの様子をくわしく書きますから、雑誌は売れに売れるでしょう」

新城は日本語で答えた。

「あ……あなた、日本語が使えるの！」

淳子は顔色を変えた。日本語で叫ぶ。

「はい。これでも日系人ですから」

新城はふてぶてしく笑った。

「どうして、日本語が話せるのに、知らない振りをしてたの？」

淳子の瞳に怯《おび》えの影がひろがった。

「マダムは日本人なのに、日本語を軽蔑《けいべつ》していらっしゃる、と聞いたことがありますので。いま私が日本語を使っているのは、マリオに聞かれないように、との配慮からです」

新城は言った。

「ねえ、お願い……バートのオージー・パーティのことは記事にしないで」

淳子は新城の手をきつく握った。

「それは無理ですよ。あなたとバートがアクメに達したときの様子も、隠しカメラでバッチリと撮ってありますしね……。あの写真を今度の記事のタイトル・バックに載せる積りです」

新城はニヤリと笑った。

「やめて、許さないわ、裏切りよ！」

「どうしてです？　うちの雑誌も売れないことには話になりませんからね」

「バートに電話するわ。バートから〝ザ・ソサエティ〟の社長や編集長に電話してもらうわ！」

「効き目があるといいですがね。うちの雑誌は大企業の広告の申し込みが多すぎて、断わるのに苦労しているのが実情ですから」

「…………」

淳子はヒステリーの発作を起こしそうな顔付きになった。

新城はそれを見て、突然、好色な笑いに切替え、

「美しいマダムを心配させて済みませんでした。いいです、いいです、オージー・パーティのことは記事にしないようにします」

と、言う。

「本当に？　約束してよ！」

淳子は新城に抱きついた。マリオの運転がさらに乱暴になった。

「そのかわり、私のほうも、無条件というわけではない」

淳子の耳を唇で愛撫《あいぶ》しながら新城は囁いた。

「分かっているわ。わたしだって子供ではないもの。いくら払えばいいの？」

軽く身震いしながら淳子は囁き返した。

「金が欲しいわけではない。奥様の素晴しい蜜の味を、もう一度味わわせてもらいたいんです」

「…………」

「いかがでしょう？」

「優雅な脅迫者ね。分かったわ。本当のことを言うと、わたしもあなたに参ってしまったの。思いだしただけで濡《ぬ》れてしまう」

淳子は新城の腿《もも》に手を滑らせた。

「マリオがアタマにきてぶっつけたりしたら困る」

「この前は、マリオが無礼を働いたんですってね。ごめんなさい」

「今夜、ゆっくり会ってくださいますね？」

「勿論よ。朝の陽が昇るまで勘弁しないから覚悟していらっしゃい」

淳子は新城を色っぽく睨《にら》んだ。新城がスカートのなかをさぐってみると、バターを溶かしたようになっていた。

「外で会ってくれますね？　この前はマリオは素手だったけど、今度はナイフかピストルを振りまわすかも知れない」

新城は囁いた。

「マリオには休暇をとらせるわ」

「駄目ですよ。奴は嫉妬に狂って、ムッシュー・岸村に密告するかも知れない」

「それもそうね」

「ですから今夜十一時頃、マリオに気づかれないようにして脱け出てください。パトー・アパルトマンの裏通りにある花屋の前で私は待っています」

「分かったわ。何とかやってみるわ」

「使用人の誰にも見られないようにしたほうがいいですよ」

「スリルがあるのって大好き」

「じゃあ、約束ですよ」

新城は淳子の小指に自分の小指をからませた。今夜は淳子にとって、この世の最後の夜になるのだ。

パトー・アパルトマンに戻った新城は荷作りした。淳子が呼んでくれたハイヤーでホテル・フィリッツに行く。

そこでハイヤーから降りたが、新城は部屋をとらなかった。タクシーに乗った。タクシーを三台乗り替え、遠廻りして、サンジェルマン大通りとセーヌ川に挟《はさ》まれた自分のアパルトマンに戻る。

午後三時近くであった。新城は、ローマのホテル・インペリアルに電話を入れ、そこのコンセルジュに、

「やあ、リコ。返事が遅くなった。この前の日本の俳優を案内する件、こっちはオーケイだ。奴さんは、いつそっちに着くんだい？」

と、言う。

「そいつはよかった。奴の撮影のアップが遅れとるんで、到着のスケジュールがのびて、四日後になるとかいうことだ。それでも構わないかい？」

リコは言った。

「困ったな」

「そのかわり、案内料はうんとはずむそうだ。あんたがローマに来るときの往復キップは、アリタリアの事務所に行ったら、いつでも受取れるようにしておくよ」

「分かった。世話になったな」

新城は電話を切った。

それから、黒ミサ・パーティの主催者に再び電話を入れると、隠語で細かな打合わせをした。

夜にそなえて、睡眠薬をコニャックで胃に落としこみ、ぐっすりと眠る。その彫りが深い寝顔には、邪悪な微笑が刻みこまれていた。

八時に、目覚し時計が鳴るより早く、頼んでおいたアパートのコンセルジュのアンリがドアをノックした。

「有難う」

まだ朦朧《もうろう》とした頭を平手で叩きながら起上った新城は怒鳴った。

アンリは、マスター・キーでドアを開けて入ってくる。黒褐色になった仔牛の腿《もも》の燻製《くんせい》を一本とフォア・グラの罎《びん》詰めを三個、それにオレンジ一キロとボルドーの赤を抱えている。新城が買いにやらせてあったのだ。

素っ裸のままベッドを降りた新城は、チップを含めて百フランをアンリにやった。アンリは、皺《しわ》だらけの顔を笑いでさらに皺を深めて引きさがる。

新城は熱いシャワーと冷たいシャワーを交互に浴びて頭をすっきりとさせた。四キロほどある燻製を丸かじりする。ボルドーの赤をラッパ飲みした。

さすがの新城も、骨のまわりの肉を一キロほど残した。そいつを冷蔵庫に放りこみ、身づくろいした新城は、アパートを出る。オレンジの紙袋を抱え、ワルサーPPKの三十二口径自動拳銃《けんじゆう》を入れた予備弾倉ポケット付きのホルスターを腋《わき》の下に吊り、ズボンのポケットにはアイノックスの刃渡り十センチの飛びだしナイフを突っこんでいる。フランスでは、ほかの文明国と同様に、拳銃も飛びだしナイフも銃砲店で手に入る。

オレンジをかじりながらブラブラと歩いた新城は、パレ大通りの裏の教会の塀に沿って路上駐車している車のうちから、ポルシェ九一一Eに狙いをつけた。

手袋をつける。背広の襟《えり》のなかに隠してあった針金でドアを開く。イグニッションとバッテリーをジタンのタバコの銀紙をよったもので直結にする。

燃料ゲージは、ほぼ満タンであることを示した。ゆるい坂道なので、ギアをニュートラルにして押す。

時速十キロほどになったところで運転席に跳び乗る。二十キロほどになったところでギアをセカンドに入れ、慎重にクラッチをつなぐ。ガクンとエンジン・ブレーキが掛かり、車速は落ちた。だが、次の瞬間、エンジンに生命がかよった。新城は素早くギアをニュートラルにし、エンジンを空ぶかしさせる。

エンストの怖れがなくなったところで、新城はギアをローに入れ替え、大通りに車を向けた。淳子と約束した〝ゾレール〟という花屋は閉まっていた。その前にポルシェを停めた新城はエンジンを切らずに待つ。

三十分ほどして、黒っぽいエナメルのコートとパンタロン姿の淳子が、サン・グラスを掛け、歩いて花屋に近づいた。

新城もサン・グラスを掛けた。車から降りて軽く手を挙げる。淳子のために助手席のドアを開いた。

「これ、あなたの車？　スリルがあったわ」

走りだしたポルシェのなかで淳子は喘ぐように言った。顔が蒼《あお》ざめている。そして新城はバック・ミラーに、尾行してくる二台の車をとらえていた。

ブラック・ミサ

1

尾行してくる車の一台は、オープンにしたトライアンフTR5、もう一台はシヴォレー・コルヴェット・スチングレイ・スポーツ・クーペであった。

しかし新城は、わざとその二台に気付かない振りをし、助手席の松平淳子に、

「来てくださったとは夢のようですよ」

と、囁《ささや》きながら、右手をシフト・レヴァーから放して抱き寄せ、唇を合わせると、舌をからませる。

そうしながら、薄目を開けてバック・ミラーを見ると、淳子が引きつったような表情でうしろから来る二台の車を盗み見ているのが見えた。

新城が淳子から離れると、淳子はあわてて瞼《まぶた》を閉じ、真に迫った溜息《ためいき》をついた。

「だって、あなたの体が忘れられないんですもの」

と囁く。新城はフォンテーヌブローのほうに向けてゆっくりとポルシェ九一一Eを走らせた。二台の車は、ポルシェを逃さない程度の距離を保って尾行《つけ》てくる。街中では、どの車もスモール・ライトだ。

国道七号に入り郊外に出ると、新城はヘッド・ライトをつけた。その車も、フランス車独特の黄色いライトに取替えられてあった。

新城は百三十キロまでスピードを上げてみた。二台の車——トライアンフが先だ——は、やはり同じぐらいのスピードに上げ、二百メーターほどうしろから迫ってくる。

やがて、道の左右は田園風景になった。日本とちがって田舎にはほとんど人影は無く、しかも歩道が完備しているから、飛ばすには楽だ。

新城は五速から四速にシフト・ダウンし、思いきりアクセルを踏んだ。トライアンフTR5は、見る見る引き離される。

それを見たコルヴェット・スチングレイは猛然と加速した。七リッター級のエンジンをつけているらしく、大馬力に物を言わせ、TR5を抜くと、——五速にシフト・アップして二百までスピードを上げたポルシェに迫ってくる。

しかし、それから先は、空気抵抗のためにポルシェとの差はなかなか縮まらない。行き交う車は少ないので、新城はさらにアクセルを踏む。

ポルシェのスピード・メーターは二百三十キロを示しているが、実際は二百十数キロというところであろう。淳子は、

「やめて！　死ぬのは嫌！」

と、ヒステリックな金切声をあげて、ハンドルを摑《つか》もうとした。新城は、それを振り払う。

前方左手に小さな森が見えた。セーヌ川のほうに向かう間道がその森を抜けている。アクセルから足を浮かせた新城は、思いきりブレーキを踏みながら、ヒール・アンド・トウでシフト・ダウンする。

コルヴェットは、追突しそうに迫ってきた。淳子は、前のめりになる重力に耐えながら、首をうしろに振り向けて悲鳴をあげる。

新城は左側の対向車線にハンドルを切ってコルヴェットをやりすごそうとした。しかし、コルヴェットも、鋭く左に移る。アメ車に珍しく後輪も独立式サスペンションを採用しているので、ロード・ホールディングもかなり良い。

新城は右にハンドルを切り直した。ポルシェはダブル・ローリングのせいで蛇行しはじめる。カウンターを当て、ハーフ・アクセルでスピンを防ぐポルシェのうしろで、やはり右の車線に戻ったコルヴェットが、派手にクルクルと廻りだした。

右の路肩に車輪をはみださせて、やっとスピンをくい止めた新城は、森のなかの間道に向けて車を突っこませた。車の尻がザーッと流れる。

二回転半スピンしたコルヴェットは再び追いかけてきた。タイヤから煙を吐きながら左回りに間道に突っこむ。

そのコルヴェットの助手席の男が車窓から上半身を乗りだした。短機関銃をすでに四百メーターほど離れたポルシェに向ける。サン・グラスを掛けていた。

その短機関銃は、フランス製MASであった。コルヴェットは再びポルシェとの間隙《かんげき》を縮める。

短機関銃が毒々しい炎を舌なめずりした。たちまちのうちに三十連弾倉の中身を吐き散らしたが、数発がポルシェのボディにくいこんだだけだ。

しかも、MASの使用弾は七・六五ミリの三十二口径コルト自動拳銃弾《エイ・シー・ピィ》を少し強力にした程度の、短機関銃としては弱装弾であったので、ボディを貫いた程度で、エンジン部や新城たちに被害を与えるまでにはいたらなかった。

だが新城は、このままではまずいことになることを知っていた。左手でハンドルを押えながら、左腋《わき》のホルスターからワルサーPPKの自動装塡《そうてん》式拳銃《けんじゅう》を抜き、撃鉄《げきてつ》に親指を掛ける。

その右手に、悲鳴をあげ続けていた淳子が嚙《か》みつこうとした。新城は肘《ひじ》で淳子の顎《あご》を突きあげ、意識を朦朧《もうろう》とさせる。親指で撃鉄を起こした。

新城は再び急激にスピードを殺し、間道の左側の木立ちがまばらになったあたりに向けて、直角に車首を回した。

弾倉を替えたコルヴェット・クーペの助手席の男は再び短機関銃を掃射したが、フロント・ウインドウが邪魔になってうまくポルシェに命中させることが出来ない。新城の左手の指がもげそうな激しいショックを伝えながら、ポルシェは歩道を乗り越えた。灌木《かんぼく》をへし折りながら森のなかに突っこんでいく。引っくり返りそうにジャンプし、着地したときに後輪のタイヤは鋭い切り株に裂かれて炸裂《バースト》した。

ポルシェは、やっと横転することも無く停《と》まった。ショックで淳子は気絶し、ぐったりとなっている。

その淳子を助手席の床に手荒く押しこめた新城は、車から転げ降りた。大きく開いたドアの陰に蹲《うずくま》る。車のほかに楯《たて》にするものはないかと、あたりを見回す。

間道に急停車したコルヴェットから、助手席の短機関銃の男と、運転席の拳銃を握った男が跳び降りた。

MAS短機関銃の男は掃射した。停まっているポルシェに二十数発がくいこむ。ドアを貫いた一発は、勢いを失い、新城の胸の服地に当たったところでポロリと落ちる。

新城は短機関銃の弾倉が尽きるのを待った。

その時がきた。新城は素早く立上り、ザウエル拳銃を乱射してくる運転席の男に、右手のワルサーPPKから一発くらわせる。

胸の真ん中に三十二口径弾を射ちこまれたその男は、両足を跳ねあげながら仰向けに倒れた。

薄笑いを浮かべた新城は、あわてて腰の弾倉帯につけた予備弾倉を引き抜こうとしている短機関銃の男の右腕に、ゆっくりとワルサーPPKの狙《ねら》いをつけた。

その男は、発狂したような声をあげた。新城は引金を絞る。命中であった。

その男は抜きかけていた予備弾倉を落とし、左手の短機関銃を放りだし、射たれた傷口に狼《おおかみ》のように嚙みついた。

新城はゆっくりと、その男の両膝《ひざ》の皿を射ち抜いた。男は祈るような格好で両膝をつき横に転がろうとする。新城はそいつの左腕の肘を射ち抜いた。

そのとき、タイヤの悲鳴をきしませながら、遅れていたトライアンフTR5が近づいてきた。

新城は左方十メーターほどのところにある太い木のまわりの、密生した灌木のなかに、イバラを防ぐために両手で顔を覆《おお》いながらもぐりこんだ。

向こう側が透《す》けて見える位置で停まり、腹這《はらば》いになったまま、左手でホルスターの革ポケットに入っている予備弾倉を取出す。

TR5は、急ブレーキをきしませコルヴェットのすぐうしろに急停止した。ドアを跳び越えて、二人の男が降りる。

二人とも、米軍の旧制式銃の一つであったM2《エム・ツウ》カービンを腰だめにしていた。三十連のバナナ弾倉がついている。

背の高いほうが、フル・オートにしたカービンをポルシェに向けて、射ちまくった。

しかし、銃が軽すぎる上に遊底の回転速度が高すぎるためにカービンは跳ね、五発に一発の割りぐらいでしか当たらない。男はセミ・オートに切替え、狙い射ちをはじめた。

ポルシェの窓ガラスは粉々になり、リア・エンジンは破壊される。TR5の向う側に跳び降りていた背の低い男のほうも、森のなかに移ってきて狙撃《そげき》に加わった。

新城の反撃がないことを知り、二人の男は狙撃を中断した。残忍な笑いを浮かべてポルシェのほうに歩み寄る。

それを待っていた新城は、右腕をのばし、ワルサーＰＰＫの引金を二度絞った。三十メーターほどの距離であったから、外《はず》れっこなかった。

二人は胸腔《きょうこう》を銃弾に貫かれ、キリキリ舞いをしながらブッ倒れた。爪で地面を掻《か》きむしる。

ワルサーＰＰＫの弾倉は八連であるから、新城の拳銃には薬室に一発残っているが、新城は要心深く、空になった弾倉を予備弾倉と取替えた。薬室に一発、弾倉に八発で九連となる。

2

それから新城は、しばらくのあいだ待った。

はじめに胸の真ん中を射たれた男は、ぐったりとしたまま動かなかった。あとの三人は苦悶《くもん》している。

茂みのなかから這いだした新城は、残骸《ざんがい》のようになったポルシェに近づいた。助手席の床に押しこめた淳子を調べてみた。

淳子は気絶したままだ。しかし、被弾はしてない。しばらく気絶から覚めないように淳子の頭を銃把《じゅうは》で殴りつけておいて、新城は倒れている男たちのほうに足を向けた。

それぞれの銃を拾って、離れたところに投げる。カービンの二人も短機関銃の男も、背広の下に拳銃を隠していた。

うまい具合に、どの拳銃も三十二口径ＡＣＰの実包を使用する拳銃であった。コルト三十二オートマチックやベレッタ・ピューマやザウエルなどだ。

それらの拳銃の弾倉から抜いた実包を、空になった自分のワルサーPPKの予備弾倉に塡《つ》め替えたり、ポケットに移したり、彼等が身につけていた弾薬サックを奪ったりする。

短機関銃の男は、血の塊を口から吐きだし、死の痙攣《けいれん》をはじめた。新城は、まだ十個のポケットに七つの弾倉が残っている弾倉帯を奪った。

短機関銃も奪い、三十メーターほど離れた木の切り株に腰だめで三点射しながら試射してみた。着弾的をはっきりと摑むまでには二十発以上を要した。

生き残っている三人を引きずって一《ひ》と所《ところ》に集めた新城は、彼等の服をナイフで裂いて脱がせた。脱がせた服を三人の頭のあいだに置きライターの火を移した。

燃えあがった服の炎は三人の髪に燃え移ろうとした。三人は悲鳴をあげ、転がって逃げようとする。

「動くと蜂《はち》の巣にしてやるぜ！」

新城は服の炎のなかに、短機関銃弾を五、六発射ちこんだ。派手に火の粉が飛び散る。

「助けてくれ！」

コルヴェットの助手席にいた男が悲痛な声をたてた。褐色の皮膚とキツネのような顔を持っていた。

先ほど調べた運転免許証から、その男の名がアルジェリア生まれのジャック・マルローであるということを新城は知っている。

「どうして俺が貴様を助ける義務がある？」

新城は嘲笑《あざわら》った。

「やめてくれ、お願いだ」

ジャックは両手を握りしめて祈る格好をした。

「貴様たち、俺が誰なのか知って襲ったんだな？」

新城は三人のそれぞれに向けて、ゆっくりと短機関銃の銃口を回した。

「殺せ！　ドジを踏んだ俺たちは、生きては帰れねえ」

やはり運転免許証から、フランソワ・ベッケルという名と新城が知った、トライアンフの運転をしていた一メーター九十近い大男が呻《うめ》いた。丸い顔に太い口髭《くちひげ》をはやしている。

「イキがるのはよしたほうがいいぜ、そんなに死にたいんなら望み通りにしてやる。いまここでな」

新城はMAS短機関銃の銃口をフランソワに向けた。

「ああ、殺せ。どうとでもしやがれ！」

フランソワは巨体を震わせながらわめいた。

途端に、新城が腰だめにしている短機関銃が、バーッ、バーッ、バーッ……と三度、点射の軽快な発射音を響かせた。

フランソワの胸や背中にバネがついているかのように、その巨体は着弾の衝撃で跳ねた。上半身が挽肉《ひきにく》のようになったフランソワは死の国へと送りこまれる。

「やめてくれ！」

フランコというトライアンフの助手席にいた細く小柄な男が小便の湯気をたてながら哀願した。

「二人とも、俺がどんな男か分かったか？　分かったら、どうして俺を殺《や》ろうとしたかもしゃべってもらおう」

新城は命じた。

「傭《やと》われたんだ」

フランコは喘《あえ》いだ。

「誰に？」

「言わねえ。しゃべったと分かったら消される！」

「じゃあ、かわりに、いま消してやる」

「分かった、分かったからやめてくれ。しゃべる！」

「よせ」

ジャックが叫んだ。

「じゃあ、貴様が死ぬんだ」

新城は銃口をジャックに向けた。

「奴を片付けてくれ。そしたら、俺は安心してしゃべることが出来る。そうでないと、奴は俺を密告する」

フランコは呻いた。

「何だと、この裏切者!……奴を殺《や》ってくれ。そしたら俺はしゃべる」

ジャックは、フランコに摑みかかろうとあがいた。

「いいから、いいから。俺はお前たち二人からは、何も尋《き》きだせなかったことにしてやる。だから、安心してしゃべるんだ」

「ムッシュー・アルベルト・エルフェルドだ」

二人は、ほとんど同時に言った。

「そうか。あの野郎か」

「俺たちは、ムッシュー・エルフェルドに傭われて……」

「いつも殺しを引受けてるのか?」

「……………」

「しゃべるんだ」

「分かった……そうなんだ……失敗したのははじめてだ」

フランコは唇を震わせた。

「俺についてエルフェルドの野郎は何と言った?」

「あんたを消せと、ただそれだけだ」

「マダム松平については?」

「やむをえないときには、あんたと一緒に消してもいい、と言った」

「そうか。今度の仕事には、ここにいる貴様たちのほかにも誰か加わってるのか？」

「分からねえ。助けてくれ。痛くてたまらねえ。怖い。気が狂いそうだ」

「じゃあ楽にしてやる」

新城は短機関銃を使い、二人の苦痛を永遠に取りのぞいてやった。空になった弾倉を機関部から抜いて、予備弾倉のうちの一個を挿入する。

男たちの四丁の拳銃を上着やズボンのポケットに突っこみ、奪ってあったキーでコルヴェットのエンジンを掛けた。自動ミッション付きだ。

バックでそのコルヴェットを、森のなかのポルシェに近づける。コルヴェットから新城が降りてみると、淳子は意識を取戻し、走って逃げようとしていた。裸足だ。

「どうなさいました、マダム？」

短機関銃を腰だめにした新城は、ふてぶてしく笑った。

淳子は悪魔のような形相《ぎょうそう》になっていた。立ちすくむと、無理やりに微笑を浮かべようとしたが、ただ顔が歪《ゆが》んだだけであった。芸達者な淳子も、今回だけは勝手がちがうらしい。

新城は左手でその淳子を摑むと、四つの死体がよく見える位置まで引きずった。

「ご感想は？」

と、嘲《あざけ》るように一礼する。

「やめて！」

両手で顔を覆《おお》った淳子は嫌々《いやいや》をした。

「ふざけるなよ。あいつらは、お前さんとエルフェルドが傭った殺し屋だ」

「知らない。知らないわ、わたし……」

「そうか？　じゃあ、この車で貴様を引きずってやる。ロープで貴様の両足をゆわえてな。貴様の顔の骨まですりむけるぜ」

新城は狼のような笑いを頬に走らせた。

「許して！　わたしが悪かったのよ。でも、殺し屋を差し向けたのはバートの差し金……わたしは知らないわ」

淳子は呻いた。

「さあ、さあ。本当のことをしゃべるんだ。二た目と見られない顔と体にされたくなかったらな」

新城は冷たく命じた。

3

「あなたに脅迫されたことを、バートに電話でしゃべったの。そしたらバートは、しばらくしてから返事してきたわ。ビディ・パン・スケーノとも話しあって、あなたを消すことに決めた……と言うの。わたしは、そんなことやめて、と言ったのに、バートは聞いてくれなかった」

「そうかい。まあいい。ともかく、車に乗るんだ」

新城は淳子をコルヴェットの助手席に押しこめた。再び頭を殴りつけて気絶させる。車を森から出し、セーヌ川に沿った県道に向けた。

セーヌを渡り五キロほど行ったところに、かなりの広さの森があった。

森のなかに、高いレンガ塀で囲まれた広い屋敷がある。塀の上には、侵入者を防ぐ高圧電流を通した有刺鉄線が張りめぐらされていた。

新城は、その屋敷の正門の前で車を一時停止させると、ヘッド・ライトを点滅させた。五度短く、六度長くだ。

門が開いた。新城は車をゆっくりと門の内側に滑りこませた。門がうしろで閉じる。

前庭だけで十町歩はあった。自然のままの林のなかを、曲がりくねった細い道がついている。その道を車で進んでいくと、突如として目の前が開け、千坪ほどの芝生とそのうしろの母屋が見える。母屋は、中世風の石造りであった。

芝生には十数台の車が駐まっていた。新城も芝生にコルヴェットを駐めた。短機関銃や四丁の拳銃などは車のトランクのなかに仕舞う。自分の拳銃は身につけたままだ。

それから、母屋の玄関の真っすぐ前の位置に立つ。

玄関のドアの上から強烈なライトがのびて新城の全身を包む。首実検が済むとライトは消えた。

新城は意識が朦朧としている淳子をかついだ。淳子は失禁でパンタロンもストッキングも濡《ぬ》らしているので、新城にとっては、あまり気持がいいものではない。

玄関ホールでは、蛍光塗料の白い髑髏《どくろ》が浮きあがったように見える黒いガウンをまとった人物が待っていた。

胸には髑髏のネックレスの鉤《かぎ》十字架を吊り、目と鼻と口のあたりだけ開いた仮面をつけている。

仮面には仔羊のそれで作った悪魔の角が生えている。悪魔の黒ミサの大僧正役のルネ・ボーマンだ。

「遅かったな。みんな待っている」

ボーマンは、陰にこもったような声で言った。

「事情があったんだ。邪魔が入ったが片付けてきた」

新城は答えた。

「そうか。相手にトドメを刺したか？」

「勿論《もちろん》」

「じゃあ結構。さっそくサバトの会場に案内しよう」

ボーマンは先にたって歩きだした。

玄関ホールの左側の部屋の大きなタンスのなかに、地下に通じる秘密の階段があった。

階段を降り、曲がりくねった地下の通路を行くと、突き当たりに樫《かし》のドアがあった。ドアの上と左右に、モニターTVのカメラがある。

三重の樫のドアが開くと、そこが黒ミサの会場であった。怪奇な教会だ。〝サバト〟すなわち満月のたびに行なわれる集会のほかに、年に数度行なわれる大集会にも使われ、箒《ほうき》や妖怪《ようかい》や怪獣に乗って飛んでくる魔女たちの姿が描かれた絵をはじめ、壁には怪奇な絵が描きなぐってある。

そして広い会場の中央には、直径三メーターほどの、黒ビロードを掛けた低い円形の祭壇があり、そのまわりでは十三人の男女の会員が腰を降ろしていた。

彼等は仮面をつけてなかった。素っ裸の体に、黒いガウンをまとっている。抱きあいながらマリファナを吸っている。モグサ臭い香りが充満している。

待っている間に、彼等の血管にマリファナがかなり回っているようであった。体をゆらゆらとさせている。男たちのなかには政界の実力者もいるし、女たちのなかには巨大会社の社長夫人や貴婦人もいる。

「やっと生贄《いけにえ》が登場だ」

歓声があがった。その地下室は完全防音になっていて、外には絶対に音が漏《も》れない。

そのとき、黒い教会の突き当たりの潜《くぐ》り戸が開き、大僧正と同じような扮装《ふんそう》ではあるが、段ちがいに貫禄《かんろく》があるサタンの司祭のロジェ・フレイが、黒革の聖書のようなものを手にして入ってきた。

一方、大僧正のボーマンは、祭壇の近くに、竜や黒バラの入墨が彫られた人間の皮で張った浴槽を引っぱってきた。

その浴槽を祭壇の近くに引き寄せたボーマンは、直径一センチほどの太さの長い釘《くぎ》を数本と生皮のロープ、それに悪魔を形どったハンマーを取出した。

「美しき悪魔の御名のもとに、ただ今から悪魔に生贄をささげる」

黒い司祭のロジェ・フレイは陰にこもった声で宣言した。

黒ミサ・パーティの会員たちは淳子に飛びかかった。淳子の着ているものを、引き千切る。

意識を取戻した淳子は、悲鳴をあげながら逃げようとした。

しかし、大勢にかかられてはどうにもならない。淳子の体は皆に抱えあげられ、祭壇の上に仰向けにさせられた。

まだ悲鳴をあげ続ける淳子の体は大の字に開かれ、両手首と両足首に生皮のロープが結ばれた。

大僧正のボーマンが、黒ビロードを張った祭壇の四個所に、太い釘をハンマーで打ちこむ。

淳子の手首や足首に結ばれた生皮のロープはそれらの釘につながれた。

「何するの、畜生!」

淳子は日本語でわめいた。声をあげるごとに大きく開かれた花弁が動く。

会員たちはその祭壇を囲んで床に坐った。ボーマンは必死に暴れようとする淳子の乳首の上に、黄金で作った洗面器のように大きなカップを乗せた。重いので、淳子の乳首は横にねじれる。

大カップのなかには、どろりとした赤黒い液体が入っていた。

「畜生、人殺し!」

淳子は新城を見つけて罵《ののし》った。

「おや、おや。そういう下品な口をきかれるかたとは知りませんでしたね」

新城は嘲笑った。

「お前は誰なの！　本当は誰なの？」

「ご覧の通り、悪魔の使者ですよ」

新城は一礼した。

「助けて！　助けてくれたら、どんなことでもするわ」

淳子は震えながら涙をこぼした。

「その気になったら助けてやる。しばらくはどういうことになるか、じっくり味わうんだな」

新城は答えた。

悪魔の司祭は、マントの裾《すそ》を開き、隆々としたものを剝《む》きだしにした。根元はひどく太く、先は細い。根元に逆十字架をぶらさげ、聖書のようなものを開いて祈りをあげる。カソリックの祈禱書《きとうしょ》を最後のほうから逆に読み、しかも〝神〟を〝悪魔〟、〝善〟を〝悪〟に読み替えているのだ。

悪魔の祈禱書が読み終えられると、司祭は淳子の腹の上に腰をおろした。淳子の胸の大きな黄金のカップを持ちあげ、赤黒くどろどろした液体を普通のコップ一杯分ほど飲む。

その液体は、ブドウ酒のなかに、幻想作用を起こさせるマンダラゲや朝鮮アサガオ、それにベラドンナやLSDなどを混ぜてあるのだ。

司祭は隆々とした男根で淳子の胸に逆十字架をなぞり、再び黄金カップを置いた。次いで大僧正が淳子の腹の上に腰を降ろし、黄金のカップから液体を飲んだ。

続いて会員たちが、次々に飲んだ。最後に新城は飲む真似をして、ほとんどをシャツのなかにこぼす。

会員たちは再び祭壇のまわりに坐りこんだ。司祭は金切声で罵る淳子と一つになった。

上半身を起こし、狂おしいリズムで別の祈禱書を逆から読みあげる。

すでにマリファナの酔いが回っていた会員たちは、その悪魔の祈禱書が読み終えられ、司祭が身を外すと、死体に群がる禿鷹《はげたか》のように淳子に襲いかかった。

歯をたてる者もいれば舐《な》める者もあり、鋭い爪で引っ搔《か》く者もある。

淳子は恐怖で発狂しかかっていた。得意のフランス語は出ず、日本語で、

「痛い……ギャーッ！　助けて……死ぬのは嫌！」

と、絶叫をあげ続ける。

「死にたくないか？」

新城は声を掛けた。二人が日本語で話をしても、その内容は、ほかの誰にも分からない。

「死ぬのは嫌！　助けて！」

「じゃあ、俺の尋ねることに正直に返事するんだ。沖や富田や貴様の亭主たちの隠し金は、バート・エルフェルドのI・O・T——インヴェスターズ・オーヴァーシーズ・トラスト——に運用を任せてある、というのは本当なんだな？」

「誰から聞いたの？　あんたは本当は誰なの？」

「誰でもいい。死にたくなかったらしゃべるんだ。しゃべったら、この気が狂ったパーティをやめさせてやる」

新城は言った。

「痛い！……その通りよ。もとはスウィスの銀行に運用を任せてあったけど、今は大半をバートのI・O・Tに移したの、利子が段ちがいだから……殺される！」

「沖──富田派がI・O・Tに預けた金は幾らだ？」

「大体三億ドル」

「そうすると、一千億円というところか。やっぱし、田中が言った通りだな」

「助けて！」

「岸村はいくら預けてある？」

「二百万ドル」

「そうか。岸村のI・O・Tの証券はどこに隠してある？」

「スウィスの銀行の保全金庫に！」

「スウィスのどこの銀行だ？」

「クレジット・バンク・ド・ジュネーブ」

「金庫番号は？」

「七四二J五二……でも、岸村本人が行かないと絶対に開けてくれないの」

「岸村が死んだら、わたしが行っても開けてくれる。だから、わたしを生かしておいたほうが得よ！」

「岸村でないと開けられない、と言ったじゃないか」

「わたしなら開けられるわ。だから、助けて！」

「…………」

「鍵は？」

「銀行が持っているわ。助けて！」

淳子は肉を嚙み切られた苦痛に絶叫をあげて気絶した。

麻薬と幻覚剤で完全に狂ってしまった会員たちを、もう新城は止《と》めることが出来なかった。

凄惨《せいさん》な地獄図が続けられ、やがて嚙み砕かれて血を啜《すす》られた淳子の死体は、人間の皮を張った浴槽に放りこまれ、糞尿《ふんにょう》を浴びせられる。

刺客

1

悪魔のパーティは午前四時に終わった。

客たちは、それぞれ自家用車で帰途につく。残った悪魔の司祭のロジェ・フレイ、大僧正のルネ・ボーマン、それに新城彰は、切り裂かれ、噛《か》み砕かれ、その上に穢《けが》された松平淳子の残《ざん》骸《がい》を、教会の裏庭の林のなかにある巨大なガラス箱のなかで、硫酸で処理した。

その作業が終わったときはすでに夜明け近かった。三人は、教会の地下の小部屋に戻るとコニャックやコーヒーを飲んだ。

「俺はアルベルト・エルフェルドに追われている」

新城は言った。

「I・O・Tのバート・エルフェルドか？」

仮面を脱いでいた司祭のロジェが呟《つぶや》いた。年はまだ五十過ぎだが、髪は真っ白だ。顔にも皺《しわ》が深い。

「そう。さっきの生贄《いけにえ》は、バートの女の一人だ。亭主はいるが……」

「あの女の名前は分かってる。確か日本の女優だな。だけど、君が心配することはない。我々の仲間はフランスだけでも何百人もいる。ヨーロッパやアメリカ全体をあわすと、何千人もだ。客となると、数えきれないぐらいだ」

「………」

「我々は客の秘密を握っている。客がチンピラならどうってことはないが、君も知っているように、ここの客だけでも法務大臣から検事局の局長までいる。彼等は私のロボットだ」

ロジェは言った。

「そうでしたな。それをあなたの口から聞いて安心しました」

新城は頭をさげた。

「追われたときに身をひそめておける隠れ家を幾つか知っておくのも悪くないようだな。ルネ、名簿を持ってきてくれ」

司祭のロジェは言った。

「ここに乗ってきた車を替えないと。あれは、エルフェルドの部下から頂戴《ちょうだい》した車だ。プレートのナンバーから奴等に分かってしまう」

新城は言った。

「分かった。車種は？」

「コルヴェット・スチングレイ・スポーツ・クーペ」

「そいつは目立ちすぎるな。ナンバー・プレートを取替えただけでは駄目だ。オンボロのルノーでよかったら使うか？」

「有難い。動きさえすれば何でもいい」

新城は答えた。

「分かっているだろうが、君と我々の関係を、君の口からは、誰にもしゃべることはならない」

「勿論《もちろん》。たとえ口が裂けても、そんなことをするわけがない。俺は日本の男だ」

「サムライだな。君を信用しよう。ところで、いいものがある。今夜の生贄を連れてきてくれた礼にこの薬を進呈する。こいつは、南洋の毒草とインカの毒ジャガイモの芽のエキスを混ぜあわせて作った薬だ。こいつを飲むと、体力次第だが、三日から一週間のうちに発狂する。他人から見れば、その薬を飲まされて発狂した人間は正常に見えるのだが」

「そいつはいい」

「これだ」

ロジェは、ガウンの内ポケットから、緑色のカプセルを取出した。直径五ミリ、長さ一センチ五ミリほどだ。

カプセルの蓋《ふた》をねじって開くと、透明なプラスチックのチューブが入っている。チューブの中身の液体も透明であった。

「無味無臭だから、コーヒーにでもスープにでも混ぜることが出来る」

ロジェは言った。

「まさか、このコーヒーには入ってないでしょうな？」

新城は笑った。

「怒るぞ」

「済まない。冗談だ。ところで、普通の体格の男に対して効《き》き目がある量は？」

「チューブの三分の二だ。念のために一本全部を使えば失敗することはない。君にとって役に立つことがあるだろう」

ロジェはカプセルの蓋を閉じた。新城にそれを渡す。

「有難い。礼の言いようもない」

新城は頭をさげた。

そのとき、羊皮紙で作られた分厚い名簿を持ってルネ・ボーマンが戻ってきた。

「メモ帳を持っているか？」

と、尋ねる。

「ああ」

新城は内ポケットをさぐった。左手でボール・ペンを出す。

「ここには、何千という隠れ場所がしるされているが、それをみんな君に教えるわけにはいかん。だから、私が読みあげるやつだけをメモしてくれ」

ルネから名簿を受取ったロジェは言った。

「隠れ家に行ったとき、どう言えば入れてくれる？　合言葉でもあるのか？」

新城は尋ねた。

「合言葉だ。〝サン・セヴァスチャンの夜、あなたにお会いしてから、私はずっと旅を続けてましたので〟と言ってから、〝ああ、ロジェ司祭が、あなたによろしくと言ってましたよ〟と、付け加えるんだ」

ロジェは言った。

ルネが、フランス式のサンドウィッチ、つまり、細長いパリパリしたパンにチーズとレヴァー・ソーセージをはさんだやつを運んできた。それをかじったり、コーヒーを飲んだりしながら、新城はロジェが読みあげる名前と住所を書き写した。

外に出た時にはすでに陽が昇っていた。サラリーマンの朝のラッシュ・アワーの頃だ。

ルネがガレージのなかから、八年ほど前のモデルの、くたびれきって錆《さび》だらけのルノー4CVを出してくる。

コルヴェットのトランク・ルームを開き、バートの部下たちから奪った短機関銃や、四丁の拳銃などを取出した新城は、

「どれか必要なものは？」

と、ルネに尋ねた。

「いや、こっちにもたっぷり武器はある」

ルネは首を振った。

新城はキャンヴァス・カヴァーをもらい、それに武器を包んで助手席に置き、バート・エルフェルドの部下たちの別動隊の待伏せをくらったときにはいつでも射ち返せるようにした。

パリの市内に近づくにつれて車は混みはじめたが待伏せはなかった。彼等が待伏せしていたとしても、オンボロのルノーに乗っているのが新城とは気付かなかったのであろう……。

翌々日新城は、空港でエルフェルドの部下たちが待伏せしているに決まっているので、自分の愛車B・M・W二八〇〇CSを駆り、パリから南下してイタリーに向かう。

リヨン……アヴィニヨンを過ぎ、マルセーユで東に折れる。ほとんど高速道路《オート・ルート》だ。ニースやモンテカルロの海岸道路を走り、マントンからイタリー領に入る。

ジェノヴァからヨーロッパ道路一号を南下したら距離的に近いが、それよりもトリノとミラノとそこを結ぶ三角点にあるアレッサンドリアから太陽道路に入ったほうが、距離的には遠くとも時間的には短い。

アウトストラーダ・デル・ソーレにはスピード制限がない。アレッサンドリアからローマまでの四百キロほどを、新城は二時間そこそこで飛ばした。抜かれたのは、フェラリとランボルギーニにだけだ。

しかし、千キロをはるかに越えるパリから来たので夜になっていた。新城がガイドすることになっている日本の映画スター、高木健次は、ローマの華やかな夜を代表する、ヴィア・ヴェニト、つまりヴィットリオ・ヴェニト通りに面したホテル・インペリアルに泊まることになっている。

そのヴェニト通りには、歩道にカフェ・テラスのテーブルが並んでいる。トップ・モードのファッションを見せびらかしながら芸能人や上流階級の女たちが、金と暇を持てあましたような男たちにエスコートされてそぞろ歩いている。

しかし、びっしりと路上駐車している横丁には街娼が立ち、裏通りのバーは、パリのピガールやモンパルナスなどと同じように、どの女も金で寝る。

新城は古めかしい外観の、超一流ホテル・インペリアルの裏通りに車を駐《と》めた。ホテルの表に向かって歩くと、車の蔭から出た女たちが、

「遊ばない。わたし、舐《な》めるの好きよ」

「わたしのほうが上手よ。前のほうでも、うしろのほうでも使わせてあげるわ」

などと下手な英語で声を掛ける。ほとんどが明るい色の髪に染めているが、大柄でアラブの血が濃そうな娘もいる。スペインや北アフリカからの出稼ぎだ。

「あとでな。いまはいそいでるんだ」

新城はローマ訛《なま》りのイタリー語で言った。女たちのアネゴらしい三十女が、後輩たちを、

「駄目よ、あの男は、お仲間なのよ」

と、たしなめ、新城に、

「ノーキョーの団体がいたら回してよ」

と、言う。

2

ホテルのロビーでは、本物の貴婦人たちに混じって、高級パン助もソファに腰を降ろしていた。

新城はホール・ポーターと英語で書かれたホールの脇のカウンターに近づいた。ずるがしこそうな顔をとぼけた表情が救っているコンコルジュ——客の雑用係でもあり、観劇やレストランや名所見物やお色気のある店などの相談に乗る係でもある。フランス語ではコンセルジュ——のリコが、満面に笑いを浮かべて出てきた。

「やあ、いま着いたのか?」

と、自分よりはるかに背が高い新城に抱きつく。ポルトガルほどではないがイタリー男は背が高くない。女のほうが高いことは珍しくない。ただし、ポルトガルの男がおおむね痩《や》せこけているのに反し、ローマの男はがっちりしている。

「そうなんだ。車で」

「じゃあ、アリタリアの切符は取消さないとな」

「切符をキャンセルしたら、戻ってくる金の半分はあんたが取っといていいぜ」

「そうこなくちゃ。やっぱしあんたは世界一の友達だよ」

四十歳のリコは再び新城に抱きつく。

「俺の客は？」

「明日の昼過ぎに空港に着く。あんた、どこに泊まる？　うちに泊まったら？　でも、うちの娘や女房に手を出さないでくれよ」

「手を出したくなる、美人だからな。だから、あんたのところに泊まるのは遠慮しとこう」

「じゃあ、どこか安くて居心地のいい宿を見つけてやろう」

リコはホール・ポーターの部屋に引っこんで電話した。

リコが見つけてくれたのは、終着駅に近い一泊千五百円の小さなホテルだ。中庭に駐車場がついている。

ホテルに車を置いてから、疲れてはいても、数カ月ぶりのローマの町を歩きまわる。ピッツァ屋に入り、無愛想な女主人から切ってもらったピッツァを紙にはさんで立食いする。パン種《だね》ならぬ、イーストを混ぜられたピッツァ種は、電気洗濯機のような形の桶《おけ》のなかで寝かされてふくれあがり、何段も棚がついた大きなオーブンで焼かれる。

客は兵隊たちや、身なりがよくない者が多かった。ビールと共に一キロのトマト・ピッツァを平らげた新城は、店を出て再び歩きはじめる。

尾行に気付いたのは三百メーターほど歩いてからであった。深夜の裏町に人通りはほとんど無く、ちっちゃなフィアットや、イタリー製のミニ・クーパーSなどが、タイヤから派手な悲鳴をあげてコーナリングしている。

尾行者は二十メーターほどの間隔を置いていた。新城はさり気なく右手の横丁に折れ、素早く靴を脱ぐとそれを手に持ち、細くて暗い露地に跳びこんだ。

靴をはき、左腋《わき》の下のショールダー・ホルスターからワルサーPKを抜く。右手を背中のうしろに回した。

尾行《つけ》てきた男は若かった。ペンシル・ストライプの背広の襟《えり》を立て、夜なのに濃いサン・グラスを掛けている。

鋭い顔付きだ。

突如として新城の足音と姿が消えたので、横丁で立ちどまり、きょろきょろする。

「俺に用か？」

拳銃を背中のうしろに隠している新城は静かに声を掛けた。

男は顔に鳥肌をたてて新城のほうを見た。右手のあたりでピカッと光るものが出現した。袖《そで》口《ぐち》のなかに隠してあった錐刀《スティレット》がバネ仕掛けで掌のなかに移ったのだ。

無言のまま男は新城に迫ってきた。

「よせよ、チンピラ」

新城は拳銃を見せてやった。銃口を男の胸に向けながら、安全装置を外し、親指で撃鉄《げきてつ》を起こす。

男は体を沈めながら、右手の錐刀を新城に投げようとした。素早いプロの動きだ。

しかし、新城も殺しのプロだ。男の胸の真ん中にワルサーから三十二口径弾を一発射ちこむ。

露地に銃声が鋭く反響した。

錐刀を落とし、男は尻餅《しりもち》をついた。苦悶《くもん》しながらも、左の腋の下をさぐる。ショールダー・ホルスターの拳銃の銃《じゅう》把《は》に右手が捲《ま》きついた。

「はじめっからそいつを使えばよかったんだ。銃声を気にするからドジを踏んだんだ」

嘲笑《あざわら》った新城は男の眉間《みけん》をブチ抜いた。射出口となった頭のうしろの骨が、脳ミソと共に吹っ飛ぶ。

新城は自分の拳銃を口にくわえ、仰向けに倒れた死体に近寄った。自分の指紋を残さないように、ハンカチを使い、男のショールダーから、ベレッタ・ピューマの自動拳銃を抜いた。

その拳銃を死体に握らせ、空に向けて一発射たせる。

右の袖口を調べてみると、男は錐刀のジュラルミン製の鞘《さや》を右手にゴム・バンドで縛りつけていた。鞘にボタンがつき、そのボタンを押すと、内蔵されていたスプリングの掛け金が外れるようになっている。

その鞘と、石畳に落ちた錐刀を拾った新城は、男の胸ポケットから写真が覗《のぞ》いていることに気付いた。

そいつを引っぱりだしてみる。新城のスナップ写真であった。エルフェルドのパーティに行ったときに撮《と》られたもののようだ。

その写真を自分のポケットに移した新城は下唇を噛んだ。エルフェルドは殺し屋たちに新城の写真をバラまいているのだ。

まだ野次馬は集まってこなかった。ワルサーと鞘に入れた錐刀を仕舞った新城は、露地を裏に抜け、次の通りも露地を抜けた。

少し横に歩いてから、路上駐車しているフィアット六〇〇のドアを、背広の襟のなかに隠した針金で開く。ダッシュ・ボードの下で、イグニッションのコードと、バッテリーからきているコードを直結する。

スターターにつながっているコードを直結にしたコードに触れさすとエンジンが掛かった。盗んだ車を終着駅と反対側のテヴェレ川のほうに向ける。ユーモラスなピーポ、ピーポというパトカーのサイレンの音が聞こえはじめた。

ヴェネチア広場に盗んだ車を乗り捨て指紋を消す。少し歩いてから、タクシーを拾い、ホテルに帰る。

刺客に要心し、ベッドに毛布で、自分が寝ているように見せかけた形を作った。ソファの蔭の床の上に自分は寝る。ソファのクッションを枕にする。

午前十時頃に目が覚めると体のあちこちが痛んだが、大したことはない。すぐに慣れるはずだ。

シャワーを浴び、髭《ひげ》をそった新城は、左手のワイシャツの下に、バネが鞘に内蔵された錐刀をつけた。左腋の下には、ワルサーが入ったショールダー・ホルスターを吊る。その上に新しい背広をつけた。

ホテルの食堂で遅い朝食を済ますと、Ｂ・Ｍ・Ｗを駆って、レオナルド・ダ・ヴィンチ空港に向かう。

途中、男性用のカツラ屋に寄り、褐色の長髪のカツラと顎髭《あごひげ》、それに口髭を買う。

高木健次が乗った日航機《ジャル》は、ほぼ定刻通りに到着した。ローマ駐在のジャルの接待係に丁重に案内され、税関をフリー・パスで出てくる。

新城は送られてきた写真で知った、いかにもヤクザの若親分然とした高木に近づいた。日本ではヤクザ映画のスターとして有名な高木ではあるが、ヨーロッパでは無名なので、誰もサインをせがんだりはしない。

「はじめまして。私が夜のガイドです」

新城は手を差しだした。

それから一週間ほど、高木をイタリーの女優と寝させたり、貴婦人の乱チキ・パーティに連れていったりして、乱れに乱れさせた。高木は日本円で二百万を持ってきていた。

別れの晩餐《ばんさん》は、シシリア通りにある〝セザリナ〟というイタリー・オデンのレストランであった。

まさにマカロニ調のオデンであった。肉の塊や自家製のソーセージやハムなどのタネが、オデンの銅ナベを深くしたもののような容器のなかで泳いでいる。その容器は炭火が燃えるワゴンに乗せられて給仕によって客席に押してこられる。客は好きなものを指さして、皿に切り取ってもらうのだ。

ご満悦の高木から謝礼の七百ドルを受取った新城は、安ホテルで一眠りしてから、B・M・Wを駆ってパリに戻っていく。

高木を案内している間に、松平淳子が行方不明になったという記事が、ローマの新聞に出ていた。亭主の岸村が、ストックホルムで白黒の実演を見物中に突如として苦しみだし、丸一日にわたってもがいたあげくに死人となったというニュースも、日航のローマ営業所に流れてきていた。

新城が憎悪のかぎりをこめた拳の一撃が計算通りに働いたのだ。だが、そんなことは西洋医学では分からないから、死因は悪質な肝臓病ということになったらしい。

錐刀の男以後、エルフェルドの放った刺客は新城の前に現われてない。しかし要心した新城は、太陽道路に入る前に林のなかに車を停め、カツラと付け髭をつけた。それにサン・グラスを掛けると、新城をよく知っている者でも、しばらくは新城とは分からないだろう。

朝早くパリに戻った新城は、自分のアパートから少し離れたところに車を駐《と》め、カツラと付け髭を外した。

拳銃を携《たずさ》えてアパートの自室に入る。部屋が荒された形跡はなかった。しかし、要心してドアのうしろから椅子を重ね、新城は久しぶりのベッドでぐっすりと眠った。

夕方になって目を覚まし、コンセルジュのアンリを管理人室に訪ねる。イタリー土産の皮財布をアンリと老妻にプレゼントし、

「何か、変ったことはなかったかい？」

と、尋ねる。

「電話が三本ほど……帰ってきたら返事を掛けてきてくれ、ということだ」

　アンリは、メモ用紙に下手な字でなぐり書きしたものを新城に渡した。たまっていた新聞もだ。ロンドンとハンブルクとマドリードの、新城にガイドされたい日本人客を回すようにと契約しているホテルのホール・ポーター主任からだ。

　アンリに礼を言って、新城は自分の部屋に戻った。

　まず、ロンドンのホテル・グロブナーのホール・ポーター主任のアランを国際電話で呼ぶ。

「やあ、あんたか」

　アランは言ったが、どこか不安気な声だ。

「どうした？」

　新城は尋ねた。

「いや電話したのは、東京から半月後にあるTVタレントが来ることになっていて、あんたに案内を頼みたい、ということなんだがね……実はな、あんたの写真を持ってチンピラがここにやってきた。あんたを知らないか、と尋きやがった。勿論、俺は知らんと答えたが、何かあったのか？」

　アランは言った。

「そうか……心配かけたな。ある組織と、ちょいとばかしイザコザがあったんだ。しばらくそっちに顔を出せないだろうが、俺の住所だけは教えないでくれよ」

　新城は眉《まゆ》をしかめながら言った。

「分かってるさ」

「頼りにしてるぜ。イザコザは俺が片をつけるが……」

新城は電話を切った。

マドリードのホテルも、ハンブルクのホテルも、ロンドンと同じようなことであった。新城は、エルフェルドの巨大な手がいたるところにのびていることを知る。

その夜おそくまでかかって新聞を読んだ新城はカツラと付け髭をつけ、B・M・Wを駆って、陸路オランダのアムステルダムに向かった。

ベルギーとの国境近いリールまでヨーロッパ三号の高速道路をブッ飛ばす。国境の近くでカツラと付け髭を外した。

国境のゲートでは日本のパスポートを出したので、車のなかを調べられることはなかった。国境を越えると、再びカツラと付け髭をつける。美しいベルギーの田園地帯をまずアントワープに向かう。そこを過ぎオランダ領に入るが、ベネルックス協定で検問所も税関も無い。

ブレダとユトレヒトを過ぎ、アムスに着いたのは夜明け近くであった。早朝からヒッピーたちがたむろしているダム広場と、飾り窓の女たちの店が並んでいる運河のあいだにあるペンション・アダムスに車を走らせる。

そこは中庭が駐車場になっていて、長期の泊り客に安く部屋を貸している。二流ホテルの半値ぐらいだ。

車幅よりわずかに広いだけの入口から、石畳の中庭の駐車場にB・M・W二八〇〇CSを突っこんだ新城は、一度表に出てから、ペンションのロビーのフロントに回る。

いかにもオランダ人らしい赤ら顔と赤っぽい髪の大男の主人が、カウンターのうしろの揺り椅《い》子《す》で眠りこけていた。

　新城はカウンターの上の鈴を振った。しばらく鈴が鳴ってから、主人は目をこすりながら起上った。

「起こして済まないな。部屋は空いてるかい？」

　新城は笑いながら尋ねた。

「どのくらいご滞在で？」

　主人は、カウンターの裏の棚のボルスの壜からジンを一口飲んだ。

「さあ……とりあえず二週間。前払いでもいい」

「そいつはどうも。一日八ギルダー、シーツの取替えと掃除のサーヴィスが毎日加わったら二ギルダーずつ追加です」

　主人は言った。

「シーツを取替えてもらうときにはこっちから言う。じゃあ、一日八ギルダーとして二週間分の百十二ギルダー、それに、あんたに朝早くから起きてもらった礼として八ギルダー、全部で百二十ギルダーを払っておこう」

　新城は財布を出した。一ギルダーは約百円だ。

「どうも、どうも……」

　主人は用紙を取出した。

金を払ってから、新城は用紙に、ポール・ガスタン、住所はパリ、国籍はフランスと書いた。パスポート・ナンバーも勝手な番号を書く。

前金を払ってもらったので、主人はパスポートを見せろ、とは言わなかった。

「四〇七号です」

と、新城にレシートとキーを渡すと、再び揺り椅子に腰を降ろし、たちまち眠りこむ。

新城はフロントの左側にある旧式のエレヴェーターで五階に昇った。一階はグランド・フロアーだから、五階が四百番台の部屋だ。

四〇七号室の部屋は狭く、ベッドもシングルだが、トイレとシャワーだけはついていた。

新城は、シャツ一枚になると、拳銃を枕の下に突っこみ、スーツ・ケースからボルドーのワインとフォア・グラの壜詰め、それにフランスパンを取出した。

それで朝食を終えるとベッドに仰向けになり、毛布をかぶった。毛布には情事の匂いがしみこんでいる。

昼頃までうとうととした新城は、車をペンションに置いてダム広場に出た。

広場の真ん中の銅像の下の円形の壇には、数百人のヒッピーたちが集まっていた。日本人もいる。

裸になって日光浴したり、寝ころんだり、抱きあったりしている。一人の若い女のヒッピーが、素っ裸になって踊りはじめた。両手に鏡を持ち、群がってきた観光客たちが――その広場の脇は観光バスの発着所になっている――写真を撮ろうとすると、日光を鏡で反射させ、その光をカメラのレンズに当てて妨害する。ほかのヒッピーたちも鏡を取出した。

新城は右側の中央駅に向けて、ダムラクの商店街の大通りを歩いた。路面電車が、郵便ポストをぶらさげて走っている。

春に浮かれた若者たちはハダシの者が多い。そんな光景を日本の代議士が視察すると、ヨーロッパは貧しくて、若い連中は靴を買うことも出来ない、と、日本のGNPを誇りながら、帰朝報告会で得意げにしゃべるのだ。

通りに面した教会の庭や窓のくぼみでは、ヒッピーのアヴェックが抱きあったまま動かない。マリファナや麻薬について一番取締りがゆるやかだと言われるアムステルダムでは、マリファナ・パーティに開放している教会もあるし、中毒患者だという証明書があればヘロインを注射してくれる病院もある。

元首相の沖と一の子分の富田大蔵大臣の資金プールに使われている日本商工会館は、運河めぐりの遊覧船発着場の並びの中央あたりで左に折れて百五十メーターほど入ったところにあった。

白い塀に囲まれた大使館級の建物だ。新城はその斜め向かいにあるカフェの、路上のテーブルについた。途中で買ってきた新聞をひろげる。

エイダムのチーズ一皿とリンゴ酒を注文する。ゆっくりとそのシードルを飲み、新聞を読む振りをしながら、アムステルダム日本商工会館の門を盗み見る。

二時間ほど待ったとき、六リッターのメルツェデス・ベンツのプルマンが商工会館に近づいてきた。

　オランダ人らしい若い男が、威風あたりを払うそのプルマンを運転していた。応接室のような後部シートで葉巻をくわえているネズミのような日本人が、写真で新城が知っている、館長の川上だ。沖の第二秘書でもあり、ヨーロッパにおける代理人でもある。

　そのベンツは、正門の守衛が敬礼するなかを門内に消えたが、新城は若い運転手の顔のほうも網膜にしっかりと刻んだ。

　一時間ほどして、川上を乗せたベンツのリムジーンは正門から出てきた。新城はカフェから出ると、タクシーでペンションに戻り、自分の車に乗る。

　自分のB・M・Wを、先ほどのカフェの近くに停める。夜になってからベンツは戻ってきたが、川上は乗ってなかった。

　その日は午後十時までB・M・Wのなかで見張ったが、若い運転手はもう出てこなかった。

　その時になって、その男は裏口から出たのでないかと気付く。

　翌日の夕方、新城は商工会館の裏手で、B・M・Wのなかで待った。果して、午後八時頃、裏門からNSU・TTSが跳びだしてきた。

　運転しているのは、川上の運転手だ。彼個人の車だろう。誰も乗せてない。新城は、百メーターほどの間隔を置いてそのNSUの小型車を尾行した。

　ベンツを運転しているときとちがってイキがって飛ばすその男は、新城のB・M・Wに気付かないようだ。

　そのＮＳＵが着いたのは、クラブ・エルドラドであった。クラブとは名ばかりで、男が男を求め、女が女を求めて集まる店だ。無論、男と女がそこでハントしあっても構いはしないし、外人客にはマネジャーが斡旋《あっせん》するが……。

再びアムスで

1

アムステルダム日本商工会館館長川上のお抱え運転手が、オーナー・ドライヴのNSU・TTSを路上駐車させた三台ほどうしろに、新城彰は自分のB・M・W二八〇〇CSを駐《と》めた。

B・M・Wから降りると、NSUに近づく。川上の運転手の若いオランダ人は助手席のロックを掛け忘れているのが、プッシュ・ボタンが突きだしているのを見て分かる。

薄い手袋をつけてその車内へもぐりこんだ新城は、グリーン・カードを調べた。

NSUの名義人はヴィック・ホーガンとなっていた。住所は日本商工会館がある場所になっているから、運転手の名前はヴィックにちがいないだろう。

NSUから降り、尻でドアを押して閉じた新城は、ヴィックが入ったクラブ・エルドラドに足を踏み入れた。

何度か来たことがあるから、勝手は分かっている。タバコの煙でかすみ、ニュー・ロックのリズムが爆発するその店内には、コの字型のカウンター式テーブルがついている。

客は百人を越え、立っている者も少なくない。薄化粧した男や、男のような格好をした女も多く、さらには一と目で商売女と分かる連中も混じっている。

ヴィックは、右側の壁ぎわに立って、音楽に合わせて右の指を鳴らし、足拍子をとりながら、獲物を求めている。左手に、オランダ・ビールを壜のまま持っていた。

白いトロピカルの背広をつけ、白と黒のコンビネーションの靴をはいた、いかにも三下ヤクザといった格好の、ボーイ頭のレッドが、客たちのあいだを泳ぎまわって、飲みものの注文をさばいたり、男と女、男と男、女と女を取り持ったりしている。

レッドは仇名《あだな》だ。仇名の通り、血を噴きそうに赤い顔と、これまた赤い髪を持っている。がっしりした体格だ。

新城は入ってから左側の、クロークを兼ねている引っこんだ場所に入った。足許には、アイス・キューブを詰めこんだポリ・バケツが五、六個並んでいる。

ボーイの一人が注文をとりに来た。

「済みませんね。立たせちゃって」

と、言う。

「構わないさ。ジンをビールで割ってきてくれ。ダブルだ」

新城は答えた。

「ジンはボルス、ビールはハイネッケンでいいですね？」

「ああ」

新城はキャバレロという両切りのオランダ・シガレットを、ダンヒル・クリスタル・フィルター入りのホールダーに差しこんでくわえた。

しばらくたってから、先ほどのボーイが、中ジョッキほどのグラスに注いだ、新城の注文の飲物を運んできた。この店はキャッシュ・オン・デリヴァリー・システムだから、新城は金を払ってそれを受取る。

ちびりちびりと飲みながら、ヴィックのほうを盗み見る。

ヴィックはホモ・セクシュアリストのようであった。薄化粧した男たちに熱っぽい視線を送っていたが、化粧はしてないが、骨細の美少年がカウンターでビールを飲んでいるのに目をつけ、その背後に回りこむ。

髪と瞳が黒い美少年の肩に手を掛け、耳もとで熱っぽく囁《ささや》きはじめる。

そのときボーイ頭のレッドが、クロークのほうに氷が入ったバケツを取りに来た。カツラと付け髭《ひげ》の新城を見て、不審気な表情になった。

新城は素知らぬ顔をしようとした。しかしレッドは客商売だけに、新城だと見破り、

「あんただったの？　どうしたの、そんな格好をして？」

と、言う。

新城は唇に指を当て、

「ちょっと事情があってな。こんな格好をしているのが俺だとは、誰にも言ってくれるなよ」

と、十ギルダー札をレッドのポケットに捩《ね》じこんだ。

「口が固いのが、あたしの取り柄《え》ですがね……ははん、分かった。誰かを尾行《つけ》てるのね？」

レッドはウインクした。こんなごつい顔と体なのに、ホモで女役をやるのだ。

「そうはっきり言うなよ。ところで、あの可愛い少年は誰なんだ？」

新城はヴィックが口説いている美少年を顎《あご》で示した。

新城の視線を目で追ったレッドは身をよじった。

「あら、あんた、あの趣味があったの？　知らなかったわ。あこがれてたのよ。一度ゆっくり付き合って」

と、舌なめずりする。

「よせよ、仕事がからんでるんだ」

「じゃあ、あんたが案内する日本人で、あの子のような美少年を欲しがっている男がいる、というわけ？」

「そういうことかな」

「あの子はドミトリー・カラマリス……あんなに若そうに見えても、本当の年は二十なの、名前からも分かるように、ギリシア人よ。貧乏な国だから、小さいとき、ろくにご飯も食べられなかったので、あんなに細っそりとしているのね。あの子は十四歳の頃から貨物船に乗りはじめて……あれは十六歳のときだったかな、あの子が乗組んでたギリシア船がアムスの港に入ったとき、アムスの貿易商で、ジョセフ・ド・ハーンというゲイの道では有名な金持ちに惚《ほ》れられたのよ」

「…………」

「ドミトリーはその貿易商に、アムスの郊外に一軒家を買ってもらって囲われたの。去年その貿易商が死んでから、かなりの遺産を手に入れた。それからは、商売ではなくて、道楽で男をあさっているというわけよ」

レッドは言った。

「いまドミトリーを口説いている奴は誰なのか知ってるかい？」

「さあ……よくこの店に来るけど、尋《き》いたことないのよ」

レッドは肩をすくめた。

「ドミトリーはどこに住んでいる？」

新城は尋ねた。

「アイセル湖沿いに北東に、ここから二十五キロほど行ったところよ」

「と、言うと、フォーレンダムやマルケンとは反対のほうだな？」

「そうなの。シュイゼルよ」

「あそこか。金持ちどもが住んでいるヒルフアサムから湖に寄ったところだな？」

新城は言った。

「ええ。湖の入江に面して建っている素敵な家だって、誘われた男《ひと》が言っていたわ」

「有難う」

「本当に、一度ゆっくり付き合ってよ」

レッドはたくましい体をくねらせた。

やがて、ヴィックとドミトリーは、腕を組んで店を出た。二人は、ヴィックのNSUの横で抱きあって接吻《せっぷん》しているところであった。

二人が出てから、少し間を置いて新城も店を出た。

新城はさり気なく、自分のB・M・Wのほうに回る。ヴィックとドミトリーはNSUに乗りこんだ。

NSUはスタートする。新城はスモール・ライトだけをつけたB・M・Wを、時によっては百メーター、時によっては三百メーターぐらい離して尾行《つけ》ていく。

NSUはヨーロッパ道路三十五号に入った。右手でドミトリーを抱き、ドミトリーにギア・チェンジさせながら、ヴィックはかなり飛ばした。ときどき二人は唇を交わす。

やがてE三十五は無料の高速道路になった。NSUは百六十前後で走るが、そのあと五百メーターほどうしろから追うB・M・W二八〇〇CSにとって、その速度ではエンジンが子守唄をうたっているようだ。

ムイデンのインターチェンジのあたりからは有名な古城が見えた。そこから七キロほど走ったところで高速道路は途切れる。

ナールデンのインターチェンジを降りたNSUは、E三十五を外れ、左側の県道に入った。

牧歌的な光景が、真ん中に追越し車線をはさんだ三車線の県道のまわりにひろがっている。

インターを降りた新城は、NSUの二百メーターほど背後にB・M・Wを近づけた。ムイデンの村を過ぎ、漁港の右手の小さな岬の付け根の小高い丘にNSUは向かう。

舗装は切れ、砂利道だ。NSUは丘を越えて、その向うに姿を消した。ライトを消した新城は、低速で丘の上にB・M・Wを近づけてから道の脇に駐める。

グローヴ・ボックスから、ストロボをつけ、広角レンズをつけたニコン・カメラを取出した新城は、車から降りた。

歩いて丘の上に登る。

丘の向うに、丘と岬にはさまれた入江があった。入江の向うに遠くかすむ黒い影はフレヴォランドの中州であろう。

湖とは言っても実際は海であるアイセルは、かなり波が高いことが多い。しかし、入江は穏やかだ。

その入江に面して、瀟洒《しょうしゃ》だが五十坪ほどもあるバンガロー風の建物が見える。建物の近くに、ほかの家は一軒もなかった。

2

入江には、その家のバンガローにつながった栈橋がつき、三十六フィート級のモーター・クルーザーと、小型のランナボウトがつながれている。確かにドミトリーは優雅な暮しをしているらしい。

新城はゆっくりと丘をくだっていった。ドミトリーの家のテラスから灯が流れ、入江のクルーザーを鈍く浮かびあがらせている。

その家に近づいた新城は、ガレージにヴィックのNSU・TTSのほか、ドミトリーのものらしい、メルツェデス・ベンツ二八〇SLも入っているのを見る。

そのガレージに入った新城は、左腋《わき》の下のホルスターのワルサーPPKと、左腕に留めてあってバネ仕掛けで飛びだす錐刀《スティレット》を点検する。

入江に張りだすような形のテラスでは、その奥の居間のステレオから流れるギリシアの民族音楽に合わせて、ドミトリーとヴィックが踊っているようだ。その音楽は、ポルトガルのファドと似て、哀調を帯びている。東洋的だ。そういえば、ポルトガルもギリシアも民族的には、ほとんど東洋人に近い。

新城は、横浜の横浜橋のギリシア・バーや、ロンドンのギリシア・バーを想いだした。

横浜のギリシア・バーでは、小柄な船員たちが、哀《かな》しいレコードに合わせ、肩を組んで踊る。飲むのは一番安いビール、食うものは、小イワシとイカの空揚げだ。

ロンドンのギリシア・バーでは、ギリシアの歌手が踊りながら歌い、それが上出来だと、客たちはテーブルに山と積みあげた皿をフロアに叩きつけて割る。

そして、どちらのギリシア・バーにも共通しているのは、ホモの買い手を待つ美少年、美青年が、孤独と哀愁をたたえた黒い瞳を虚空《こくう》に放っていることだ……。

レコードがやみ、ヴィックとドミトリーが室内に引っこんだ気配がした。

掌で覆《おお》ってタバコを一本吸ってから、新城はテラスに忍び寄った。テラスに上る。

居間に二人の姿は見えなかった。寝室に消えたのだ。新城はしばらくのあいだ、居間のソファで時間を潰《つぶ》す。

やがて、寝室と思えるほうから、二人の若者が快感に耐えかねている声が聞こえてきた。新城はその部屋に忍び寄り、ドアをそっと開けてみる。

やはり寝室であった。ベッドでは、素っ裸になった細いドミトリー・カラマリスが俯《うつぶ》せになり、その上に、これも素っ裸の、毛むくじゃらなヴィックがいる。

二人はクライマックスに近づきかけていた。寝室に身を滑りこませた新城は、後手でそっとドアを閉じる。

ベッドに近づいた新城は、ストロボを閃《ひらめ》かせながらカメラのシャッターを押した。化石したようになった二人のスタイルを続けざまに撮《と》りまくる。

接近して、男同士が一つになったあたりを撮る。

「何をしやがる！」

茫然《ぼうぜん》としていたヴィックが跳びのこうとしたが、その途端にマキシマムに達し、痙攣《けいれん》しながらドミトリーにそそぐ。

新城はさらにその写真を撮った。余韻《よいん》を楽しむことが出来ずに、無理やりに体を離したヴィックは、新城に殴りかかった。包茎であった。

「騒ぐなよ」

新城は、ヴィックのまだ怒張《どちょう》したままのあたりを蹴《け》った。

ヴィックは悲鳴をあげて抱え、床に転がった。

「助けてくれ！　折れた！　人殺し……」

と、もがく。

そのとき、枕に顔を埋めるようにしていたドミトリーが枕の下に右手を突っこむ。

左手にカメラを持った新城は右手を腋《わき》の下のホルスターに走らせた。

ドミトリーが枕の下から短剣を引っぱり出したとき、新城はホルスターからワルサーPPKを抜いて笑っていた。

「やるかい？」

と、ドミトリーに銃口を向けて撃鉄《げきてつ》を親指で起こす。

「分かった、射つな！」

ドミトリーは短剣を床に捨て、両手を首のうしろで組んだ。

ヴィックは呻《うめ》き続けている。新城はそのヴィックに向けて、

「面白い写真が撮れた。ポルノの店で売ると荒稼ぎが出来る。泥んこリアリズムの写真だから人気が出るぞ。ついでに、お前のオヤジやオフクロに送りつけてやろうか？」

と、言う。

「やめてくれ！」

ヴィックは泣き顔で上半身を起こした。

「次は貴様が女役だ。さあ、おっぱじめろ」

新城は冷酷に命じた。

「勘弁してくれ！　女役をやったことはないんだ……出来ない……」

ヴィックは呻いた。

「さあ、今夜はお前が男役だ。ヴィックのは、しばらく使いものにならないからな」

新城はドミトリーに命じた。

「ど、どうして俺の名を知っている？」

ヴィックは喘《あえ》いだ。

「うるさい、はじめるんだ。引金を絞られるより、シャッターを押されるほうがいいだろう。ここはまわりの人家から遠いから、遠慮せずにハジキをブッ放せる」

新城は言った。

「…………」

「さあ、ぐずぐずするな、ドミトリー。ヴィックをベッドに引き上げるんだ」

新城は窓ガラスに向けて一発ブッ放す。ガラスを砕いて銃弾は飛び去る。

小さな悲鳴をあげながらヴィックはベッドに上った。脚をひろげる。ドミトリーは試みたが、

「無理だ。僕は男役じゃない」

と、呻く。

それでも構わずに写真をとってから、新城はベッドの反対側に回り、短剣を拾いあげた。柄《え》も鞘《さや》も銀製で、ダイヤやルビーをちりばめている。

カメラを棚に置いた新城は短剣を左手で抜き、鞘を捨てた。

「二人とも、根元からブッタ切ってやろうか？」

と、威嚇《いかく》する。

「許してくれ。どこまで痛めつけたら、気が済むんだ？」

ヴィックは泣きだした。

「写真を公表されたくなかったら、俺の尋ねることに正直に答えるんだな」

新城は言った。

「何でもしゃべる！」

「お前さんは川上の運転手だな？　アムステルダム日本商工会館の……」

「そうだ。あのネズミのような日本人に使われている。給料が抜群にいいからだ。メルツェデスのリムジーンを運転することも出来るし」

ヴィックは言った。

「川上の運転手になってからどれくらいになる？」

新城は尋ねた。

「もう三年になる」

ヴィックは答えた。

「そうか。じゃあ、川上のプライヴァシーについてもよく知ってるな？」

「だけど、ボスのプライヴァシーを漏《も》らしたらクビにされる……契約で……」

「じゃあ、取引は終りだ。貴様が後生大事にその契約とやらを守っているあいだに、俺はさっき撮った写真を、オランダじゅうだけでなく、スウェーデンやデンマークのポルノグラフィ業者を通じて、世界中にばらまかせる。勿論《もちろん》、さっきも言ったように、貴様の実家にも送る。貴様に姉や妹や兄弟がいるんなら、さぞかし写真を見て面白がることだろうな？」

新城は笑った。

「やめてくれ！　そんなことをされたら、俺は自殺するほかない！」

ヴィックは震えた。

「じゃあ、しゃべるんだな？」

「しゃべるとも」

「そうか……さてと、川上の情婦は何人いるんだ？」

「五人だ。あんな、ネズミのような貧弱な体なのに、あのほうは絶倫なんだ」

「みんなを平等に可愛がってるというわけか？」

「そうではない。今は映画女優のエリノア・シュルツに夢中なんだ」

「テレヴィで見たことがある女だな」

新城は呟《つぶや》いた。美人でオランダでは名高いスターだ。出演する映画は青春物が多い。

「いま川上は、エリノアを、市内のラートハウス・シュトラートに面したアパートメントに住まわせている。五階全部を買い占めて……」

ヴィックは言った。

3

「そのアパートメントの名は？」

新城は尋ねた。

「ホイゼン・アパートメントだ」

「じゃあ、川上はよくそこで泊まるんだな？」

「そうだ。エリノアは年に二本の映画に出る。撮影に入るといそがしいが、休みのときは暇だ。今は休みだから、金曜、土曜、日曜は、ほとんどエリノアのところに入りびたっている」

ヴィックは答えた。

「そこに、ガードマンとか用心棒は住みこんでるのか？」

「何でそんなことを尋く？」

「商売の話で川上にぜひ会いたいんだ。正攻法じゃ奴は俺を相手にしてくれないだろうから、女と一緒のところに乗りこんで度肝《どぎも》を抜いてから話をつける」

「…………」

「いま俺がしゃべったことを貴様が川上にご注進したりして、奴が用心棒をあわてて傭《やと》ったりしたら、貴様は俺に殺される」

「そんなこと奴に言うはずはない！　俺は川上が嫌いだ。金だけのつながりだ」

新城は不敵に笑った。

「エリノアのところの使用人は？」

「通いのコックと、住込みのメイドが二人いる。だけどメイド二人は住込みといっても、あのアパートメントは地下二階が、アパート内の各家庭のメイドの個室になってるんだ。だから二人のメイドは、夜は地下に引っこむ。川上とエリノアは、二人きりで誰にも遠慮なくいちゃつくことが出来るというわけだ」

ヴィックは吐きだすように言った。

「ところで、川上を乗せて、いろんな銀行を回ったことがあるだろう？　思いだせるだけの銀行の名を言ってくれ」

「その……このアムスでは、ミーズ・アンド・ホープ銀行、ピアソン銀行、アムロ……スウィスでは……ルクセンブルクでは……」

ヴィックはべらべらとしゃべりはじめた。

二時間ほど尋問を続けてから新城は、

「じゃあ二人とも分かったな？　今夜あったことは忘れるんだ。俺のことを誰かに、ひとことでもしゃべったら、二人とも殺す。俺が殺すと誓ったら、必ず死体が転がるんだ」

と、言う。二人の頭を拳銃《けんじゅう》で殴りつけて気絶させ、ドミトリーのナイフを持って外に出る……。

それから三日がたった。日曜日だ。

ホイゼン・アパートメントは、王宮と西教会を結ぶラートハウス・シュトラートに面した十階建てのビルであった。

前庭は駐車場になっている。監視人が見張って、アパートメントの住人や訪問客の車のほかは追いだしている。

裏庭は高い鉄柵に囲まれ、ちょっとした児童遊園地のようになっていた。アムスでは最高級のアパートだ。東京でなら、パレスとかマンションとかアビタシオンとか物々しい名前がついて、三DK程度の部屋でも五千万を越えるだろう。

午後八時、そのアパートと通りをへだてた斜め向かいにあるカフェ・テラスで見張り、エリノアと川上がハイヤーで外出から戻ってきたのを見た新城は、裏の通りに駐めてあったB・M・Wに乗りこんだ。

日航営業所に近いレストラン〝ファイ・ツアリーケン〟つまり〝五匹の蠅《はえ》〟に回る。入口は狭く、そこが有名なレストランとは、案内人がいないとちょっと分からないぐらいだ。

店内は広いが、幾つにも部屋が分かれている。古めかしく重厚な構えだ。椅子には、その店を訪れた有名人の名を彫ったプレートが貼ってある。

カツラと付け髭の新城なので、何度かその店を訪れた新城をマネジャーは見分けることが出来なかった。

「満席なので、おそれいりますが、バーでお待ちを」

と、言う。

「オーケイ」

新城は中二階のバーに移った。ほかにも待たされている客たちのうちの、ミニスカートの娘たちの脚線美を鑑賞しながらジン・ライムを三杯お替りする。

その時になってやっと給仕が呼びに来た。一階の左側の部屋の隅のテーブルに案内される。

「一人で悪いな」

新城は給仕にチップをはずんだ。

ブルゴーニュの赤で、ベネルックス三国で多いヴィールという仔牛料理を主とした夕食をとる。

隣のテーブルではオランダ系アメリカ人の一団が、デザート・コースに移っていた。ウエイターがケーキの上に日本製の花火を立て、それに火をつけて運ぶと大拍手が起こる。

新城は、今後の計画を練りながら、ゆっくりと夕食を済ませた。一度ペンション・アダムスに戻り、ベッドに横になる。

午前零時の目覚しのベルで起上り、再びB・M・Wを駆って、ホイゼン・アパートメントに向かった。拳銃と錐刀のほかに、カメラとドミトリーから奪った短剣も身につけている。

深夜なので、王宮の反対側の飾り窓の女の運河のほうはにぎわっていたが、ホイゼン・アパートのほうはひっそりとしていた。

そこの駐車場に、もう監視人はいなかったが、新城は裏通りに車を駐めた。薄い手袋をつけ、B・M・Wの屋根に登ると、そこからアパートの裏庭の鉄柵の上に身を移し、裏庭に跳び降りる。着地の時、膝を充分に曲げてショックを柔らげる。ラバー・ソールの靴をはいている。

非常階段を使い、五階の外に着いた。腰には、鉤《かぎ》に分厚くビニールを捲《ま》いたものをつけたロープの束を下げている。

そこの非常扉は、内側についたスウィッチを切ってから開かないことには、警報ベルがアパート全体に鳴りひびくことになっている筈《はず》だ。

だから新城は、ロープを、五メーターほど離れた、五階のテラスの一つの手すりに向けて投げる。

ロープの先端の、ビニールで音を柔らげるようにした鉤は手すりに引っかかった。新城はそのロープを伝って、テラスに自分の体を引きずり上げた。

テラスに移ると、ロープを手すりから外し、捲いて腰に戻す。テラスの奥のフランス窓の内側は真っ暗だ。

しかし、下の常夜灯の鈍い光で、アルミ・サッシュのフランス窓のロック装置の位置が分かった。新城は尻ポケットから、ガム・テープの一と巻きを取出した。

ロンソン・コメットに火をつけ、炎を一杯にのばす。その炎を、ガラスに当てた。しばらくして、ピーン……とかすかな音がして、ガラスに裂け目が走った。

ライターの炎を弱めてから消した新城は、ガム・テープで割れたガラスをはがした。割れ目から手を突っこんで、ロックを解いた。

フランス窓をそっと開き、カーテンを押し開いて、部屋に入った。

そこは屋内運動場になっていた。ピンポン、トランポリン、自転車式の痩身《そうしん》用機械、腹の脂肪をとるモーター・ベルトなどが、畳に直すと五十畳ほどのその部屋に置かれている。

そこはエリノアの専用室だろう。川上があれ以上痩《や》せたのでは骸骨《がいこつ》になってしまう。

分厚いカーペットが敷かれた廊下に出た新城は、ヴィックから聞きだしてあった寝室に近づいた。

寝室は、書斎の隣だ。女中《メイド》たちは地下室で眠っている筈だ。

寝室はエア・コンディショナーで二十五度に保たれていた。ベッドサイドのスタンドのシェードが柔らかな光を落とすなかに、巨大なダブル・ベッドがあった。

そこで、川上とエリノアは抱きあったまま眠っていた。二人とも一糸もまとっていない。肋《ろっ》骨《こつ》が浮き出た川上の皮膚には、もうところどころシミが現われている。

エリノアの髪は、滝が渦巻いたようなプラチナ・ブロンドであった。鼻は短く上向きに反《そ》り、唇はぽってりとしている。オランダ娘らしく大柄で、川上より二十センチは背が高いと思われる体は、見事な彫像のようであった。

茂みの色はハニー・ブロンドだから、髪は染めたものではないだろう。上より下が濃いのが普通だから。もっとも、下も染めているのだと話は別だが。

新城は警報装置を目で捜してみた。ベッドの近くの壁にボタンがついている。

椅子をドアの内側に積んでバリケードとし、電話のコードを引き千切った新城は、ドミトリーから奪った短剣の刃をドライヴァー替りにし、警報装置のボタンを外した。

そのときエリノアが目を覚ました。悲鳴をあげる。短剣を銀の鞘に収めた新城は、鞘ごとエリノアの口に突っこんだ。短剣を鞘ごとくわえた形になったエリノアのグリーンの瞳は瞼《まぶた》の裏に隠れた。痙攣《けいれん》しながら意識を失う。

川上が目を覚まし、枕の下から二十五口径の平べったく小さなブローニング自動拳銃を引っぱり出そうとした。

新城は、手首を折らぬように気をつけて手刀を叩きつけ、ブローニングを奪った。それを点検してみて、薬室には装塡《そうてん》されてないことを知る。遊底を引いて薬室に弾倉の実包を送りこんだ新城は、安全装置を掛けて尻ポケットに突っこんだ。

「だ、誰だ！」

川上は英語でわめいた。体に似合わぬ長大なホースが縮みあがりながら、小便をたらたらと漏らす。

「貴様が川上だな」

新城は日本語で言った。

このアパートは豪華なだけに、防音壁になっていて、二十二口径ハイ・スピード弾よりも弱い二十五口径程度の銃声では、ほかの階の住人には聞こえないだろう。

「き、貴様、日本人か？」

川上は震えはじめた。

失神したエリノアが鞘を嚙んでいる短剣に手をのばす。跳びじさった新城は、左手でストロボ付きのカメラを出した。ストロボを閃かせてシャッターを押す。

「な、何をする！」

川上は短剣を抜いて振り上げた。

「さあ、女を殺すんだ。証拠写真を撮ってやるぜ」

再びシャッターを押した新城は、右手でブローニング〇・二五を尻ポケットから抜いた。

「嫌だと言うんなら、貴様にまずこのハジキから一発射ちこんでやる。貴様は嫉妬《しっと》に狂い、女をその短剣でズタズタに切り裂いてから、このハジキで自殺を計った、ということになるんだ」

「貴様、気狂いか！」

「俺は新城だ。俺の名前を聞いたことがあるだろう？」

新城は、拳銃を握った右手で、カツラを外した。

断崖

1

「新城なんて知らん！」

川上は呻《うめ》いた。ベッドからあわてて降りる。素っ裸のままだ。

「これでもか？」

カツラを脱いでいた新城は、付け髭《ひげ》もむしり取った。ソファに投げる。

「き……貴様は！」

川上は喘《あえ》いだ。

「バート・エルフェルドから回ってきた手配写真で見たな？」

「貴様の本名は、新城というのか！」

「さあな。名前なんてどうでもいいが、その短剣で女を殺してもらおう」

新城は、ベッドで気絶しているエリノアに顎《あご》をしゃくった。

「む、無茶なことを言うな！」

貧弱な体格の川上は、縮みあがったホースから、まだときどき小便をたらし、短剣を握った右手を小刻みに震わせている。

「女を殺さないと、貴様が死ぬ」

新城は、試射を兼ねて、川上の手前五十センチほどのあたりを狙《ねら》って、ブローニング〇・二五の平べったい拳銃《けんじゅう》から一発射ってみた。

部屋のなかに銃声がこもり、着弾は高く上り、川上の足許すれすれのあたりから絨緞《じゅうたん》の毛が飛んだ。川上は、文字通り、

「ヒーッ……」

という悲鳴をあげて、坐りこみそうになる。

「次は貴様のチンポを吹っとばしてやる。それとも、あっさりと頭を吹っとばされたほうがいいか？」

さっきの一発で着弾点を知っているので、新城は川上の顔をまともに狙って射った。

二十五口径の小さなタマは、川上の頭の天辺《てっぺん》をかすめ、薄くなった髪を四、五本吹っとばした。

川上は気が狂ったようなわめき声をあげた。エリノアの胸を無茶苦茶に短剣で突き刺しはじめる。

「その調子だ」

新城は酷薄な笑いを浮かべながら、ストロボを次々に閃《ひらめ》かせ、シャッターを押し続ける。気絶していたエリノアは、苦痛で意識を取戻した。口からわめき声と血を吐きだしながら、川上から短剣を奪おうと争う。川上に嚙《か》みつく。

ついに、悪魔のような形相の川上が、短剣を深くエリノアの胸に刺してケリをつけたとき、新城のライカの三十六枚撮《ど》りフィルムは終わった。

エリノアの返り血を浴び、エリノアから嚙まれたり搔《か》きむしられたりした傷から血をにじませながら、川上はエリノアの心臓から短剣を引き抜こうとした。

しかし、渾身《こんしん》の力をこめて刺した上に、エリノアの傷口の肉が緊縮したので、引き抜けない。

「よし、それまでだ。ナイフから手を放せ。こっちに来い」

新城は川上に命じた。

川上は新城に顔を向けた。さすがの新城が軽く身震いするほど凄《すさ》まじい形相になっている。

「畜生、貴様が殺させたんだ。貴様も殺してやる！」

川上は小さな体を真っすぐに立てた。血にまみれた両手を万歳する格好に上げた。新城に迫ってくる。

「よせよ、貴様には女は殺せても男は殺せない」

新城は言った。

「キューッ！」

と、マンガじみた掛け声を発し、川上は跳びあがるようにして新城の首に両手をのばした。

素早く退《さが》りながら、新城は右の膝頭で川上の股間《こかん》を蹴《け》った。高圧電流に触れたように全身を硬直させた川上は、前のめりに勢いよく倒れる。

横に体を開いた新城は、倒れた川上が硬直した全身を痙攣《けいれん》させるのを冷ややかに見おろす。ソファに腰を降ろし、ブローニングを近くに置くと、カツラと付け髭を、寝室のいたるところにある鏡に写しながら、自分の頭と顔につけた。

それから、タバコを吸う。吸殻は、よく火を灰皿で揉《も》み消してからポケットに仕舞った。

その頃になって、川上は意識を取戻しはじめた。もがく。

新城はその川上の耳を軽く蹴った。その刺激で、川上は横向きになりながら、ぼんやりとした目を開いた。

川上の瞳の焦点が定まってくるのを待った。ブローニングを再び手にして立上り、ドア側に回る。カメラは肩から吊っている。

「き、貴様は誰だ？」

川上は上体を起こしながら呟《つぶや》いた。狂気の表情は消えている。腫《は》れあがってきた睾丸《こうがん》を両手で押える。

「とぼけるなよ。ベッドを見ろ。そうしたら、自分がやったことを思いだす筈《はず》だ。ショックで本当に忘れてしまったとしてもな」

新城は言った。

苦痛に呻《うめ》きながら、両手を床《ゆか》について川上は立上った。よろめきながら、ベッドのほうに体を振り向ける。

「俺じゃない。俺がやったんじゃない！」

と、心臓に短剣を突きたてられて死んでいるエリノアを見て泣き声をたてる。

「ところが、あんたが殺《や》ったんだ。ここにちゃんと写っている」

新城はカメラを叩《たた》いた。

「フィルムを買い取らせてくれ！」

「安くはないぜ」

新城は笑った。

「金なら出す。写真を発表されたら、俺はお終《しま》いだ」

川上は崩れるように坐りこむと土下座した。

「ゼニの交渉に移る前に、あんたに尋《き》いておきたいことがある」

新城は言った。

「な、なんだ？」

「貴様は、沖元首相と富田大蔵大臣のヨーロッパにおける財産管理人であることを認めるな？」

「貴様……あんた、やっぱり新聞記者なのか？」

「まあな。質問に答えろ」

「…………」

「認めないんならいい。あとで、あわてるなよ」

「分かった。認める。あんた、新聞にデッチ上げの記事を書く積りか？」

川上は呻いた。

「貴様がエリノアを殺したのは事実だ。証拠写真がここにある。だけどな、よほど金を積まれないと、写真と記事は売らん」

「頼む、俺を破滅させないでくれ！」

「だから、条件次第だと言ってるんだ」

新城はニヤリと笑った。

「あんた、松平淳子をどうした？」

川上は震えながらも尋ねた。

「さあな。他人のことを心配するより、自分の命のことを心配してろ」

「…………」

「沖と富田が貴様のアムステルダム日本商工会館に預けた金のうちで残っているのは、いくらぐらいだ？」

「…………」

「俺が言ってるのは、いま商工会館にある、という意味でなく、商工会館を通じて色んなところに預けたうちで、沖や富田がヨーロッパで豪遊したり、無茶な買物をした残りの額という意味だ。勿論《もちろん》、貴様がピンはねした額ものぞいて……」

「三億一千万ドル」

「そうか。田中や淳子が言ってたのと大体合うな」

「田中を知ってるのか？」

川上は呻いた。

「さあな。質問してるのは俺だ。その三億ドル以上の金の大半を、いまはバート・エルフェルドのI・O・Tに運用を任せてある、ということだが本当か？」

新城は鋭く尋ねた。

「そうだ、三億ドルをI・O・Tに預けた。残り一千万をこのオランダや、ルクセンブルクやスウィスの銀行に預けてある」

「銀行に預けてあるほうの金は、貴様のサインで引き出せるんだな？」

「……………」

「どうなんだ？」

「そうだ。俺さえいれば、どうにでもなる。だから俺を殺さないでくれ」

川上は喘いだ。

2

「貴様の金は？」

新城は尋ねた。

「みんなI・O・Tに預けた。利子が、銀行とはケタちがいだから」

「そうか。正直に答えてくれた礼に、貴様がたくわえこんだ金はそっとしといてやる。こっちの銀行にある沖と富田の金を、夜が明けたら引出す。分かったな?」

「分かった。殺さないでくれ!」

川上は涙をこぼした。

それから二時間ほどにわたって新城は尋問を続けた。

エリノアの死体には死斑《しはん》が浮きでてくる。

「あれをどうにかしてくれ。見とるだけで気が狂いそうだ」

川上は死体を指さしながら呻いた。

「あとで、俺が始末してやる。だけど、その前に、地下の専用室にいる女中《メイド》たちに命令を出してくれ。〝ここで今から一週間ブッ続けで、日本から来た政府の要人たちと秘密会議が行なわれるから、一週間の特別有給休暇を与える。その間、絶対にこのフラットに入らないように〟とな」

新城は言った。

「わ、分かった。死体をうっかりあの女たちに見られたんでは大変なことになる……」

川上は、ベッドの死体を見ないようにしながら、ベッド・サイド・テーブルの電話の受話器を取上げた。

アパートメントの交換台を呼び、地下の女中室につないでくれるように言う。新城はその受話器に耳を寄せた。

しばらくして、寝ぼけたような中年女の声が聞こえてきた。女中頭らしい。英語だ。

「はい、旦那様。ご用件は？」

「夜中に起こして済まん――」

川上は下手な英語で言った。

「今日から、君たちに一週間の有給休暇をあげよう。私はこれから一週間、日本政府の要人たちとここで重要会議をやるんだ。国家機密の会議なので、君たちの誰もここに入らないように、との指示が本国から来ているんだ」

「分かりました、旦那様」

「本当に、起こして悪かったね。じゃあ、お休み」

川上は電話を切った。

「上出来だ。さあ、朝になるまで、あんたも一休みするんだ」

新城は言った。

「とても眠れたもんではない」

「じゃあ、勝手にしろ」

「この部屋から出してくれ」

「仕方ない。居間にでも移るか。その前に、死体を浴室に移すから手伝え」

「分かった」

川上は歯を鳴らして頷《うなず》いた。

シーツでくるまれたエリノアの死体は、寝室の横の、黒い大理石造りの浴室に運ばれた。このフラットには、浴室が三つもあるのだ。

川上は寝室に戻ると、血がしみたベッドのスプリング・マットレスを苦闘しながら裏返しにし、新しいシーツをかぶせ、ベッド・メーキングする。恐怖と不安で心臓がおかしくなったらしく、激しい喘息《ぜんそく》の発作を起こす。

畳に直すと三十畳ほどはある居間に移ると、新城は立派なバーで、ジンジャー・エールとジンのカクテルを作った。そこに、粉末にして用意してあった強力な睡眠薬を、川上に気付かれぬように混ぜ、川上に、

「さあ、ぐっと飲むんだ。楽になるぜ」

と、差出す。

ソファの上で背をエビのように丸めて咳《せ》きこんでいる川上は、口からこぼしながらそのカクテルを飲んだ。

二十分ほどして、すでに発作が鎮まっていた川上は居眠りをはじめた。やがて、ソファに転がって本格的に眠りこむ。

新城はその体を、腰につけていたロープで縛った。猿グツワも噛ませ、居間の柱に縛りつける。

洋服ダンスにあった川上の服のポケットから鍵束を取出して廊下に出た。非常扉の横についている警報装置を分解して役に立たないようにし、外観だけは元通りにする。

非常扉を開いて非常階段に出る。

その扉を外から閉じる前に、内側の掛金を薄いプラスチックの板で持ちあげておき、閉じると共にその板を引抜いた。

掛金は掛金キャッチに落ちてロックされた。非常階段を伝って豪壮なホイゼン・アパートメントの裏庭に降りた新城は、鉄柵を越えて、裏通りに駐めてあるB・M・W二八〇〇CSに乗りこむ。

ペンション・アダムスに戻り、カメラからフィルムを抜いて、スーツ・ケースの二重底に仕舞った。

スーツ・ケースから、バリッとした背広やワイシャツやフォーマルな黒靴などを出して大きな紙袋に入れる。

その紙袋を持って、再びホイゼン・アパートメントに向かった。B・M・Wは、今度はその豪華アパートメントから三百メーターほど離れたところに駐めた。

川上はエリノアのために五階全部を買い占めてある。非常階段で五階の非常扉のところに登った新城は、プラスチックの薄板で、内側の掛金を撥《は》ねあげて外す。

幾つもの部屋を通って居間に入ってみると、川上はまだ眠りこけていた。息苦しそうだ。猿グツワを外してみると、口から大量に唾《つば》が垂れ、顎《あご》を伝って、裸の貧弱な胸を濡《ぬ》らす。

室温はエア・コンディショナーで二十五度に保たれているから、川上は裸のままでも肺炎にかかることはないだろう。

新城は、縛られたままの川上の近くのソファに横になり、ワルサーPPKを胸の上で握ってうとうとする。

朝の八時半になって、新城は居間の横の浴室でシャワーを浴び、背広に着替えてから、二人前のサンドウィッチを作った。

川上のロープを解いた。寝ぼけている川上を、水を張った浴槽のなかに叩きこんでやると、川上は悲鳴をあげながら意識をはっきりさせた。

「さあ、熱いシャワーでも浴びろ」

新城は笑った。

川上は命令された通りにした。しばらくして浴室から出ると服をつける。

「さあ、早く飯を済ませろ。そうだ、その前に日本商工会館に電話して、急用で三、四日ほどアムスを留守にするから車を回せ、と言うんだ」

新城は言った。

グレープ・フルーツとサンドウィッチの朝食を二人が終えた頃、アパートメントの管理人が、

「お迎えの車が参りました」

と、電話してくる。

二人はエレヴェーターでロビーに降りた。新城は、ヒッピー・スタイルの服や靴などを紙袋

に移して抱えている。

玄関前に停まった川上のメルツェデス・ベンツ六〇〇プルマンの後部ドアを開いて、制服制帽のヴィック・ホーガンが立っていた。

ヴィックは、新城を認めて顔色を変えた。しかし、新城が川上に気付かれないようにしてウインクを送ると、ヴィックは緊張をゆるめた。

その日は、アムスのピアソン商会銀行をはじめ、ロッテルダムの銀行を回り、川上は約十軒の銀行から百万ドルを引出した。新城は川上の秘書ということにして、各銀行内でも川上と行動を共にした。

その夜一行は、ベルギーとドイツとフランスにはさまれた小国ルクセンブルク大公国の首都ルクセンブルクのホテルに泊まった。

新城は川上がトイレに入っているとき、ヴィックを嚇《おど》したりすかしたりして裏切らないようにさせる。

ルクセンブルクは、スウィスよりも脱税天国だ。リヒテンシュタインやパナマやバハマなどと同じように、もともと低い直接税をすら、払わずに済まそうとすれば可能な国だ。

だから、モービル石油、U・Sゴム、スタンダード石油、デュポン、ダンロップ、G・M、コカ・コーラ、フィリップス、シーメンスなどのアメリカやヨーロッパの大企業は、ルクセンブルクに、形式上の金融子会社を作っている。

その子会社に出資する者は、利子を受取るときに税金がかからないから、いくらでも出資者が集まる、というわけだ。ヨーロッパから国境を越えて金が集まってくる。

翌日、川上はルクセンブルク・クレディットやアデラなどの銀行から七百万ドルを引出した。

三日目はスウィスだ。スウィスの五つの銀行から二百万ドルが引きだされた。

四日目、ベンツ・プルマンはスウィス・ベルンのホテルを出た。フランスを抜け、ベルギーのブリュッセルを通ってオランダに戻るのだ。少なくとも新城は川上たちにそう言ってある。

オルテンからバーゼルに向かう国道二号線で、川上は金のことよりも、アムスのアパートメントの浴室に残したエリノアの死体が発見されたのではないかと気にしていた。

その一千万ドルの現ナマは、プルマンの後部座席でテーブルをはさんで川上と向かいあっている新城の横に、ボストン・バッグに収められて置かれている。

川上は、車の酒棚にあるスコッチをラッパ飲みしている。

「あと三キロほどで十字路がある筈だ。そこで右に折れてくれ。その道を二キロほど行くと、〝レストラン・ミューラー〟という店がある。そこで昼食にしよう」

新城は車内電話で、ガラス仕切りの先の運転席のヴィックに言った。

「かしこまりました」

ヴィックは、制帽のヒサシに軽く手を当てた。

3

十字路で右折すると、右側は深い断崖《だんがい》と渓谷、左は雪山の、息を呑《の》むような風景がひろがる。レストラン・ミューラーは、小さな店で、断崖を見おろせる位置にあった。

駐車場だけは広いが、そこには店のものらしい小型トラックが駐まっているだけであった。

メルツェデス・ベンツ六〇〇プルマンが巨体を駐車場に突っこむと、民族衣裳をつけた初老の店主夫婦が、愛想よく出迎える。

だが、そのミューラー夫婦は、ブラック・ミサの副司祭なのだ。悪魔の司祭ロジェ・フレイから教えられて新城は知っている。

テーブルが五つしかない店内は落着いていた。三人は、モミの木がパチパチと燃える大きな暖炉の前の席に案内された。

新城は、現ナマを詰めこんだボストン・バッグを手にし、ヴィックが逃げぬようにプルマンのキーを自分のポケットに仕舞っていた。

「お荷物をお預かりしましょう」

ミューラーがドイツ語で言った。

「大事なものだ。鍵がかかるロッカーは無いかね?」

新城はドイツ語で言い、

「久しぶりですな。サン・セヴァスチャンの夜、あなたにお会いしてから、私はずっと旅を続けてましたのでね」

と、悪魔教徒の合言葉を言う。

「…………」

ミューラーの表情が、かすかに硬《こわ》ばった。

「ああ、そう言えば、ロジェ司祭があなたによろしくと言ってましたよ」

新城は付け加えた。

ミューラーの雪焼けしたような顔に深い笑いが浮かんだ。

「やあ、おなつかしい。私も年のせいか、この頃、物忘れが激しくてね。では、さっそくロッカーにご案内しましょう」

と、言う。

新城が通されたのは、奥の寝室であった。ベッドの下にボストン・バッグを放りこんだ新城は、

「くわしいわけはあとで話す。あの二人の飲物か食いものに、解剖《かいぼう》しても証拠が残らない強力な眠り薬を混ぜていただけないだろうか？」

と、ミューラーに言う。

「悪魔に誓って……」

ミューラーはニヤリと笑った。

席に戻った新城は、何を飲んだり食ったりするかを二人と相談した。

結局、運転するヴィックはアルコール分がひどく薄いリンゴ酒、新城と川上はサクランボからとった強いキルシュを飲むことにする。

食いものは、チーズを暖炉で焼いて、各種のピックルズと一緒に口にするラクレット、川鱒《かわます》の青焼き、ツグミのクリーム煮を頼む。

「今日は先ほどまでアメリカの団体さんがいらっしゃいまして、あなた様たちのご注文分で材料は品切れになりました。どうせ、ほかのお客さんがいらっしゃってもお断わりですから、ゆっくりとおくつろぎください」

ミューラーは言って、道路に面した案内板に〝本日休店〟の札を掛けにいった。

ミューラー夫人が、熾火《おきび》になった暖炉のモミの薪《まき》で、太い串《くし》にチーズを刺して焼きはじめる。

チーズの種類は十数種あった。

一つが四分の一ポンドほどのチーズの塊の表面が焼けるとかすかにふくらみ、柔らかく溶けそうになる。焼きすぎると、髪の毛を焼いたときのような匂いになる。

それを短剣と共に、マダムが三人に渡した。川上はあまり食わず、ヴィックは放心したように口を動かす。

短剣でチーズの柔らかくなった部分をそいで食うと、内側の硬い部分はマダムが焼き直してくれる。ソーダが入っているチーズもあるので、案外胃にもたれない。

ミューラーが川鱒を酢で殺して蒸焼きにした青焼きを持ってきた。川上はそれはガツガツと平らげた。

ツグミ——ヨーロッパの多くの国では、日本では益鳥として捕獲を禁止しているツグミやカケスなどを、害鳥として捕獲する——のクリーム煮が出てくるまでのあいだ、再びチーズ・ラクレットが勧《すす》められた。

「ちょっと、トイレに……」

ヴィックが立上った。椅子をうしろに押しやり、いきなりテーブルの短剣を握ると、新城に襲いかかってきた。

新城は椅子を倒して立上りざま、ラクレットを削っていた自分の短剣で、突きだされたヴィックの短剣を撥《は》ねあげた。

二つの短剣は火花を散らした。ヴィックの短剣はその手を放れて天井に突き刺さる。

「参った！　冗談だったんだ。殺さないでくれ！」

ヴィックは坐りこんだ。

「そうだ、冗談だったんだろう。だけど、二度とこんな冗談はよしたほうがいいな——」

新城は椅子を直しながらヴィックに言い、顔色を変えているマダムに、

「済みません、新しい短剣を運転手に……」

と、笑顔で言う。

川上は細い目を見開いていた。軽く身震いすると、キルシュをガブ飲みする。

食事が終わってコーヒーが運ばれたとき、川上とヴィックはテーブルに突っ伏してイビキを

たてた。

それを見張っていたらしいミューラーが調理場から出てきた。

「誓いは果たしました。西インドの薬草から採《と》った眠り薬だ。証拠は残らない」

と、新城に言う。

「有難う。この日本人は、私の一族の仇だ。運転手は奴のボディ・ガードだ」

新城は言った。

「これからどうする？」

「二人をベンツに乗せて、谷底に転落させる。あなたの小型トラックを使えばうまくいくだろう」

「なるほど。ロープで引っぱって、途中でロープを切る、というわけだな？」

ミューラーは言った。マダムは、窓や戸にブラインドを降ろしている。

「そう。ロープを二重にして、片方を切ればいい」

新城は言った。

やがて、ベンツ・プルマンの運転席にヴィック、後部コンパートメントに川上が乗せられた。新城のヒッピー服などを入れたボストン・バッグはトランク・ルームから降ろされる。

そのベンツに、エンジンが掛けられ、新城の指紋がエンジン・キーから拭《ぬぐ》われた。小型トラックの後部の牽引《けんいん》用フックと、ベンツの前輪サスペンションに、太いロープが渡された。

小型トラックのフックにはロープが結ばれたが、ベンツのほうには、ただ通されただけだ。

手袋をつけた手でベンツのオートマチック・ミッションをＤ２《ディ・ツー》に入れた新城は、エンジンのアイドリングのトルクでじりじりと這《は》いだしたその車から跳び降り、小型トラックの荷台に走って跳び上る。短剣をベルトから抜いた。

小型トラックは、ミューラーの運転で走りはじめた。ガクンと強いショックと共に重いベンツ・プルマンを引っぱって、前の狭く曲がりくねった地方道を走る。

ハンドルを切る者がいないので、ベンツはしばしばガード・レールに接触しそうになった。

大きな左回りカーヴに来たとき、両車のスピードは七十キロになっていた。そこで新城は、ベンツを牽引しているロープのうちの一方を、荷台から体をのばして短剣で切断する。

バック・ミラーやサイド・ミラーでそれを見ていたミューラーは小型トラックのスピードを上げた。

一方のロープを切られただけなので、ベンツのサスペンションに渡されていたロープはスピードを上げた小型トラックに引き寄せられた。

そして、ベンツは、ガード・レールを突き破り、数百メーターの深さの谷底に向けて転げ落ちていく。

エンジンが掛かったままなので、途中で火を噴く。

短い直線でミューラーは小型トラックを停めた。ロープをフックから外して荷台に引っぱりあげた新城は助手席に移る。

ほかの車は犯行のあいだじゅうその道を走らなかったが、スウィスのような山国では珍しいことではない。

ミューラーは、何度かハンドルを切替えして、やって来たほうに車首を向けた。ガード・レールが大破しているところに戻って再び車を停める。

ベンツ・プルマンの残骸《ざんがい》は、谷底近くでグシャグシャになって、赤黒い炎に包まれていた。

エンジンやトランク部などが数十メーターほど離れたところに散らばっている。新城と、双眼鏡を持ったミューラーは小型トラックから降りた。

ミューラーは、入念に双眼鏡で捜索する。双眼鏡を新城に渡すと、

「二人とも車のなかに閉じこめられたようだ。放りだされたとしても、生きているわけはないが」

と、言う。

しばらくしてレストランに戻ったミューラーは、警察に電話を掛けた。

「街道で凄《すご》い音がしたので駆けつけてみたら、うちで食事をとられたお客さんのらしいベンツが谷底に落ちて燃えているのが見えました。すぐ来てください」

と、言う。

新城はボストン・バッグから十万ドルを出してミューラーに渡した。

「お礼だ」

「こんなに！　じゃあ、有難く頂戴《ちょうだい》する。これで私も、好きなときに商売が休める……あと十分ぐらいでパトカーが来るだろう。うちに、秘密の地下室がある。騒ぎがおさまるまで、そ

こに隠れていてくれ。トイレもついているから不便はない筈だ……それに、勿論、あの二人とあんたがこの店で一緒だったことは口が裂けても言わないから安心してくれていい」

ミューラーはふてぶてしい笑いを浮かべた。

祈り

1

新城は結局、ミューラーのレストランの地下室で五日を過ごした。

そこに潜《ひそ》んでいるあいだの三日目に、新城は脳のなかにくいこんでいる手榴弾《しゅりゅうだん》の破片によって発作を起こし、十時間にわたって七転八倒した。

苦悶《くもん》のなかで、いかなる困難に会っても、悪魔の司祭ロジェ・フレイからもらった毒薬を使ってバート・エルフェルドを発狂させ、彼の巨大な投資機関I・O・Tの歯車を出鱈目《でたらめ》に回転させて、そこに投資している沖—富田派の厖大《ぼうだい》な隠し金を無価値にさせてやる……と、凶暴な決意を固くする。

川上を消してから六日目にパリのアパートに戻った新城は、コンセルジュのアンリに、ここ一週間分の新聞を持ってこさせた。

ベッドに寝転がってそれを読む。

沖の秘書の一人である田中の死は、パリ・マッチ紙の片隅に小さく載っていた。新城の拳《こぶし》の必殺の突きが効果をあらわしたのだ。

川上の死にはかなり大きなスペースがさかれていた。エリノアの死体も発見され、川上は事故死ではないのでないかという、さまざまな憶測《おくそく》が書かれてあったが、そのどれも真相には遠かった。

そして、川上の後任として、アムステルダム日本商工会館の館長に、沖元首相の末娘の夫であるフレッド佐々木という男がついたことも伝えられていた。ロス系の日系二世である佐々木は、マッカーサー時代に、その腰巾着《こしぎんちゃく》として日本に進駐し、沖の戦犯解除のために大いに働いて沖家の婿《むこ》になり、朝鮮戦争のときにマッカーサーがトルーマンに罷免《ひめん》されたのを機として退役した。

その後の佐々木は、沖の無理押しで、最高検の事務局長や最高裁の事務総長、それに法務省の事務次官と渡り歩き、沖やその義弟の江藤首相の疑獄事件を揉《も》み消し続けてきた。

佐々木が法務省を去ったあと、沖は腹心の誰かを、佐々木がいた地位に据えたにちがいない。

それを知ろうと、新城は日本に国際電話を申しこんだ。ヨーロッパの女たちと遊ばせてやったことがある、ルポ・ライターの大川という男の自宅につないでもらうように交換手に言った。

一時間ほどで大川が電話に出た。時差があるので、いまパリでは午後三時頃だが、東京では午後十一時頃だ。一杯やっていたらしい大川は、日頃のダミ声がさらに嗄《しわが》れていた。

「お久しぶりです」

新城は挨拶《あいさつ》した。

「こっちに戻っているのかね？」

大川は尋ねた。

「いや……せっかくご機嫌のところに野暮用で済みません。実はアムスの日本商工会館の館長の川上という男が事故死しましてね。その後任に、沖の娘婿の佐々木という男がついたんです。何でも佐々木は法務省の実力者だったとか……佐々木の後任には誰がついたのか教えていただけますか？　こっちの新聞記者から頼まれたので……」

新城は言った。

「川上は沖の秘書だったな。沖の秘書が次々に変死をとげてるんで、こっちでもちょっとした騒ぎになっている……。そうか、佐々木の後任の法務省事務次官のことだったな。沖の四男の忠夫がそのデスクに坐ったよ。けしからん話だ」

大川は言った。

「沖忠夫という男ですか？　前歴は？」

「佐々木のあとをずっと歩いている。最高検の事務局や最高裁の事務局をな。法律は沖や富田や江藤のためにあるんだということがよく分かるだろう」

「確かに」

「来年の夏、またそっちに行く積りだ。そのときはまたな……」

大川は好色な笑い声をたてた。

「可愛い子ちゃんを色々と取揃《とりそろ》えてお待ちしています。では、お元気で」

新城は電話を切った。

それから、さらに三日がたった。

新城はモナコの港にマストを林立させているクルージング・ヨットの群れのなかの一隻に泊まっていた。

髪はクルー・カットにし、スウェット・バーがついていてレンズが曇りにくい、ボッシュ・アンド・ロームのレイ・バンのサン・グラスを掛けている。レンズの色は、昼は濃いグレー、夜はカリクローム・イエローだ。

そのヨットの名は〝ネプチューン〟といった。三十六フィート級だ。悪魔教の信者の持船を新城が借りたのだ。

夜のトバリが港に降りると、錨《いかり》を降ろしている幾隻かの豪華なヨットではパーティが開かれた。

バート・エルフェルドのヨット〝フォーチュナ〟は、〝ネプチューン〟から二百メーターほど離れて、カジノ・ド・パリの下のトンネル寄りに碇泊《ていはく》している。

木製やF・R・Pではなく鋼鉄製の七十メーターもの全長を持つクルーザーだ。バートはそこに、二人のコック、五人の給仕、十人の乗組員《クルー》を住込ませているという。

モナコ・グランプリは数週間前に終わり、F1《エフワン》レーサーが轟音《ごうおん》とオイルを撒《ま》き散らして走った海岸通りも今は静かだ。

だが、あと二週間もたたぬうちに再び活気が甦《よみがえ》るであろう。その日から一週間半にわたって、モナコ沖でヨーロッパ・カップが賭《か》けられたレーシング・ヨットの大試合があるのだ。バート・エルフェルドは〝フォーチュナ〟に客たちを乗せてそのレースを観戦し、夜はニースの城で大パーティを開く……という情報を新城は知っていた。

パリは夏には遠かったが、モナコの昼はめくるめく陽光が豊饒《ほうじょう》であった。〝ネプチューン〟で五日を過ごす間に、新城は〝フォーチュナ〟の乗組員たちを尾行したりして、彼等の顔や名を覚えこんだ。

彼等は退屈していた。交代で街に飲みに出る。運がいい奴は下町の娘を引っかけて、留守番がいない他人のクルーザーのキャビンで交わる。無論、彼等のなかにはホモもいた。

新城は、アルジェ訛《なま》りが強い、給仕のクロードという若者に目をつけた。クロードは、ケチなフランス人たちのあいだでも特にケチで、それは故郷のアルジェリアに仕送りをしているためもあるようだ。

だから、仲間と飲みに出るようなことがあっても、一番安いアルジェリア産のワインを舐《な》めるようにしか飲まない。深夜になると、まだ騒いでいる仲間から外れて一人で〝フォーチュナ〟に戻りながら、岸壁に立ってオナニーにふける。

その夜もクロードは、イタリーのマントン寄りの庶民街の酒場で安ワインをチビチビ飲んでから、歩いてモナコの港に戻っていった。

そのクロードを尾行《つけ》ていた新城は、足を早めて並んだ。振り向いた小柄なクロードに、

「やあ、君は〝フォーチュナ〟のクルーじゃないかい？」

と、声を掛けた。

「それがどうした？」

クロードは怯《おび》えた表情でポケットに手を突っこんだ。ジャック・ナイフか飛びだしナイフを握りしめたらしい。

「俺は〝ネプチューン〟のクルーだ。一人ぼっちなんだ。仲良くしようぜ」

新城は言った。

「ああ、あの船のか――」

クロードは肩の力を抜き、
と、呟《つぶや》く。

「断わっておくが、俺にはオカマの趣味はねえ。尻《けつ》を貸すのはお断わりだ」

「そんなことで君と知合いになりたくなったわけではない。俺が好きなのは女だ。俺が管理しているクルーザーに女が二人やってくることになっている。一人でその二人を相手にするのも面白いが、君も一緒だともっと面白いだろうと思ってな」

新城はニヤニヤ笑った。

「タダでか？」

クロードは足をとめた。

「ああ、それとも、女に払ってもらう気か」

「まさか……それほど俺は自惚《うぬぼ》れてはねえよ。本当にやれるんだな？」

クロードの声がかすれた。

「本当だ。さあ、急ごうぜ。〝ネプチューン〟で酒でも飲みながら女を待つんだ」

新城はクロードの肩を叩《たた》いた。

2

〝ネプチューン〟のキャビンに入り、バースの一つに腰を降ろしたクロードは、警戒の表情を剝《む》きだしにしていた。

しかし、タダのスコッチをガブ飲みしているうちに警戒心はゆるみ、青灰色の瞳をギラギラ光らせながら、ズボンの下で突っぱってきたものをポケットのなかから愛撫《あいぶ》し、

「遅いじゃねえか」

と、鼻を鳴らす。

「もうすぐ来るさ。二人とも、深夜レストランで働いてるんだ。もうすぐ明け番になる」

新城もスコッチの水割りを飲みながら答えた。

やがて岸壁に自転車のブレーキが軋《きし》む音がした。〝ネプチューン〟の甲板に二人の娘が跳び移る。

栗毛の小柄なほうがモニカ、ブロンドの長身のほうがニコールだ。二人とも二十歳ぐらいだ。

ジーパンと、男物のようなブラウスをつけている。

「待ちくたびれたよ」

新城は二人を軽々とキャビンに抱え降ろした。二人は前夜新城に口説かれ、一人が百フランずつもらっていた。今夜このクルーザーに来れば、さらに二百フランずつもらえることになっている。ショー・ウインドウには喉《のど》から手が出るほど欲望をそそる商品が並んでいるのに、それを買う余裕がない二人の娘は簡単に誘いに乗ったわけだ。

「紹介しよう。俺の友達のクロードだ……こっちの美女がモニカ、そっちの美女はニコール……クロード、ぼやぼやしてないで、二人にカクテルを作って差しあげるんだ」

キャビンのカーテンを閉じながら新城は言った。

クロードは精一杯に甘い笑いを浮かべ、二人の娘に好みの飲みものを尋ねた。電気冷蔵庫を開く。

モニカはカンパーリ・ソーダ、ニコールはトム・コリンズを頼んだ。バートの〝フォーチュナ〟ではバーテンもやっていると言っていたクロードは、さすがにカクテルの作りかたは鮮やかなものだ。

娘たちの体にアルコールが回ってくるのを待って、新城はパリから持ってきたマリファナを娘たちとクロードに配った。自分もマリファナに火をつけるが、肺に深くは吸いこまない。

はじめに効《き》いたのはクロードであった。ズボンを脱ぎ捨てると、二本目のマリファナを揉《も》み消し、モニカを見つめながらしごきはじめる。

モニカもそれに応え、ブラウスとジーパンを脱いだ。ブラジャーとパンティも取り去る。昼間は充分に海岸で陽を浴びているらしく、その肌は黄金色を帯びていた。

乳房は重そうなほど発達している。陽蔭の髪は黒っぽい。モニカはそれを指で掻《か》き分けて花芯に触れた。

動物的な呻《うめ》き声を漏《も》らしたクロードが、そのモニカに跳びかかった。

二人に挑発されたニコールが、新城のスラックスのジッパーを降ろした。くわえる。

夜明け近くになってモニカとニコールは帰っていった。ぐったりしたクロードは、

「俺も戻らなけりゃ。だけど、あんた、俺にこんな楽しい思いをさせてくれて、一体何を狙《ねら》ってるんだ？」

と、新城に尋ねる。マリファナの効き目が消えてきたのであろう。

「そんな真面目な顔をするなよ。俺も楽しかったんだから、それでいいじゃないか。いつでも声を掛けてくれ。また一緒に遊ぼう」

新城はさばけた笑顔を見せた。タバコをさぐる振りをしてスラックスのズボンから分厚くふくらんだ財布をわざと落とし、それを拾いあげるとき数十枚の百フラン紙幣を床に落としてみせる。

クロードの視線はそれらの紙幣に吸いついた。あわてて瞳の光を押え、

「あんた、金持ちなんだな」

と、言う。無理して平静な声を出そうとしても喘《あえ》ぐような声になった。

「まあな。俺のオヤジは、パキスタンのサルタンなんだ。俺は遊びすぎて勘当《かんどう》の身だが、オフクロが心配して毎月たっぷりと送ってくれるんだ」

新城はもっともらしく言った。

「あんた、パキスタンか？」

「ああ。アガ・カーンは親戚《しんせき》だ。だけど、俺の身分は、誰にも黙っておいてくれよ」

「うらやましいな。俺のボスのエルフェルドは、俺たち下働きを安くこき使いやがるんだ。ヨットのバーの酒を勝手に飲んだり横流ししたりしたらすぐにクビになる。俺はいつもゼニにピーピーしてるのさ」

「困ったときは言ってくれ。貸さねえとはかぎらない。友達になったんだからな」

新城は言った。

「本当か？」

クロードは再び瞳をギラギラ光らせた。

「そのかわり、俺が困ったときには助けてくれよ。金の面ではなく、色々とトラブルに捲《ま》きこまれたときにだ」

「出来るだけのことはするさ――」

クロードは言い、

「ところで、さっきのモニカだが、〝ラ・メール〟という店でクローク係をやっているというのは本当か？」

と、尋ねる。

「どうして？」

「俺はあの娘《こ》が気に入った。また会いたいと思って……笑っちゃいけねえ」

「笑いはしないさ。本当だ」

「じゃあ、また会おう」

クロードはふらふらしながら去った。

翌日、新城はモニカに会った。

「クロードが君に惚《ほ》れてしまったらしい。どうする？」

と、昼食をおごりながら尋ねる。

「どうするって……あんたに頼まれたから寝ただけのことじゃない。マリファナ《ポット》のせいで夢中になってしまったけどさ。タダでやらせるんなら、もっとハンサムでたくましい男じゃないと嫌よ。例えば、あんたのような。ニコールは、今日は足腰が立たなくなってしまって、店も休むといってたわ。ねえ、今度はわたしを可愛がって……ニコールのようにいい思いをさせてよ」

モニカは肩をぶっつけた。ヨーロッパでは、食事のとき、男女は向かいあってでなく、並んで腰を降ろす。

「いいとも……そうか、そうか。クロードを好きじゃないんなら話は早い。奴が君に夢中になってきても適当にじらせてやったら面白いぜ。高い買物をせびってみたら？」

「分かったわ。だけど、あんたクロードと友達なんでしょう？　どうしてそんなこと言うの？」

「ほかの友達と、君がクロードの女になるかどうかの賭けをしたんだ」

新城はニヤリと笑った。

「なんだ、そんなことなの……ねえ、勤めの時間がはじまるまでに、まだ六時間もあるわ。可愛がってよ。勿論《もちろん》、お金はいらないわ」

モニカは新城の腕をつねった。

新城はバート・エルフェルドに知られているであろうB・M・W二八〇〇CSをモナコには持ってきてなかった。そのかわり、パリで新しく盗んだポルシェ・カレラに、ポール・モランが偽造してくれたナンバー・プレートをつけて使っている。車検証も偽造品だ。

そのポルシェにモニカを乗せ、新城はニースに向けて飛ばした。断崖《だんがい》の上にうねった道は伊豆に似てないこともないが、左右の別荘の感じや原色に近い土の色はまるっきりちがう。

強引にタイアを鳴らせて先行車を次々に追い越す新城に、興奮したモニカはしがみついて、うれしそうな悲鳴をあげた。

新城はニース空港に近いモーテルを借り、その一室でモニカを荒々しく犯してやった。

四時間後にそのモーテルを出るとき、モニカはガニ股《また》になっていた。新城はモナコの海岸通りの、ロワイヤル・オートモービル・クラブの豪勢な建物の近くにあるレストラン〝ラ・メール〟のそばまでモニカを送ってやり、無理やり百フランを摑《つか》ませる。

クロードは翌日の夕方〝ネプチューン〟にやってきた。

「頼む。一万フラン貸してくれ」

と、言う。

「いきなり、どうしたんだ」

新城は軽く眉《まゆ》を吊りあげた。

「何も尋《き》かないで、ともかく一万フラン……月賦で返すから」

「まあ、一杯飲めよ」

新城は冷蔵庫からビールの壜を取出した。

「貸せと言ったら貸せ！」

目を血走らせたクロードは、腰に吊った鞘《さや》から、刃渡り十五センチほどのシーマンズ・ナイフを抜いた。

「何を血迷った？」

薄笑いを浮かべた新城は、右手にビール壜を構えた。

「殺してでも金を取ってやる！」

クロードは体当たりするようにしてナイフを突きだしてきた。

新城はそのナイフをビール壜で強打した。壜は割れて中身を撒《ま》き散らしたが、クロードのナイフのほうも右手から放れてキャビンの壁に突き刺さる。

新城は小さな悲鳴をあげたクロードを、左手でバースの一つに突き倒した。ギザギザに割れ

たビール壜をその顔に近づけ、

「ちっとは頭を冷やせよ」

と、吐きだすように言う。

「畜生……」

クロードはもがいた。

新城はその股間《こかん》を膝《ひざ》で軽く蹴《け》った。悲鳴を高めながら苦悶《くもん》するクロードを、

「顔をズタズタにしてやろうか？　それとも男として役に立たないようにしてやろうか」

と、威嚇《いかく》する。

3

「助けてくれ！　どうしても金が欲しかったんだ」

クロードは涙をこぼした。

「貴様は俺を殺そうとした。俺に殺されても文句ない筈《はず》だ」

新城は凄味《すごみ》が効いた声で言った。

「助けてくれ……悪かった……冗談だったんだ」

「じゃあ、俺が貴様を殺しても冗談で済まそう」

「モニカが……モニカが、中古でいいから車を買ってくれと言うんだ。車があれば、人気《ひとけ》のな

いところに飛ばしてカー・セックスが出来る」

クロードは呻いた。

「ここを潰《つぶ》したら、カー・セックスどころじゃなくなるぜ」

新城はクロードのズボンのジッパーのほうに、ギザギザに裂けたビール壜を移した。

「やめてくれ、何でもあんたの言うことをきくから！　あんたの奴隷になってもいい」

クロードは悲鳴と共に言った。

「面白い。続けろ。それで貴様は、色男づらをして、モニカに車を買ってやるって約束したのか？」

「そ、そうなんだ。俺はあの娘《こ》の体が忘れられねえ。俺にぴったりだ。体じゅうが溶けそうなほど具合がいいんだ……たまらねえんだ」

「よし、分かった。それほど惚れてるんなら何とかしてやろう――」

新城はクロードから離れ、

「ただし、一度に一万フランというわけにはいかん。とりあえず三千フラン貸そう。それで車の頭金になるだろう」

と、言う。

「か、貸してくれるのか！」

クロードは狂喜した。

「ああ、残りは十日後に渡してやる。ただし、俺から借りたとは、口が裂けても誰にも言うなよ。そうでないと、お前の仲間がみんな俺にたかりに来て、お前に貸す金が無くなってしまう」

「分かった。十年がかりで返すから」

クロードは頭をさげた……。

ヨーロピアン・チャレンジ・カップの優勝戦シリーズの初日が迫ってきた。

予戦を勝ち抜いてきた、建造費だけでも五億円を越す十二メーター級――実際は十九メーター級――のフランス艇とイギリス艇が、モナコ沖に作られた、三角形と楕円《だえん》形を組合わせた全長約三十五キロのコースで、国威を賭けて、一週間半のあいだに四レースを行ない、チャンピオンを決めるのだ。

新聞は連日、両艇の調子を伝えると共に、観戦のためにリヴィエラにやってくる各国の政治家や実業家、貴族、芸術家、スターなどの到着を報じた。

借りた金を頭金にし、月賦でアバルトOT一三〇〇を買ったクロードが、

「ムッシュー・エルフェルドは明日ニースの城に入ると連絡があった。明後日の決勝レースの初日には、五十人の客と一緒に〝フォーチュナ〟に乗込んで観戦する」

と、新城に言う。

「そうか。奴はヨットの上でも飲むか？」

新城は尋ねた。

「飲むって、酒をか？」

「ああ」

「当たり前だ。昼間は強い酒は飲まないが……」

クロードは答えた。

「そうか。じゃあ、頼みがある。奴のカクテルに、俺が渡す薬を混ぜてくれ」

「毒か？」

クロードの瞳が光った。

「まさか……それを飲むと気前がよくなる薬だ。奴が気前よくなったら、君の給料も上るぜ」

「そんな薬があるなんて初耳だな。本当に毒じゃないのか？」

「俺は毒殺なんて女のやるようなことはやらん。奴を片付ける気があるんならこいつを使う」

新城はワルサーＰＰＫをショールダー・ホルスターから抜いた。

「わ、分かったよ。どっちにしろ、俺はあんたの頼みを断われねえんだ。やる。やるから、そいつを仕舞ってくれ」

クロードは顔を歪《ゆが》めた。

「じゃあ、薬のほうはレース初日の朝に渡す。あんたが約束を破ったら、あんたは死ぬ。分かってるだろうな？」

新城はふてぶてしく笑った。

「分かってる。俺は死にたくない。モニカとやってやってやりまくってからでないと死ねねえ」

クロードは言った。

ヨーロピアン・チャレンジ・カップの優勝戦シリーズの初日、モナコ沖は、観戦の大小ヨット、遊覧船、ヨーロッパ各地から押し寄せた客船などがひしめいた。

〝ネプチューン〟には、オーナー夫妻が客を連れて乗りこみ、観戦の群れに加わった。新城は港のカフェテリアで、レース中継のTVを眺めながら、クロードが怖気《おじけ》づいて、エルフェルドの精神を錯乱させる秘薬を捨てたりしないように……と祈る。

緒戦はフランス艇の勝利であった。モナコに戻ってきたフランス系の男女は熱狂していた。新城はクロードに会い、クロードが約束を守ったと誓うのを聞いて、残金の七千フランを渡してやった。

パリに戻った新城は、ひっそりと暮しながら、エルフェルドが発狂するのを待った。エルフエルドが飲んだ筈の秘薬は、それを飲んで発狂した人間は、外観からはまったく正常に見えるという特徴を持っている。

エルフェルドの国際投資コングロマリットI・O・Tが、石油も天然ガスも発見できないためにアメリカの会社が投げだしたアラスカの土地を二億ドルで買収したり、倒産寸前のアメリカの月賦販売コングロマリットに一億ドルの融資をした……などの記事が、しばらくしてから、フランスの経済新聞や雑誌に載りはじめた。

I・O・Tは充分に勝算を持っていると見得《みえ》を切るバート・エルフェルドは、会社の交際費の浪費にさらに拍車を掛け、一晩に五十万ドルのパーティを開くことも珍しくなくなった。

そして、重役たちも、会社から百万ドル、千万ドル単位で金を引きだしていた。

そのI・O・Tが突如として倒産したのは、秋が近づいた頃であった。メキシコのアカプルコに美女十数名を引き連れて遊びに行っていたエルフェルドは、スウィスの本部からの緊急電話を受け、文句を言い通しながら本部に戻っていった。

そこには、I・O・Tの首脳たちが待っていた。そこでエルフェルドは、

「I・O・Tは不良貸出しによって、現金が一文もなくなってしまった。こうなった以上、持株を売りとばすほかない」

と言う報告を受けたのだ。

エルフェルドは大笑いした。笑い続けた。隠れていた狂気がついに表面に剝《む》きだしになった笑いであった。

I・O・Tの株は暴落し、パニックに襲われた投資家たちは続々と解約のためにI・O・Tに押しかけたが、I・O・Tには解約に応じるだけの現金は無かった。

クビになったエルフェルドは精神病院に送られ、首脳部は横領していた現金を抱えて南米に逃げた。東京の株式市場にまでI・O・Tショックの暴落が起こった。

沖―富田派がヨーロッパにプールしていた厖大な隠し金はI・O・Tの倒産と共にただの紙切れとなり、アムステルダム日本商工会館の館長であり、沖元首相の娘婿のフレッド佐々木はピストル自殺をとげた。

沖たちと同じようにI・O・Tに隠し金を預けていたビディ・パン・スケーノも発狂したよ

うになった。死の床にあるパン・スケーノ元大統領に会って、彼がスウィスの銀行に隠してあるビディとは別口座の預金のことを知るために、憲兵と秘密警察が待っているボルネシアに帰国する。

新城はそれらのニュースを聞きながら、帰国の準備をはじめていた。

ヨーロッパでの復讐《ふくしゅう》は終わった。これからは日本で巨大な権力に対して、絶望的だが自分が生きている証《あかし》となる執拗《しつよう》な戦いを挑むのだ。邪魔をする連中は殲滅《せんめつ》する。

I・O・Tが倒れ、エルフェルドが精神病院に入っている今、新城の命を狙う暗い組織の連中はいなくなった。

新城はヨーロッパの各国を旅して、情を交わした女たち一人一人にさり気ない別れを告げ、恐らく見納めになるであろう秋のヨーロッパの美しさを瞼《まぶた》の裏に焼きつけた。

一方では、ポール・モランに頼んで、偽造パスポートを作ってもらい、その偽名に合わせてB・M・W二八〇〇CSの名義を書き替えた。

その車のなかに隠し物入れを幾つも作り、大量の武器弾薬や麻薬を隠して日本に向かう船に積んだ。

沖のものであった一千万ドル近い現ナマのうちの半分ほども車に隠して積出した。あとの五百万ドルは、ルクセンブルクのユダヤ系の銀行に預金し、日本の支店に行けば、一パーセントの手数料だけで、ドルであれ日本円であれ、即座に引出せるように手続きする。

新城がパリのオルリーをエール・フランス機で発《た》ったときは十月に入っていた。パリはもう秋の終わりであった。一等客室のシートに体を埋めた新城は、暗い燃えるような瞳で虚空《こくう》を睨《にら》みつけて、悪魔の神、悪霊の奸計《かんけい》、魔神の力が、自分に乗り憑《うつ》ってくれ……と祈っていた。

第二部　京葉工業地帯

復讐の鬼

1

猟期に入った十一月の末。

京葉工業地帯の空は鉛色に濁り、そこを、沿岸にひしめきあう工場群から吐きだされるさまざまな色の煙が流れていた。

海も鉛色に濁っている。しかし、今年も数少ない真鴨《まがも》やカル鴨を圧して、シベリアや中国からやってきた羽白ガモや黒ガモの大群が、長さ数百メーター幅数十メーターにわたって羽を休めたり、猟船に追われて飛び逃げたりしている。

次から次に行なわれている埋立てや浚渫《しゅんせつ》工事、それに汚物の抛棄《ほうき》のために、真鴨やカル鴨のように上等な鴨は激減したが、雑鴨たちが好む海虫が増えているからだ。

しかし、ウイーク・デイなので、千葉の五井《ごい》から木更津沖にかけて出ている鴨射ちの猟船は、ほんの五、六隻のようであった。

新城彰は、二十五フィートのモーター・クルーザーのハンドルを握り、そいつをゆっくりと走らせていた。

五ノット以上のスピードで機走しながら鴨を射つと狩猟法違反になるからというためではない。新城が追っている獲物は、鴨ではなく、もっと大きなものだ。

その新城は、米軍放出のオリーブ・グリーンの作業服をつけていた。頭にはウエスターン・ハットをかぶり、手には軍手をつけている。

顔の三分の一ほどは付け髭《ひげ》で覆《おお》われていた。目には、ブッシュネルのイエローのシューティング・グラスをつけている。

西南の方角の遠くでかすかに銃声が続いた。海では銃声が水と空に吸いこまれてしまって陸地よりもはるかに小さく聞こえる。

新城は十倍の大型双眼鏡を銃声のほうに向けてみた。

三キロほど離れたところに、木造の十メーター級の猟船がいた。胴の間に立ったダルマのような体格の五十男が、半矢となって潜って逃げながら呼吸するために数分置きに浮上する鴨に向けて、自動散弾銃から散弾を浴びせていた。

その男は顔もダルマのようであった。鼻下にチョビ髭をたくわえている。

通称小野徳《おのとく》――小野徳三だ。銀城会のヤクザから千葉県会議員に転じ、漁民たちを食いものにして国会議員にのしあがった男だ。

県会議員当時、小野徳は新城の父からバクチで漁業補償金を捲《ま》きあげた。父は母と新城の妹二人を道連れにして猟銃自殺したのだ。

新城はモーター・クルーザーの艇首を小野徳の猟船に向け、スロットル・レヴァーを引いた。

十月にフランスから偽造パスポートを使って帰国した新城は、これまで骨休みしていたわけではない。

東京や千葉や埼玉に、ドルを円に替えた現ナマの力で数カ所の隠れ家を手に入れ、埼玉のアジトにはさまざまの工作機械を据え、車を十数台盗んできて、エンジン・ナンバーを打ち替え、ナンバー・プレートや車検証も偽造した。

神戸の銃砲店に深夜忍びこみ、数十丁の散弾銃やライフルや実包や火薬類を奪ってきて、数カ所のアジトに分散させた。

いま新城の手許にあるFNブローニングの自動散弾銃も、神戸の銃砲店から頂戴《ちょうだい》してきたやつのうちの一丁だ。

一方では新城は図書館に通い、ここ五年間分の五大新聞の縮刷版や千葉の地方紙などに読みふけった。

いま、舳先《へさき》から水しぶきをあげるモーター・クルーザーは、猟船に三百メーターほどに近づいた。

そのモーター・クルーザーも、三浦半島油壺湾《あぶらつぼ》から盗んできたものだ。

偽名を使い、顔も変装した新城は、私立探偵を傭《やと》い、毎日小野徳を尾行させたのだ。そして、十一月に入ってからの小野徳は、土曜日曜に一斉にくりだす猟船に追われて飛びたちが早くなった鴨が落着きを取戻す水曜を中心にして、週に一度は海が凪《な》いだ日に、千葉港に置いてある自分の船で鴨の沖射ちを楽しむことを知った。

いつもはボディ・ガード数名を身辺から離さない小野徳も、沖射ちの時だけは彼等を遠ざける。

理由は女だ。銀座のバーや赤坂のクラブで拾った女と、船に揺られながら本番にまで及ぶのだ。船頭は小野徳の伯父《おじ》の老人だ。

今も猟船の胴の間のコタツで和服の上に毛布を引っかけた、一と目で水商売と分かる若い女が、スコッチのポケット壜をラッパ飲みしている。

小野徳と船頭は、十数発のタマを使って、やっと半矢の羽白鴨を仕止めた。船頭が大きなタモ網でその獲物をすくいあげる。

新城はモーター・クルーザーのスロットルを絞った。クルーザーは急激にスピードが落ちた。

猟船では小野徳が、

「さあてと、そろそろ昼飯といくべえか――」

と、船頭に声を掛け、

「何でえ、あの船は？」

と、近づいてくる新城のモーター・クルーザーに赤く濁った視線を向ける。

「さあ、見かけねえ船だっぺな」

船頭は猟船のディーゼル・エンジンをアイドリングさせながら弁当箱に手をのばした。

小野徳はブレダとウィンチェスター一四〇〇の自動散弾銃から、二号や止め矢用の五号の実包を抜いた。ヤカンが掛かっていた大型の七輪に大量の炭を放りこみ、

「儂《わし》にも飲ませてくれや、口移しでな」

と、コタツにもぐりこんで女の腰に手を廻す。

超スロー・スピードで近づいた新城のモーター・クルーザーは、猟船の左脇に並んだ。新城がロープを投げると、それを反射的に受けとめた猟船の船頭は艫《とも》に結びつけた。

FNの自動散弾銃を肩から吊った新城は猟船の胴の間に跳び移った。

「誰だ、貴様！　無礼な」

女の裾《すそ》のあいだに手を差しこんでいた小野徳はわめいた。

「失礼、今に分かる」

言い捨てざま新城は、FNを肩から外した。安全装置を外す。艫の船頭の顔に向けて発射した。一瞬の間の動作であった。

ほとんど至近距離に等しいところから放たれた二号霰弾を百数十粒くらった船頭の顔はグシャグシャになった。

倒れる船頭の胸に新城は二発目を浴びせた。船頭に何の恨みもないが、小野徳に復讐《ふくしゅう》するためには仕方ない。

女が悲鳴をあげた。小野徳は、意味をなさぬわめき声を喉《のど》から絞りだしながら、自分の銃を摑《つか》もうと這《は》った。

「動くな、小野徳！　船頭のようになりたくなかったらな」

新城は鋭い声を掛けた。

「わ、儂を知っとるのか？」

化石したようになった小野の口から喘《あえ》ぎ声が漏れた。

「コタツに戻れ。手はコタツのフトンの上に置くんだ」

新城は命じた。ＦＮのチューブ弾倉に、指紋を残さぬように軍手をつけたままの左手で、ポケットから出した二号霰弾を二発押しこむ。ＦＮ自動は、そんな時、もう一方の手でキャリヤ・ボタンを押さずに済む。

「う、射つな、わ、儂を射ったりしたら貴様は死刑になる！」

コタツに向けて這い戻りながら小野は震え声でわめいた。

「俺のことを心配してないで、自分の心配をしてたらどうだい？」

新城は、嘲笑《あざわら》った。

「だ、誰なんだ貴様は？」

小野は唇を紫色にしていた。連れの女のほうは恐怖で失神寸前だ。

「九州製鉄が君津に進出してきた頃のことを覚えてるか？」

新城は尋ねた。

「それがどうした？」

「貴様は九州製鉄の手先となって漁業補償金を値切り倒し、九鉄からリベートをもらって荒稼ぎした。それだけでなく、漁師たちから、バクチで漁業補償金を捲きあげた。貴様に骨までしゃぶられ、家族を道連れにして自殺した新城健二という漁師を覚えてないか？」

「…………」

小野の顔がさらに醜く歪《ゆが》んだ。

「貴様は、残された新城の息子のところに押しかけてきて、オヤジの借金を払えといって、子分たちに新城の息子を袋叩《だた》きにさせた」

「貴様……あんたは……？」

「そう、俺は新城の息子だ。長い旅から故郷《くに》に帰ってきたんだ。変りはてた故郷にな」

新城は圧《お》し殺したような声で言った。

「助けてくれ！　あるだけの金をやる。この女もくれてやる。助けてくれ」

小野は涙とヨダレを垂らした。

2

「ふざけるな。今の俺はハシタ金にも、パン助にも用がないんだ」

新城は嘲笑った。

「何が欲しい！　儂の命か？」

小野は悲鳴をあげた。

「よく、聞け。ヨーロッパで沖元首相の秘書の田中と、九鉄の用地買収係から沖のトンネル会社の社長にのしあがってた岸村がくたばったのを覚えてるな？　沖の部下でアムステルダム日本商工会館の館長をしてた川上は自動車事故ということで死んだ。みんな、俺が殺《や》ったんだ」

新城は冷たく言った。

「やめてくれ……悪かった。この通りだ……命だけは助けてくれ」

コタツから出た小野は土下座した。ズボンの前は失禁のために黒々と濡《ぬ》れている。女のほうはうつろな表情になっていた。

「貴様が助かる途《みち》は一つだけある」

「何なんだ？　何でもする。助けてくれ」

小野はゴザに顔をこすりつけた。

「しゃべることだ。いまの千葉の保守党がやっていることを」

「何からしゃべったらいいんだ？」

「貴様は富田━水木━沖ラインから、建設畑の丸山保守党幹事長派に鞍替《くらが》えしたそうだな。どうしてだ？」

新城は尋ねた。

「沖たちのやりかたが、あんまりえげつないからだ。大企業とグルになって荒稼ぎをしてやがる」

「こいつはおかしいや。貴様の口からそんなセリフが聞けるとはな。貴様もハイエナの一人じやないか。本当のことを言うんだ！」

新城は小野の頭上五十センチほどを狙《ねら》ってＦＮブローニングから一発ブッ放した。銃身の絞り《チョーク》がフル・チョークだし、至近距離であるから、散弾群はまだ直径十センチほどにしか開かなかった。

しかし、その衝撃波は小野の度肝《どぎも》を抜かせるのに充分であった。女のほうは、仰向けに倒れて白目を剝《む》く。

「射つな！」

心臓が喉からせりだしそうな表情になった小野は喘《あえ》いだ。

「じゃあ、本当のことをしゃべるんだ」

「沖や富田たちのケチさ加減に嫌気がさしたんだ。自分たちの懐を肥やすことばかりに夢中になってやがって、こっちに廻す分け前をケチりやがる。そこにいくと、丸山先生は太っ腹だ。儂はだから、沖や富田や水木がやってる悪事を丸山先生に教え、丸山先生はそのネタで沖派を牽制《けんせい》して、京葉工業地帯に進出してきてるんだ。沖派や藪川派にばかり儲《もう》けさす手はないから
……」

「沖派が千葉でやってることを具体的にしゃべってみろ」

新城は命じた。

小野は沖派がいかに京葉工業地帯に進出してきた大企業と持ちつ持たれつの仲で荒稼ぎしているかをくわしくしゃべった。

さらに、沖派の富田大蔵大臣が鹿島コンビナートで荒稼ぎし、藪川保守党副総裁が九十九里浜開発でどのように儲けたか、についてしゃべった。

「どいつもこいつも禿鷹《はげたか》にも劣る連中だな。ところで、貴様はどれぐらい貯えこんだんだ？」

新城は尋ねた。頭の上を羽白の大群が通過する。

「待ってくれ。面白いことを教える。だから命だけは助けてくれ」

小野は手を合わせた。

「言ってみろ」

「大東会が沖派に結びついた」

「大東会……東京のでっかい組織暴力団大東会だな？　もとの県警本部長で、千葉県副知事から参議院議員になった山部と深くつながっていた……」

「山部と大東会のつながりを知ってたのか」

「俺がまだ故郷《くに》にいた頃から、山部と大東会のつながりは噂《うわさ》になっていた。山部が大東会の密輪や、売春宿やバクチで土地成金や補償金をもらった漁師から、大金を捲きあげていることを見逃すかわりに、現ナマだけでなくて妾《めかけ》や妾宅《しょうたく》まで世話してもらったことは、アムステルダムの川上から聞いた」

新城は言った。

「大東会は韓国系だ」

「なるほど、沖は韓国ロビーの親玉だな」

「だから大東会が沖と結びついたことに不思議はない。大東会は今は沖の義弟の江藤首相にも深くくいこんでいる。国家の保護を受けて、関東一の企業ヤクザにのし上りやがった」

「分かった。貴様が丸山派に鞍替えしたのは、そのことにも関係しているな？　貴様は熱海の銀城会の顧問だったな？」

「…………」

「それで、大東会と沖がどうしたっていうんだ？」

「沖派のうしろ楯《だて》で、大東会は京葉工業地帯の重要な港をみんな縄張りにおさめた。港町もだ。縄張りでは、やりたい放題のことをやっている。勿論《もちろん》、沖派にがっぽり政治献金を吸いあげられてるが……」

「港で大東会がやっていることを具体的にしゃべってみろ」

新城はFNブローニングにさらに一発補弾した。

「例えば、麻薬だ。ヘロインやマリファナを千葉沖で外国船から受取り……」

小野は必死にしゃべっていった。

聞き終えた新城は、

「なるほどな。ところで、さっきの質問に戻る。貴様がこれまでに貯えたのはどれぐらいだ？」

と、尋ねた。

「わ、儂はホトケの徳三と言われているように、困ってる連中にバラまくのが好きだから、ほとんど貯えなんてない」

　小野は上目使いに新城を見ながら言った。

「笑わすな、貴様の仇名《あだな》は吸血鬼の小野徳だ。そんなに死にたいんなら死なせてやる。ただし、楽には死なさねえぜ。まず、腕を吹っ飛ばし、次は脚だ」

　新城はFNを肩付けした。

「やめてくれ！　せいぜい一億といったところだ」

「そうか？」

　新城は小野の右腕の外側十数センチの空間に向けて発砲した。

　轟音《ごうおん》と共に大多数の二号霰弾は空間を通過して海に水柱をあげたが、パターンから外れた数粒が小野の右腕に深くくいこんだ。

　化け猫のような悲鳴をあげて小野は転げまわった。

「今度はまともに狙うぜ」

　新城は冷たく言った。

「やめてくれ！　三十億だ」

　小野はわめいた。

「どこにある？」

「ほとんどが無記名の定期預金だ」

「現ナマは？」

「ほとんどない」

「じゃあ、貴様にはもう用は無い」

「待ってくれ。南房総藤原の別荘の地下に金庫室がある。女房にも教えてない金庫室だ。そこに、プラチナのインゴットを一トン、五カラットのダイア百粒、現ナマ五億を隠してある。儂を助けてくれたら、そこに案内する」

小野は呻《うめ》いた。

「藤原のどこなんだ、別荘というのは？」

新城は尋ねた。

「海を見おろす丘の中腹にある鉄筋二階建てだ。小野御殿といえばすぐに分かる」

「地下金庫室にはどこから入るんだ？」

「案内する。いましゃべったら、あんたは儂を殺す気だろう」

「しゃべるんだ。出鱈目《でたらめ》な話で時間稼ぎをする気なら、こっちは引金を絞るからな」

新城は言った。

「地下金庫室の秘密の入口は、一階の暖炉だ。暖炉の火床の奥の耐火煉瓦《れんが》は外せるようになっている。そいつを外すと、地下に降りる階段がある」

小野はしゃべった。

「地下金庫室の鍵は？」

「京葉銀行の貸し金庫に仕舞ってある」

「ダイアル鍵はついてないのか？」

「無い、本当だ」

「別荘に留守番は？」

「いない！」

「嘘《うそ》ばっかりしゃべると、どういうことになるか分かってるだろうな？」

「本当のことをしゃべったんだ。そんなに俺が憎いなら殺せ！」

小野はわめいた。

「よし、分かった。その女を抱け」

新城は命じた。

「な、何と言った？」

「その女を抱けと言ったんだ。ハメハメしろと言ったんだ」

新城は冷然と命じた。

3

「ど、どうしてだ？」

「うるさい。貴様がどうやって女と楽しむかを見物したいからだ」

「あ、あんた、覗《のぞ》き魔か？」

「言われた通りにするんだ」

新城は言った。

「立たねえ。銃を突きつけられてたんでは……」

「かえってスリルがあるだろう」

「…………」

小野は気絶している女の和服を脱がせた。長襦袢《ながじゅばん》や腰巻も外す。胴長な女の上半身は貧弱であった。脚は大根足だ。鳥肌をたてている。

小野はズボンをずりさげ、小便で濡れたパンツも脱いだ。どす黒い男根は縮みあがって、ジャングルのなかに隠れそうになっている。

片手だけを使ってタバコに火をつけた新城は薄笑いを浮かべて眺めていた。

「畜生……」

と、呻きながら、小野は女にかぶさった。貧弱な乳房を吸いながら、花弁のあたりをまさぐる。

やがて女は意識を取戻し、悲鳴を漏らしながら、逃れようと暴れた。

そうなると、小野のものは隆々としてくる。無理やりに女を犯した。

一方的に小野が放出すると、新城は、

「よし、立て」

と、小野に命じた。

「ど、どうする気だ？」

素っ裸の小野は、薄汚いものをぶらぶらさせながら立上った。

新城はそろそろと艫《とも》のほうに移動した。

「貴様が女とやりながらあんまり威張りまくって船頭に命令するんで、船頭はアタマにきて貴様に銃を向けた。だけど、いきなり貴様を殺したんでは面白くないんで、まず女を射った。そのあいだに貴様は自分の銃を摑んだ。貴様と船頭は射ちあってくたばった……こういうわけだ」

新城は言った。

「やめろ……やめてくれ……」

「いや、俺の復讐を誰もとめるわけにはいかない」

新城はいきなり女の顔面に二発射ちこんだ。お岩よりもひどい顔になった女は死の痙攣《けいれん》をはじめる。

絶叫をあげた小野は、自分のブレダを摑んだ。その銃を新城に振り向ける。

しかし、その銃は、さっき小野自身が弾倉や薬室の実包を抜いたばかりだ。そのことに小野が気付いて絶望的な叫びをあげたとき、新城は二度引金を絞った。

小野の顔の半分が消失した。新城は、自分が先ほどから射った数発の空薬莢《からやっきょう》は機関部からはじき出されて海を漂っているが、一個だけは船の上に落ちていることに気付いた。

新城はそれを拾って海に捨てた。血を踏まないように気をつけながら、女と小野の脈をとってみる。

二人とも脈はもう無かった。新城は艫《とも》に戻り、船頭も完全に死んでいることと、船頭も小野からもらったらしい二号霰弾を使用していることを知る。

新城は船頭の古ぼけたイサカ十二番のスライド・アクション銃の弾倉と薬室に、エンジン・カヴァーの上の船頭の弾箱からフェデラルの紫色がかったプラスチック・ケースの二号重装弾を詰めた。

船頭の死体にイサカを握らせ、薬室の一発を手を添えて引かせる。散弾群は海に叩きこまれ、反動でイサカは船頭の死体から外れる。

新城は盗品のモーター・クルーザーのロープを猟船から外し、モーター・クルーザーに跳び移った。

モーター・クルーザーは死人たちが乗っている猟船から急速に遠ざかっていった。新城はFNを分解して釣用のバッグに仕舞う。

いざという時には、作業服の上着の下のショールダー・ホルスターに隠したスウィス製ニューハウゼン十四連の自動装塡《そうてん》式拳銃《けんじゅう》や、ヒップ・ホルスターの消音器付きのベレッタ・ジャガーを使う積りだ。

船底を波に叩きつけながら飛ばすモーター・クルーザーの左手のはるか遠くに、新城の故郷の君津浜が見えた。

しかし、そこにはかつての面影はまったくといっていいほど無かった。かつてはノリと魚介の宝庫で、よそから訪れる者といえば潮干狩りと海水浴客がほとんどであったのどかな村であったのに、今は九州製鉄や石油コンビナートの群れが林立する煙突から炎や煙を多量に吹きだしている。

新城は復讐の誓いを新たにし、浦賀水道に出た。エンジンをフル回転させ、二十ノット以上でモーター・クルーザーを飛ばす。

直線距離にして四十キロほどの船形沖にやってきたのは一時間ほどのちのことであった。その間に新城は潜水用のウエット・スーツに着替え、アクア・ラングのボンベを背負っていた。腰には、完全防水のバッグをロープでつないである。そのなかには、散弾銃や拳銃や脱いだ作業服などが詰めてあった。

館山の五キロほど沖で、新城はモーター・クルーザーの自動操縦装置を外洋に向けた。十ノットほどにスピードをゆるめたモーター・クルーザーから汚れた海に跳びこむ。潜水して船形港外に向けて泳ぐ。薄いゴム手袋をつけている。

水面からは船が近づいてきたとき以外には深く潜らないので、背負ったボンベは新城が無人の岩場にたどり着くまで充分に保《も》った。

岩場のうしろはけわしい崖《がけ》であった。ボンベやウエット・スーツなどを崖の下に埋めた新城は、小野を痛めつけていた時と同じ格好に戻った。

FN自動散弾銃を仕舞った釣のケースを背負い、崖の上に這いあがる。しばらく歩くと国道に出た。

新城はバスに乗って船形の町から五キロほど南の館山市に行った。

映画館のトイレでコールマン髭とロイド眼鏡の顔に替え、繁華街から少し外れた街道筋にある日星自動車のレンタ・カー営業所に行った。

「一日契約で車を借りたいんですが」

と、受付の娘に言う。今はゴム手袋を外し、右手の指先に透明なセロファン・テープを貼ってあるが、指紋が残らないことには変りはない。

「どんな車がお好みです？」

丸い顔の娘はコケティッシュに目ばたきした。

「小さくて早いやつがいいな」

「では、チェリーのX1でいかがでしょう？」

「いいな」

「それでは免許証を見せてください」

娘は言った。

新城は埼玉のアジトで小型印刷機を使って偽造した田中一夫という名義の免許証を差しだした。

二十分後、新城はグリーンのチェリーX1で館山から布良《めら》に向う道を飛ばしていた。

南房だけあって、冬なのに、緑が濃い。花が咲き乱れ、現実でないようだ。

藤原村は洲宮で無舗装の道に分かれて入っていったところにある。眼下に房総フラワー・ラインと白い浜辺、それに太平洋を見おろす小野の別荘は、村の人に尋《き》かなくてもすぐに分かった。雑木林の百五十メーターほどの高さの丘の中腹に、クリーム色の堂々たる建物が見えた。丘の裾から車でそこに行くには、小野家私道という立札がたったコンクリート舗装の道を通らねばならない。

新城はその丘の反対側の雑木林のなかの空地にチェリーを駐《と》めた。

散弾銃――その製造ナンバーも打ち替えてあった――はバッグごと車に残し、新城は丘の雑木林を登っていく。常緑樹が多いので、身を隠すのに苦労はいらない。

丘の上に登ると、小野の別荘の全貌《ぜんぼう》がよく見えた。金網で囲われた敷地は一万坪を越えているだろう。建物からかなり離れた南側に、湯気をあげている温泉プールが見える。留守番はいないと小野は言っていたが、プール・サイドのデッキ・チェアで若い男が寝そべっていた。その近くのテーブルに、コーラの壜とカービン銃が置かれていた。

舌打ちした新城は、ヒップ・ホルスターから消音器付きのベレッタ・ジャガーを抜いた。二十二口径ロング・ライフル弾を使用する十連発のその拳銃は、昨日も埼玉の山のなかで百二十発ほど射撃練習し、完全に着弾点を摑んでいる。

立木や灌木《かんぼく》の茂みのあいだを、新城は慎重に別荘の金網に忍び寄った。

金網に近づいても、すぐにそれを乗り越えるようなことはしない。金網のまわりを、木々に身を隠しながら廻っていく。

留守番というか見張りというか、屈強な若者は、プール・サイドにいるだけではなかった。

建物の左手に空気銃の私設射撃場があり、そこで二人の若者が、ワルサーのエア・ライフルで立射の練習をしていた。

安　土《バック・ストップ》は鉄板を立てたもので、標的はその前の机に置いたジュースの空き罐《かん》だから、正式の射場ではない。

新城は彼等の斜め前三十メーターのあたりで、金網のなかにベレッタの銃身の先の消音器を差しこんだ。

素早く四度引金を絞る。

二人は二発ずつ頭部に二十二口径ハイ・ヴェロシティ弾をくらって転がった。意識を失ったままうごめく。

邪悪な笑いを浮かべた新城は弾倉に四発補弾し、素早く金網を乗り越えた。

温泉プールからは射場は死角になっているので、デッキ・チェアの若者は仲間が射たれたことに気付いていないようだ。

新城はあたりに鋭い視線を配りながら、全身を痙攣《けいれん》させている二人に近づいた。二人の頭から流れる血は土に吸いこまれ、血に濡れた蟻《あり》がもがいている。

トドメを刺す必要も無く、二人はすぐに動かなくなった。新城は二人のポケットをさぐり、そのうちの一人が鍵束を身につけているのを見つけて自分のポケットに移す。

建物に近づいた。

建物のなかから射ってくる者はいなかった。建物の外壁に沿って新城は、南側に廻っていく。

南東の角のあたりまで行った新城は、地面にそっと腰を降ろした。両膝《ひざ》を立て、その上に両手で握ったベレッタを固定する。

その時になって、温泉プールの脇の若者がデッキ・チェアから半身を起こした。カービンに手をのばす。

4

その男と新城との距離は百五十メーターほど離れていた。

拳銃の必中射程を完全に外れている。しかし新城は、ドロップする弾道を計算し、一発目を男の頭上に慎重に狙って引金を絞ると、あとは弾倉も薬室も空になるまで、機銃のような早さで射った。

ベレッタを左手に持ち替え、右手でショールダー・ホルスターのニューハウゼン口径九ミリのハイ・パワー拳銃を抜く。

プール・サイドの男は、立上ろうともがいていた。やっと立上り、カービンに手が触れた途端、横向きに倒れる。

ベレッタから弾倉を抜いて、それに二十二口径弾を十発装塡《そうてん》しながら、新城はその男に向けてジグザグを描いて走った。

近づいてみると、モミアゲが長いその男は、胸と腹と顎《あご》に五発をくらっているのが分かった。

しかし、距離が二十二リム・ファイア口径弾としては遠かったので、死んではいない。意識もはっきりしているようだ。

新城はテーブルの上の三十連弾倉がついたカービンを取上げて左肩から吊った。

「こ、殺せ……早く楽にさせてくれ」

若い男は呻《うめ》いた。

「イキがるなよ。まだ死にたくなる年ではない筈《はず》だ」

新城は言った。

「た、助けてくれるのか？」

「お前さん次第だ。建物のなかに何人いる？　空気銃射場にいた二人はくたばったぜ」

「ほかに誰もいない。救急車……救急車を呼んでくれ」

男は喘《あえ》いだ。

「あんたを含めて三人だけでこの別荘を警備していたというのは本当か？」

「どうして嘘をつかねばならねえ、助けてくれ」

「ああ、楽にしてやるぜ」

新城は男の眉間《みけん》をベレッタで射ち抜いた。

死体を温泉プールに蹴《け》り落とし、新城は空気銃射場に戻った。そこの二つの死体を、灌木の茂みのなかに隠した。

建物に暖炉があることは、二階の屋根から煙突がのびていることでも分かった。新城は拳銃を腰だめにして玄関のドアのノブを左手で試してみた。

ロックはされてなかった。ドアは開く。暖炉がある広いサロン風の部屋は玄関ホールと分厚い壁でへだてられたところにあった。

新城は念のために一階や二階の各部屋を調べて無人であることを確かめてからサロン風の部屋に戻った。

暖炉は大きかった。ほとんど火をたいた形跡はない。マントル・ピースの高さは、一メーター半ぐらいの高さだ。

その暖炉にもぐり込んだ新城は、火掻《ひか》き棒を奥の耐火煉瓦の隙間《すきま》に差しこんだ。

一枚の煉瓦が外れると、あとを外すのは簡単であった。やがて、高さ一メーター、幅も一メーターほどの空洞が開く。

内ポケットから万年筆型の懐中電灯を取出して照らしてみると、空洞の下に階段があった。

新城はその階段を伝って降りていった。

降りきったところに、二坪ほどの小ホールがある。電灯のスウィッチもついているので点灯する。

左側に金庫室の鋼鉄の扉があった。ダイアル錠はついてないと言ったのは小野の嘘で、舵輪《だりん》状のハンドルがついた大型ダイアル錠があった。

鍵孔《かぎあな》はついてないから、ダイアル錠だけで開くのであろう。シリンダー錠なら針金を使ってロックを解くことが出来る新城だが、組合せ番号を知らないと、天文学的な回転を廻さねばならぬダイアル錠ではお手上げだ。聴診器と指先の微妙な手ごたえでダイアルを合わせるだけのテクニックは持ってない。

罵《ののし》った新城は、手荒な方法で金庫室を破ることにした。台所に近い物置部屋に、ツルハシや硝酸系肥料、それに石油などが置かれてあったことを思いだす。速乾性のセメント袋もあった。

一度一階に戻ってそれらを取ってきた新城は、ツルハシを振るって、金庫室の扉の横のコンクリートを砕きはじめた。

分厚いコンクリート壁だ。深さ五十センチほどの穴をあけても、まだ内側にはとどかない。頑丈な鉄筋が数本剝《む》きだしになった。

新城は直径三十センチほどになったその穴に、硝酸肥料と石油を混ぜたものを詰める。カービンの銃口にその実包の弾頭を差しこんでねじり、三十発からの弾頭を抜いた。薬莢《やつきよう》口をクリネックス・ティッシュでふさぎ火薬をこぼさぬようにしながら、穴に詰めた肥料と石油を混ぜたものに、薬莢口を先にして差し込む。

落ちないように、ところどころ速乾性のセメントで支えを作った。あまった肥料と石油を混ぜて穴の下の床に積み、そこにライターで火をつけると、大いそぎで一階に登った。

建物の外で待つ。

やがて地下で爆発が起こり、建物は揺らいだ。床の肥料が、穴に詰めた肥料に差しこんだ薬莢の雷管を発火させ、噴射した薬莢の炎と一瞬に燃え移った火薬の炎が、爆薬に等しい穴のなかの肥料と石油の混合物を爆発させたのだ。

少し待ってから、新城は建物のなかに入ってみた。

先ほどの爆発の衝撃で、花瓶や置物などが床に落ちて砕けている。暖炉にもヒビが入っていた。

万年筆型の懐中電灯で照らしながら地下に降りた新城は、乱舞するコンクリートのかけらと煙を吸って咳《せ》きこんだ。

金庫室の分厚い鉄扉は開いていた。そのなかを照らすと、コンクリートの破片のヴェールの奥に、棚が並び、そこに十キロずつの塊らしいプラチナや金《ゴールド》のインゴット、それに宝石箱や現ナマの束が見える。

何度も往復して、新城は小野の隠し財産を玄関ロビーに運んだ。玄関の近くに、ニッサン・パトロールのワゴン型四輪駆動車が駐まっている。

空気銃射場で片付けた男から奪った鍵束のうちの一つが、そのワゴン型四輪駆動車のイグニッション・スウィッチに合った。

新城は玄関ロビーに移してあった小野の隠し財産をそのニッサン・パトロールの荷室に積み替えた。

あまりの重さに、強力なパトロールのスプリングもたわむほどであった。再び髭もじゃの顔とブッシュネルのシューティング・グラスの顔に戻った新城は、ニッサン・パトロールのハンドルを握って発進させる。

正門の錠は簡単なやつであったから、針金ですぐに開いた。

新城は四駆車の車首を、千葉県習志野《ならしの》市にあるアジトに向けた。海岸沿いに九十九里町に北上し、そこで東金《とうがね》市に左折し、八街《やちまた》、佐倉、八千代を通って習志野に行くことにする。

ほぼ三時間後、新城の四駆車は習志野の新興住宅地のなかにあるアジトの門をくぐった。

それは、百五十坪ほどの敷地を持つ建売住宅だ。話があとになったが、新城は一と月ほど前、新城が都内にアジトのアパートを捜しているときに知りあった悪徳不動産屋の悪徳セールスマンを殺し、その死体を硫酸で溶かして処分し、そいつの名前を利用して全然別の不動産屋からこの建売住宅を買ったのだ。

殺す前に格安にカッコいい外車を月賦で譲ってやると言って、黒山というその不動産セールスマンに印鑑証明や住民票をとらせておいた。

黒山は独り身のアパート暮しであったから、黒山の姿が見えなくなっても、蒸発してどこかでまたあくどく稼いでいるのだろうと、誰もその身を心配する様子はないようであった。黒山が籍を置いていた不動産屋では、黒山が会社の金を持ち逃げしたのでないことが分かると、まったく黒山に対して無関心になった。

いま新城が入ったアジトの庭には、シャッター付きのガレージがあった。二台の車を収容できる大きさだ。

そのなかにニッサン・パトロールを突っ込んだ新城は、二十坪ほどの母屋のなかに荷物を移しはじめた。

一番奥の納戸の部屋にインゴットや現ナマを置く。安普請《やすぶしん》だから床の根太が抜けそうになりそうなものだが、そうはならないのは、床下をコンクリートで固めてあるからだ。

無論、その作業をやったのは新城だ。地下金庫室まで造ってある。

二枚の畳をはぐり、床板を外すと、地下室への階段があった。その階段を降りた横が金庫室だ。

インゴット——金とプラチナで五億円分はあった——と五億円の札束を金庫室に仕舞った新城は、しばらく超短波の警察ラジオを聴いてから、空になった四輪駆動車を運転して夜の町に出た。

佐倉で四輪駆動車を捨て、ホンダCB七五〇の単車を盗む。そいつを飛ばして、藤原村に向う。

小野の別荘の丘の反対側に置いてあるレンタ・カーをそのままにしておけないからだ。

洲宮でホンダ七五〇を捨てて、あとは歩いた。

駐めてあるチェリーX1に忍び寄りながら、新城は慎重にあたりを見廻す。

待伏せている者はいないようであった。新城はその車に乗りこみ、遁走《とんそう》に移る。

習志野のアジトに戻った時はすでに深夜であった。ガレージにチェリーX1を突っこんだ新城は、母屋の居間に移った。

ベッドの横の羽目板に隠した警察ラジオを傍受しながら、ジンを口に含み、ビールで胃に流しこむ。一般のラジオもつけた。

一般ラジオは、潮に乗って神奈川県追浜《おっぱま》まで流された小野の猟船から小野を含めた三個の死体が発見されたことを伝えていた。漂流した猟船と死体が発見されたのは午前零時頃らしい。

パトカーと指令室との警察ラジオは、南房方面のパトカーは藤原村の小野の別荘に直行するようにと指令していた。

小野の子分が、別荘にいくら電話しても返事が無いのをあやしみ、別荘を訪ねてみて、三人の男が殺されていることを発見した、ということだ。

午前一時を過ぎると、藤原村を聞きこみに歩いている刑事たちの報告が、次々にパトカーの無線を使って県警本部に送られはじめた。

5

新城のことや新城が使ったチェリーX1に気付いた者はいないようであった。しかし、別荘から出ていった四駆車を見た者は何人かいる。だが、それを運転していた男——すなわち、新城——については、サングラスをつけて髭もじゃであったとしか覚えていないようだ。

夜明け近くまで警察ラジオを傍受していたが、新城は眠気に耐えかねてベッドにもぐりこむ。目が覚めたのは昼過ぎであった。もじゃもじゃの付け髭を外し、コールマン髭を付けてロイド眼鏡を掛けた新城は、日星レンタ・カーの浅草営業所にチェリーX1を返しに行った。

いわゆる乗り捨て制なので、借りた営業所と別の営業所に返してもいいのだ。今度も新城は指にセロファン・テープを捲いていた。

レンタ・カーを返すと、新城は北千住のアジトであるアパートに寄った。そのあたりは、まだ空地が多いので、アジトのアパートも広い空地を持ち、そこが無料駐車場として使われていた。

そこに駐《と》めてある目立たぬブルーバードSSSは、新城が神奈川県下で盗んできて、偽造品のナンバー・プレートをつけたものだ。キーも車検証もその車に合わせて偽造してある。無論、エンジン・ナンバーやシャーシー・ナンバーも打ち替えてあった。

そのブルーバードを駆って習志野のアジトに戻った新城は、それから一週間ほどは、インゴットや現ナマをほかのアジトに分配したり、警察ラジオを傍受したり、TVを見たり、新聞を読んだりして過ごした。

小野の死は、船頭と小野が言い争いの末に射ちあったため、という説と、船頭と小野が射ちあったように見せかけて、小野が顧問をやっている銀城会と対立している大東会の者が殺《や》ったのだ、という見方に分かれているらしい。

新城のことは、警察ラジオでも聴かなかったし、ましてや一般の報道でも新城のことに触れたものは無かった。

ホトボリを冷ますために新城はさらに三日待った。

車で千葉市に出た新城は、都川の大橋近くの川っぷちにそのブルーバードSSSを駐めた。

まわりは工場の煙突が毒々しい煙を吐き続けているが、悪臭を放つ川には、朽ちかけた小船に混じってハゼ釣りやカモ猟が密集し、独特の情緒がまだ残っている。

近くの公衆便所で小用を済ませた新城はぶらぶらと歩いて京成千葉駅のほうに歩いた。今夜の新城は、銀ブチの素通しの眼鏡を掛け、服はイギリス物で、いかにも金がありそうな格好をしている。コールマン髭を付けている。

かつてはうらぶれた感じであった千葉駅は、今は堂々としたビルになっている。

新城は都橋を渡り、葭川《よしかわ》沿いに、市一番の繁華街である栄町のほうに歩いた。栄町は千葉駅の斜め前にあって、そのなかにある曙街が千葉で最もにぎやかな歓楽街だ。

バーやキャバレーやトルコが密集し、屋台の蔭でパン助がウインクを送ってよこす曙街には、大東会や銀城会のバッジを見せびらかしたチンピラどもが多かった。

新城は曙街の〝牛豚《トン》シャン〟で朝鮮料理を食うと、近くのバーをハシゴして廻った。派手に札ビラを切ると、女たちは新城のズボンのチャックを降ろし、パンティをずりさげて新城の膝の上に乗ってくる。

カモが舞いこんだという情報が伝わったらしく、五軒目のバーを出たところで、銀城会のバッジをつけた五人のチンピラが待ち構えていた。

わざと彼等は新城にぶつかってきて、

「おい、兄さん、痛えじゃねえか。どうしてくれるんだ？」

と、凄《すご》む。

「済まねえ。俺は多摩の人間だ。土地を売ってゼニが入ったんで、つい浮かれてしまってな。

これで勘弁してくれないか？」

新城は五千円札を一枚ずつチンピラに配った。分厚くふくらんだ財布を見せつける。

「こんな端《はし》た金でオトシマエがつくと思うのか？」

物欲にギラギラ目を光らせながら、チンピラたちは声を高くした。

「勘弁してくれよ。どうだい、一緒に飲んで機嫌を直してくれないか？」

新城は愛想笑いを浮かべながら言った。

「千葉ははじめてか？」

一人が尋ねた。

「そうなんだ。面白いところに案内してくれよ。勘定はこっちで持つから」

「よし、分かった。ついて来い」

チンピラたちは、新城を囲むようにして歩きはじめた。新城は自分が二丁の拳銃を身につけているることをさとられないようにする。

連れていかれたのは露地裏にある薄汚いバーであった。化け物のような女が三人いる。

「どの女と寝てもいいいぜ」

一人が新城に言った。

「女よりもこいつのほうがいいな」

新城は鼻をこすった。

「花札《ハナ》か？」

「ああ、どうせアブク銭だ。これを元手に荒稼ぎするか、スッテンテンになるか、ともかく派手にやってみたいよ」

新城は言った。

「待ってろ」

一人がその店を出ていった。

新城は残った男たちにスコッチを注文してやった。自分も飲む。

しばらくして、出ていった男は、準幹部クラスらしい三十男を連れて戻ってきた。

「若い者の無作法をどうか許してやってください。バクチはお好きですか？」

と、新城に尋ねる。

「カッカするほうでね」

新城は笑った。

「今まで、どこの賭場《とば》で楽しまれました？」

「いやあ、仲間うちだけだ」

「失礼ですが、いま軍資金はいくらぐらいお持ちで？」

「さあ、二百万ぐらい残っているかな」

「結構ですな。それでは、うちの賭場に御案内しましょう。私は内山と申します。よろしく」

「俺は安井だ」

新城は偽名を名乗った。

要橋の近くでクラウンの白タクに乗せられた。新城に付添ったのは、内山と、清川と三木というチンピラだ。

方向感覚を失わすためか、その車は大通りは横切るだけにして、狭い道を三十分ほど走った。しかし、着いたところが、工場群にはさまれた寒川町の旅館街であることが新城にはすぐ分かった。偶然だが、ブルーバードSSSを駐めたあたりとさほど離れていない。

「今夜は盛況でしてね。お大尽が百人ぐらい集まってくださってるんでござんすよ」

見張りが数メーター置きに立った〝新月〟という大きな旅館の前に来ると内山は言った。

車から降りた新城は玄関や階段の下の見張りに千円札のチップをばらまきながら、内山に連れられて二階に登った。

二階の百畳ほどの大広間が賭場になっていた。バッタ捲きの賭場とサイコロの賭場に分れている。

客は土地成金の農民や漁業補償でアブク銭を掴んだ連中だということは、渋紙色の肌や節くれだった指で分かった。

「真ん中のかたが銀城会千葉支部長の竹村さんですよ。右に大幹部の……左に……」

内山は床の間を背にした凶悪な面相の男たちの身分を新城に教えた。

「ご苦労」

新城は九ミリ・ニューハウゼンをショールダー・ホルスターから抜き、いきなり内山の頭を射ち抜いた。

凄《すさ》まじい轟音と共に血しぶきが天井まで飛ぶ。砕かれた頭蓋骨《ずがいこつ》が四散した。ついてきた二人のチンピラは、腰を抜かして坐りこんだ。

客やヤクザたちは、わめき声をあげて立上りかけた。

新城のニューハウゼンが耳を聾《ろう》する発射音を三秒のあいだに十発響かすと、拳銃を抜こうとしていたヤクザたちはみんな心臓や眉間《みけん》を抜かれて死体と化す。

床の間を背にした支部長や大幹部たちは黄色っぽくなった顔から脂汗を垂らし、舌を突きだすようにして喘いでいた。

新城はヒップ・ホルスターから、これも十四連の九ミリ・ブローニング・ハイ・パワーを左手で抜いた。そいつを口にくわえ、左手で素早く予備弾倉をポケットから出し、ニューハウゼンの弾倉室の弾倉と取替える。

「ここにある金はみんな頂戴していくぜ。ついでに、貴様らの命もな」

新城は床の間の支部長たちに、ニューハウゼンと、再び左手に握ったブローニング・ハイ・パワーを向けた。

「やめろ！　射つな！」

支部長竹村は眼球が眼窩《がんか》からとびだしそうになっていた。ズボンの前が黒々と濡れて湯気をたてる。

飢えたネズミ

1

「そんなに死にたくないのか？」

新城は二丁の自動拳銃《けんじゅう》を腰だめにしたままニヤリと笑った。

「頼む、この通りだ。射たないでくれ！」

銀城会千葉支部長の竹村は平グモのように這《は》いつくばった。

「貴様に虫ケラのように射ち殺された漁民の気持が分かったか？」

新城はニヤリと笑った。

「な、なんで俺ばかりを責める？　うちよりも大東会のほうが、もっともっとあくどいことをやっているのに」

竹村は泣きながら言った。生き残りの幹部たちは喉《のど》から心臓がせりだしそうな表情をしている。バクチの客たちは腰を抜かしている。

「貴様は俺に説教する気か？」

新城は冷たく言った。

「と、とんでもねえ」

「よし、貴様は生かしておいてやろう。そのかわり、この賭場《とば》のゼニをみんな集めるんだ」

「…………」

「死にたいのか？」

「分かった」

竹村は四つん這いになって、二つの盆ゴザの上の紙幣を集めた。そいつをテラ銭箱のなかに移し、

「さあ、これを持って早く帰ってくれ」

と、震えながら新城に差しだした。

「よし、腹這いになって、首のうしろで両手を組んでるんだ」

新城は竹村に命じた。

竹村は命令にしたがった。新城は、

「俺は貴様らに自殺に追いつめられた漁師の息子だ。貴様らに死とはどんなものかを味わわせてやる」

と、床の間の前の大幹部たちに二丁の拳銃の銃口を向けた。

「畜生……」

大幹部の一人が背広の下のショールダー・ホルスターに右手を走らせた。

薄く笑った新城は、右手に握ったニューハウゼン十四連発と左手のブローニング・ハイ・パワー十四連から発射した。

ルーガーP08を抜きかけていた大幹部は顔面を吹っとばされて即死した。新城は左右の拳銃から六発ずつを射つ。

床の間の前で生残っていた大幹部たちはみんな死体となった。

「よし、立つんだ」

薄煙がたつ二丁の拳銃を無造作に構えた新城は竹村に命じた。

「だ、駄目だ、体が金縛《かなしば》りになってしまった」

竹村は呻《うめ》いた。

「じゃあ、貴様も死ぬか?」

「よ、よしてくれ」

竹村はやっとのことで立上った。床の間の前に転がった大幹部たちの死体を見て、エビのように身を折って吐きはじめる。

「みんな、動くなよ。これに懲《こ》りて、バクチはやめるんだ。それに、ヤクザの賭場はインチキに決まってるんだからな」

新城は腰を抜かしている客たちに向けて言った。吐くものがなくなって喉を鳴らしている竹村に、

「これから、貴様に楯《たて》になってもらうぜ。俺がここから脱けだすためのな。さあ、テラ銭箱を持つんだ」

と、命じる。

竹村は命令を拒否することが出来なかった。両腕で樫《かし》の木で造られたテラ銭箱を抱える。

竹村の背にニューハウゼンの銃口を圧《お》しつけた新城は、ときどき左手の大型ブローニングで客やチンピラたちを威嚇《いかく》しながら、竹村を階段のほうに歩かせた。

階段の下では、五人の男が拳銃を上に向けていた。しかし、支部長の竹村が新城の楯になっていると知って怯《ひる》む。

「下の連中にハジキを捨てて腹這いになるように言うんだ。そうでないと、貴様の命は無い」

新城は竹村に囁《ささや》いた。

顎《あご》をガクガクさせて頷《うなず》いた竹村は、

「みんな、ハジキを捨てろ、これは、俺の命令だ」

と、わめいた。

「し、しかし……」

階下の一人が声を震わせた。

「命令にそむく気か？　俺が射たれてもいいのか？」

竹村は泣き声で叫んだ。

「わ、分かりました、支部長」

階段の下の男たちは口惜しそうに拳銃を捨てた。

「済まん。みんな、腹這いになってくれ」

竹村は部下たちに言った。

男たちは口のなかで罵《ののし》りながらも竹村に言われた通りにした。新城は竹村の背中を拳銃の銃口で突ついて階段を降りさせた。階段を降りると、新城は五人の頭を蹴《け》とばして気絶させる。

旅館の玄関のチンピラたちは、両手を挙《あ》げて無抵抗の意思表示をしていた。新城は、

「支部長の車の運転手は誰だ？」

と、喘《あえ》いでいるチンピラたちに尋ねる。

チンピラたちの視線が、銀行員タイプのチンピラに集中した。

「お前なんだな？」

新城はその男に尋ねた。

「お、俺は何もしてねえ。射たないでくれ」

運転手は呻いた。

「心配するな、車のキーを持ってこっちに来い」

新城は命じた。

運転手は膝をガクガクさせながら新城のほうに歩いてきた。鍵束を差しだしている。新城は左手に握っていたブローニング・ハイ・パワーを口にくわえてその鍵束を受取ると、股間《こかん》を鋭く蹴った。

運転手は昏倒《こんとう》した。そのとき、階段を転がるようにして数人の男が降りてくる音が聞こえた。新城はニューハウゼンから階段に向けて一発威嚇射撃した。

男たちは驚きと恐怖のあまり足を踏み外して階段から転げ落ちてきた。気絶させられている男たちの上に折り重なる。

新城は竹村を玄関の外に出した。竹村が今夜乗ってきた車が何かと尋《き》いてみると、フォードのリンカーン・コンチネンタルだそうだ。

旅館の前の通りには、銀城会の車数台のほかに、客たちの車が三十台以上並んでいた。客たちはほとんどが補償成金なので、クロームだらけのいわゆるデラックス車やアメ車がほとんどであった。

竹村はときどき悲鳴を漏らしながら、黒塗りのリンカーン・コンチネンタルに向けて歩いた。新城はその背後でニューハウゼンの弾倉にポケットから出した実包を補弾した。ブローニング・ハイ・パワーは、撃鉄安全を掛けてズボンのベルトに差す。

その時、パトカーのサイレンが近づいてくる音が聞こえた。新城は舌打ちし、リンカーンのドアをキーで開いた。

竹村の首筋に左の手刀を叩きつけて助手席に押しこむ。竹村は意識を失ったようだ。新城はエンジンを掛けた。

アメ車の大半がそうであるように、そのリンカーンもオートマチック・ミッションであった。リンカーンのエンジンは三百数十馬力と称していたが、今は二百十馬力だ。かねてからアメリカのSAE馬力はハッタリ馬力であって、エア・クリーナーもマフラーもジェネレーターもファンもついていないエンジンで測定した上に、各メーカーが他のメーカーに負けぬようにとサバを読んだ馬力を加えていた。

だからドイツのDIN馬力や日本のJIS馬力とは大幅にちがったのだ。したがって、SAEグロス馬力で表示されていたアメリカの大型車の馬力は、そこから五十から百馬力ほど引いたものがDIN馬力というわけだ。

新城は自動ミッションのセレクターをDに入れて発進させた。角を曲がったとき、赤灯を回転させ、サイレンを咆哮《ほうこう》させて突進してくるパトカー数台とすれちがう。

新城はいま出た旅館〝新月〟からさほど離れてない中央港二丁目の埋立て地の船溜《ふなだま》りにリンカーンを向けた。

巨大なリンカーンは、新城がパワー・ステアリングを振りまわすごとに、引っくり返りそうに派手にロールし、タイアの悲鳴をあげる。

タグ・ボートや小型の屑鉄《くずてつ》輸送船がひしめきあっている船溜りに、全長八メーターほどのクルーザー型モーター・ボートがあった。

都川の新大橋のあたりに軒を連ねている鴨猟《かもりょう》の宿の一つである〝千鳥屋〟の船だ。都川は浅くて大型の猟船が通れないために、ここにつないでいるのだ。

船宿からは小型トラックを使わぬと燃料を運べぬほど離れているために、そのモーター・ボートには満タンにすると三日は走れるほどの大型の燃料室がついていることを新城は知っている。

リンカーン・コンチネンタルに急ブレーキを掛けた新城は、イグニッション・キーを抜いてその車から跳び降りた。

クルーザーに跳び移った新城は、そのキャビンのドアのロックを背広の襟《えり》の内側に差してあった二本の針金を使って解いた。

エンジンはマリーン・ディーゼルだ。イグニッション・キーは必要でない。スウィッチのレヴァーを入れ、手動式のクランクを廻す。露出しているフライ・ホイールが勢いよく回転し、エンジンは始動して鈍いアイドリング音をたてた。

車に戻った新城は、テラ銭箱と竹村の体をキャビンのなかに移した。船の舫《もや》い綱を外し、ミッション・レヴァーを前進に入れてスロットル・ボタンを引く。

港を出た新城は、キャビンのうしろの燃料室にもぐりこみ、燃料タンクのゲージを抜いてみた。タンクに半分はディーゼル油が入っている。

2

新城は航海灯もサーチ・ライトもキャビン灯もつけなかった。ときどきコンパスを万年筆型の懐中電灯で照らしながら、まず船首を富津岬《ふっつみさき》に向ける。

富津岬の沖合二キロほどのところに、東京湾第四海堡《かいほう》があるのだ。

第四海堡も、明治から大正時代にかけて、第一から第三海堡のように、海の高射砲陣地として作られた。

しかし、人工島のなかに築かれた地下三階のコンクリートとレンガの大要塞《ようさい》は、関東大震災で瓦礫《がれき》の塊と化し、今は地上に無人灯台があるだけだ。夏には夜釣り客が来ることがあるが、真冬の今は無人島だ。

新城はその第四海堡のなかにもアジトを造っておいた。崩れ落ちた要塞のなかのトンネルのレンガを片付け、奇蹟的に崩れてない地下広間に、ネズミ避《よ》けの野ネコ十数匹と鉄箱に入れた食料品とスリーピング・バッグ、それに小型のボートと船外機エンジンと燃料などを貯えている。小馬力のディーゼル・エンジン付きだから、いま新城が操っている猟船は十ノット以上のスピードは出なかった。

新城は七ノットに速度を押え、波の向うに狼のように夜目が効く鋭い瞳を向けて、大型の漂流物に猟船が衝突しないように気を配る。

沿岸の大工場群は、煙突から毒々しい炎や煙を吹きあげていた。そのために、新城はコンパスの必要がないほど進路を保つのが楽であった。

木更津沖まで来たとき、気絶していた竹村が呻きながら体を動かした。新城はキャビンにあったロープで、竹村の手足をきつく縛った。

「こ、ここはどこだ？」

充血した目を開いた竹村は潰《つぶ》れたような声で言った。

「分かるだろう、海の上だ」

新城はそっけなく答えた。

「やめろ！　俺を海に沈める気だな？」

竹村は悲鳴を漏らした。

「心配するな。まだ生かしておいてやる。もっともっと貴様が苦しまないうちには死なせるわけにいかない」

新城は血に飢えた者が狂ったように哄笑《こうしょう》した。

「やめてくれ！」

絶叫した竹村は恐怖に耐えかねて再び失神した。

薄く笑った新城は斜め右手に灯台の灯が点滅しているのを見た。第四海堡の無人灯台だ。新城はステアリングを右に切った。

やがて、地上面積約一万坪の第四海堡が近づいてきた。新城は灯台の近くの船着き場に猟船を寄せた。

灯台の灯がついている間に、荒れ果てた岸壁で共喰いの闘いを行なっている数十匹のネズミが見えた。崩れた護岸のコンクリートについたフジツボはネズミに食い荒されている。

新城は船着き場のコンクリートのスタンションにワイヤー・ロープの投げ輪を投げた。投げ輪のこちらの端は猟船につながっている。

そのワイヤー・ロープを引っぱって岸壁に猟船を寄せはじめると、飢えきったネズミが次々にロープを伝って猟船に移ってこようとした。

そのことを予想していた新城は、ワイヤー・ロープにオイルがしみたボロ布を捲《ま》き、ライターの火を移した。

ワイヤー・ロープを伝って突進してきたネズミの群れは、炎に鼻先を炙《あぶ》られ、悲鳴をあげながら次々に海に落ちていった。

ネズミは一日に体重の三分の一ぐらいの食いものをとらないと飢死すると言われるほど貪欲《どんよく》でありながら、頭のほうは空っぽではない。

仲間が次々に犠牲になったのを知り、船着き場に残っていたネズミたちは逃げ去った。

猟船を岸壁につけた新城は、テラ銭箱と竹村の体を船着き場に移した。灯台が点灯するたびに、遠くで様子をうかがっている何万というネズミの瞳が赤く光る。

船に戻った新城は、一度ワイヤー・ロープをゆるめて船の向きを外洋に向けた。船を再び岸壁に寄せると、スロットルを引く。船から岸壁に跳び移り、スタンションに捲《ま》きつけていたワイヤー・ロープを外した。

猟船は外洋に向けて、ふらふらしながら遠ざかっていった。新城はライターの炎で竹村の耳を炙《あぶ》った。

やがて苦痛の唸《うな》りと共に竹村は意識を取戻した。

新城は吹きすさぶ風のなかで、竹村の意識がはっきりしてくるのを待った。

しばらくして半身を起こした竹村は絶望的な叫びを肺から絞りだした。

「こ、ここはどこだ？」

「地獄の島だ。さあ、立て」

「立てねえ……畜生、早く殺してくれ！」

「甘えるな。向うで赤く光るのは何だと思う？　飢えきったネズミの目だ。立てないんなら、本当に立てないようにしてやろう。両膝を射ち抜いてな。ネズミどもは、今夜は貴様を遠巻きにして、襲いかかっても安全かどうか眺めるだけだろう。だけど、明日の夜になったら、腹が空ききった奴が貴様の肉をかじりに来る。そのうちに、何万匹かが一度に襲いかかってくる」

新城は笑った。

「助けてくれ！」

跳び起きた竹村は新城に抱きつこうとした。

跳びのいた新城は竹村にニューハウゼン自動拳銃の銃口を向け、

「ネズミに骨までかじられたくなかったら、このテラ銭箱を持って歩くんだ」

と命じた。

「貴様……あんたは誰なんだ？　さっきの話では、うちの会員に痛めつけられて自殺した漁師の息子だということだが……」

震えながら竹村は尋ねた。

「他人事《ひとごと》のように言うな……貴様は君津浜……九州製鉄に買収された君津浜の漁民で新城という一家がいたのを覚えてないか？」

「知らん……忘れた。昔のことだろう？」

「俺の一家だった。俺のオヤジは、九鉄に安く買い叩かれた漁業共有地の代金や漁業補償金を銀城会がバックについている上に九鉄や三矢不動産とグルになっていた小野徳のインチキ・バクチで捲きあげられたあげく、当時としては莫大《ばくだい》な借金まで背負わされた。小野徳は貴様らを連れてバクチの借りを払えと俺のオヤジに迫った。

俺のオヤジは、俺のオフクロと二人の妹を道連れにして猟銃自殺をしてしまった。貴様らは、残された俺に借金の返済を迫って袋叩きにした。俺はヨーロッパに逃れて復讐《ふくしゆう》の刃を研《と》ぎ澄ましてたんだ。俺を袋叩きにしたとき貴様はまだ幹部見習いだったようだな。あの時の代貸し格の安西は今では銀城会本部の大幹部だそうだな。俺は奴をどうやってなぶり殺しにしようかと考えているだけで体が熱くなってくるんだ」

新城は猛々《たけだけ》しい笑い声を響かせた。

「あ、あんたは新城のセガレか！　許してくれ。お願いだ」

竹村は立っていられないようであった。

「土下座しろ、命乞いをするときにはな」

「この通りだ」

竹村は土下座し、汚い土に額をすりつけた。

「ヨーロッパで俺は何年も復讐のチャンスを待たねばならなかった。だけど、待っているあいだに、俺は殺しのテクニックにかけてはプロになった」

「小野徳は殺されたんだな、あんたに？」

「ああ、いまの貴様とそっくりの格好で命乞いをしやがったぜ」

「助けてくれ……あくどく稼いでるのは銀城会だけではない。大東会のほうが、もっともっとあくどい。大東会は沖派の富田大臣や水木大臣と結びついている」

「そのことは小野徳から聞いた」

「大東会がやっていることをしゃべる。勿論《もちろん》、銀城会がやっていることも……俺のような小物《こもの》を殺したって仕方ないだろう。沖派や三矢財閥や九鉄に恨みがあるんなら、九鉄や三矢財閥と沖派の資金パイプの森山大吉を殺すのが本道じゃないか？」

「俺に説教する気か？」

「と、とんでもねえ。あんた、森山という怪物を知らないのか？　奴は小野徳なんかより何倍もスケールがでかい大悪党だ。大東会の顧問だ。やはり大東会の顧問をしている桜田と同じように、大企業と政治家とのあいだの汚れた資金のパイプ役だ。政商だ。俺の口から言うのも何だが、千葉が沖派や三矢財閥の喰いものにされたのは、一つは森山が千葉の出身だからだ」

竹村は自分たちがやっていることを棚にあげて、必死にライヴァル暴力団に関係していることをしゃべった。

3

「森山大吉か。会ったことは無いが、新聞や雑誌で奴のことを読んだことがある」

新城は呟《つぶや》いた。

「そんなのは表面に出たことのごく一部だ。奴のことをくわしくしゃべるから俺の命を助けてくれ」

竹村は身をよじって哀願した。

「よし、話をゆっくり聞いてやろう。立て、立ってテラ銭箱を持って歩くんだ」

新城は命じた。

竹村は溜息《ためいき》をついて立上った。テラ銭箱を抱える。新城は拳銃で威嚇しながら歩かせた。歩く方向のネズミの群れが左右に分かれるのが見える。

五ーメーターほど歩くと、レンガとコンクリートが崩れて低い丘のようになったところに来た。砲台跡だ。新城はその廃墟《はいきょ》の鉄屑が散らばっている所に来ると、

「よし、ここのレンガをのけろ」

と、竹村に命じた。

テラ銭箱を降ろした竹村は命令にしたがった。命が助かりたい一心で、素手で作業を行なう。レンガの陰からネズミが跳び出し、死にもの狂いになって竹村の喉めがけて跳びついた。歯を

剝《む》きだしにしている。

悲鳴をあげた竹村は尻餅《しりもち》をつこうとした。新城は空中にいるネズミを射つ。そのネズミは肉を四散されて皮だけになった。

新城に命令されて竹村は作業を続けた。やがて、地下道への入口が暗い穴をあけた。万年筆型の懐中電灯を照らした新城は、テラ銭箱を再び抱えた竹村を先にたたせて石段を降りていく。

十メーターほど石段を降りると、二十メーターほどのトンネルがあった。トンネルに入ったヒビのなかにネズミが逃げこむ。

トンネルの左右のところどころに抜け道があったが、いずれも崩れていた。かつては地下要塞のなかを迷路のようなトンネルが縦横に走っていたのだ。

懐中電灯の光のなかに地下広場が浮かびあがった。ネズミは出入りできるが猫はくぐれない鉄格子の二重扉がついている。

三十坪ほどの地下広場では十数匹の野ネコがグリーンや銀色の瞳を光らせて唸《うな》っていた。猫には食うことが出来ない丸麦が広場の中央に盛られている。

飢えに胃を焼かれて鉄格子をくぐって丸麦を食いに来たネズミを食って野ネコたちは生きているのだ。水は、広場の隅に半坪ほどのプールがある。

ネコたちを置いてないと、飢えきったネズミは、広場に置いているボートや、食料や寝袋や飲料水などを入れた鉄箱さえも食い破る恐れがあるからだ。

新城は一番手前の鉄格子を開いた。竹村と共にその奥に入り、うしろ手で鉄格子を閉じる。

二番目の鉄格子を開いて広場に入ると、野ネコたちは一番目の鉄格子に体当たりし、何とかして脱出しようともがいた。

新城は二番目の鉄格子をうしろ手に閉じ、壁にセメントを固めてつけた大きな軽油入れからのびた石綿の芯《しん》にライターの炎を移した。芯は燃えてランプのかわりになった。一カ月燃やし続けても大丈夫なだけ軽油入れの容量がある。

新城は万年筆型の懐中電灯を消してポケットに仕舞い、椅子《いす》の一つのビニール・カヴァーを外して腰を降ろした。

「貴様は床の上に坐るんだ」

と、竹村に命じる。

ネコの糞《ふん》は広場の隅にかたまっていた。コンクリートの床に落ちたにちがいないネズミの血はネコがなめつくしてしまったらしく、案外に汚れてない。ただし、ひどい悪臭だ。

テラ銭箱を横に置いて、竹村は床に坐りこんだ。新城はその竹村から目を放さず、二本のタバコに火をつけ、一本を竹村に投げてやった。

死刑囚の最後の一服のように竹村は肺に煙をためて気持を鎮めようとした。鉄格子のあいだの空間に閉じこめられた野ネコたちは、脱出をあきらめて、互いにいがみあっている。

二本目のタバコに火をつけた新城は、

「じゃあ、森山大吉のことをしゃべってもらおうか」

と、うながした。

「暴力団が表看板にしている右翼のボス中の大ボスが桜田秀夫だということは、あんたもよく知っているだろう？　桜田は大戦中は海軍の特務機関のボスで、敗戦前に中国大陸から略奪した船一杯分の金銀財宝や麻薬を日本に運びこんできて、丹沢山系の数カ所に隠匿《いんとく》しておいたんだ。日本が敗れて桜田も占領軍に捕まり、A級戦犯用の刑務所に未決囚としてブチこまれた。だけど桜田はG・H・Qの陰の支配者だったマンソン大佐に隠匿物資のうちの三分の一を贈って釈放された。釈放されてからは、麻薬中毒のマンソン大佐を通じて占領軍に深くくいこんでいったんだ。

その一方で、A級戦犯刑務所で知りあった沖や富田たち高級官僚が、敗戦後の混乱時代が過ぎたら、うまく政財界を泳ぎまわって天下をとるにちがいない……という先見の目を持っていた。だから、マンソン大佐に二十カラットのダイア十個とヘロイン五十キロを贈って沖たちを釈放させると同時に奴等が公職につくことも出来るようにさせたんだ。

沖たちが日本を支配するようになってから、桜田が政界と大企業とのあいだの利権と汚職のパイプ役になって稼ぎまくっているのは、そういった関係からだ。それに、桜田は隠匿物資の何十分の一かを使って、大手の暴力団を手なずけておいたからな」

「……………」

「桜田が海軍の特務機関上りなら、森山大吉は陸軍の特務機関の中堅幹部だった。戦前から桜田とは知りあいだったんだ。

森山は陸軍士官学校とスパイ教育専門の中野学校を出てからトントン拍子に出世し、敗戦のときには大本営付きの中佐だった。精密兵器に使うという名目で国民から供出させたダイアや金塊やプラチナを全国に隠すのが役目だった。もし米軍と一緒にソ連軍が進駐してきたときには、そいつを通貨に替えて、ゲリラ戦を起こす資金にするというのがダイアやプラチナなどの隠匿作戦の趣旨だった。

だけど、日本が敗れてもソ連軍は進駐してこなかった。森山は隠匿した大本営の隠し財産のうち、今の金《かね》にすると百億円ぐらいを横領し、それをもとにして事業を起こしたり土地を買い占めたりしていった。今は、数十の会社を傘下におさめる森山商事の総帥《そうすい》だ。傘下の会社のなかには九鉄の下請けの鉄鋼工場や機械製作所があるんで、日本製鋼連盟の委員をやっているし、造船所や海運業をやってる上に帝国カー・フェリーの取締役をやってるんで日本海運協会の理事もやっている。京葉地方経済同好会監事や新興宗教の天照《あまてらす》会の最高顧問というのも肩書きの一部だ」

「帝国カー・フェリーは、桜田が名誉会長になっている。あの会社は大東会の表向きの社名の新東邦企画の経営だな？」

「そうだ。桜田と森山との付きあいは、さっきも言ったように古いが、戦後は森山精機が南ヴェトナムにナパーム弾と迫撃砲弾十五億ドル分をひそかに輸出する際、日本政府が目をつぶっていてくれるようにと森山が桜田を通じて運動してから、特に持ちつ持たれつの関係になった。森山は本千葉駅前の国有地の払い下げ問題が揉《も》め続けていたのを桜田が解決してくれた礼に、国有地跡に建てたデパートの重役として桜田を迎え、年に二億の表には出さない給料を払っている。森山は京葉銀行の三割五分の株を握ってたんだが、京葉銀行を三矢銀行が合併しようとした時には、桜田に頼まれて自分が持ってた株をあっさりと三矢銀行に売渡している。千葉の浦部地区を、三矢不動産が万博を越えるレジャー基地にするという名目で、県から払いさげてもらうと、住宅地として売りとばして二百億も儲《もう》けたが、そのときには払い下げ運動に働いた桜田と森山に十億ずつが三矢不動産から払われたそうだ。

ともかく、成田の新空港の利権問題も含めて、森山と桜田を通じて三矢不動産からだけでも百五十億のリベートが今の吉野知事に渡っている。森山と桜田たちがその中間で絞り取ったサヤも大きいだろう」

「吉野知事は沖派の言いなりなのか？」

「とんでもない、あの古ダヌキのことだ。九十九里地区を地盤に持つ藪川保守党副総裁や俺たち銀城会をバック・アップしてくれている丸山幹事長が関係している企業からも、利権を与えるのと引替えに五十億以上絞りあげている」

竹村は言った。

「吉野にそれだけリベートを払っても、払うほうはもっともっと稼ぎがあるというわけだな」

新城は唇を歪《ゆが》めた。

「それは当然だろう。千葉には日本中の大企業が集中している。首都に近くてこれだけ公害をまき散らしても文句を言われないところはないからな。大企業にしたら、こんなに利潤が上る土地はない。新空港や九十九里と東京を結ぶ新幹線にしても高速道路にしても、東京湾横断道路にしても、ともかく、こんなに利権が転がってるところはない」

「分かった。俺が片付けていかねばならぬ畜生どもがまた増えたようだな」

新城は暗い笑いを浮かべた。

「九鉄が君津に進出してくるお膳立《ぜんだ》てをしたのも森山だ。奴はあの頃は銀城会と仲がよかったんだが、桜田が大東会の最高顧問になると大東会に鞍替《くらが》えしやがった」

竹村はわめいた。

「だから、銀城会としても森山に恨み骨髄《こつずい》というわけか？」

「奴に恨みがあるという点ではあんたと一緒だ……助けてくれ」

竹村は叫んだ。

4

「色々と教えてくれてありがとうよ。だけど、俺はあんたを生かしておくわけにはいかないんだ」

新城は冷笑した。

「助けてくれ！　取っておきのネタをしゃべるから」

竹村は悲鳴と共に叫んだ。

「ほう？」

「あと半月もしないうちに、第四海堡で、大東会はフィリピンから帰ってきた船から覚醒剤《かくせいざい》百トンを受取る」

「第四海堡？　ここでか？」

「ここは第四海堡なのか！」

「そういうわけだ。今の話をしゃべってみろ」

新城は命じた。

「日本でヒロポンなどの覚醒剤の取締りがやかましくなってから、覚醒剤の精製技術者たちは韓国や東南アジアに逃げて、あっちで覚醒剤を作っている。日本に密輸出するわけだが、東京や横浜や大阪や神戸などの大きな港では監視が厳しいので、九州の漁港やこの千葉で陸揚げするようになった。京葉港は企業港が並んでいるので、税関を通らなくとも貨物船が出入りできる。

覚醒剤の粉末はフィリピンで一キロわずかに三万円だが、日本での仲値は六千万円もするんだからこたえられん。うちの会も韓国や東南アジアから入れとるが、せいぜい一回に五十キロ単位だ。ところが、今度大東会が森山運輸の船を使って入れるのは百トンだというじゃないか。あんまり凄《すご》い量なので、港で陸揚げするのはさすがにヤバいから、横浜港に入る前にこの第四海堡で降ろし、森山運輸の国内用貨物船に積み替えて九州製鉄埠頭《ふとう》に運ぶということだ」

「…………」

「俺たち銀城会は、その覚醒剤を横取りする計画をたてたんだが、何しろ相手が大東会ではな」

「その船はいつ入ってくるんだ」

「来月の十三日の深夜の予定だ」

竹村は答えた。

「どうして知ったんだ？」

「そりゃ……大東会のなかにうちの会のスパイがいるからさ」

「そいつは誰なんだ？」

新城は尋ねた。

「あんたは顔を見たこともないだろう」

「いいから教えろ」

新城は拳銃の安全装置を掛けたり外したりした。

「大東会千葉支部の大幹部の酒田という男なんだ」

「どこに住んでいる？　人相は？」

「…………」

竹村は答えた。

新城はしばらく沈黙して考えこんだ。大東会の覚醒剤を横取りして海に叩きこむなり、大東会と対立している神戸の山野組に安く流してやって、大東会に大打撃を与えてやるのも面白い。

その沈黙をどう受取ったのか、竹村は、

「もっと面白い話があるんだ。あんたは、もと県警本部長を勤め、そのあと県の副知事から参議院議員になった山部のことを知ってるだろう？」

と新城の顔色をうかがう。

「ああ。俺が貴様らに痛めつけられた頃、奴はまだ県警本部長で、藪川副総裁の子分だった。藪川が支配している銚子の双葉会と、当時は千葉では今のように大きな勢力を持ってなかった大東会の両方に買収されて、双葉会や大東会の密輸やバクチを見逃すかわりに、ゼニだけでなく妾《めかけ》や妾宅《しょうたく》までもらっていたらしいな。

俺が日本から逃れたあと、山部は藪川のあと押しで副知事になったが、藪川はさらに山部を知事にさせようとゴリ押しした。あわてた沖派は、藪川と取引きして山部を参議院に移した」

「そういうことなんだ。ところで、山部が千葉県に住んでいる韓国人のうちで悪質な連中ばかりが集まって作った極星商工会の会長をやっていることを知ってるだろう？」

竹村は尋ねた。

「ああ。何でも、あの会は韓国とのあいだの密輸専門だそうだな」

「密輸入するのは、洋酒、洋モク、宝石、麻薬、覚醒剤、武器弾薬、密輸出するのは、テープ・レコーダー、トランジスター・ラジオ、カメラ、時計、ガス・ライター、トランジスター・テレビなどだ。港にある山部の選挙事務所は倉庫付きというわけだ」

「…………」

「山部は今は藪川と手を切った。大東会の線で沖派にべったりだ」

「それで？」

「極星商工会は、近いうちに、韓国から実に三千丁の拳銃と実包百万発を密輸入して大東会に渡すという情報がある」

「本当か？」

「韓国から引揚げる米軍が、韓国で商売している大東会系の韓国の大きなブローカーに払いさげたんだ。そのブローカーは米軍の責任者を買収して、屑鉄と真鍮《しんちゆう》の値段で払いさげさせたという。つまり、使いものにならないハジキと、火薬も雷管も腐ってしまった実包という名目でな。ところが、拳銃も実包も新品同様なんだ……あんたは、韓国では、金持や政府の高官は拳銃を持ってもいいことを知ってるか？」

「拳銃を民間人が持てないのは日本だけだ」

新城は苦笑いした。

「沖は韓国ロビーだ。だから、向うでの船積みはスムーズにいく。日本に着いた船は、木更津の飛行場の近くの岸壁に接岸して、拳銃と実包を降ろすことになっている。船は勿論《もちろん》、森山運輸のものだ。拳銃と実包を降ろしてから、横浜に堂々と入港するんだ」

竹村は言った。

「正確な日時は？」

「残念ながら分からん。大体、一カ月ぐらいのうちだということは分かったが」

「正確な場所は？」

「大東会の幹部を捕まえて拷問《ごうもん》したらいい……こんなに色んなことを教えてやったんだ。命だけは助けてくれ」

「そうはいかん。貴様はネズミの餌《えさ》になる。だけど、色んなことを教えてくれた礼に、なぶり殺しにすることだけは勘弁してやる」

新城は静かに言った。

「助けてくれ……助けて……」

竹村は脱糞《だっぷん》しながら転がって逃げようとした。

新城はその心臓を一発で射ち抜いた。轟音で天井が崩れそうになり、野ネコどもが天井まで跳びあがる。

即死した竹村のポケットの中身をすべて取上げて床に置いた新城は、こちら側の鉄格子を開いた。

野ネコどもは地下広場に逃げ戻った。新城は屍体《したい》を引きずって二つの鉄格子のあいだに入る。奥の鉄格子を閉じてから、屍体を引きずったままトンネルを歩いた。

地上に出ると、屍体に十数発を浴びせる。グシャグシャになった屍体から遠ざかり、様子をうかがっている。

やがて、竹村の屍体をネズミの大群が取囲んだ。飢えきったやつが素早く竹村の指を嚙《か》み切って逃げる。

それでも竹村が動かないのを知り、ネズミの大群は屍体の上に重なった。騒々しく肉や骨をかじる。

一時間後、竹村の屍体は消えていた。服さえも嚙み千切られてネズミの胃におさめられていた。

侵　入

1

翌々日の夜、新城は千葉市にいた。

第四海堡《かいほう》から、そのなかのトンネルに隠してあったボートを使って館山の近くの漁港に上陸し、館山市のサウナで悪臭を洗い落としてから、松林のなかでバッグに用意してあった服と着替え、タクシーで千葉市にやってきたのだ。

銀城会は千葉支部の主だった連中が新城に殺《や》られてしまったので、本部やほかの支部から幹部クラスを続々と千葉支部に移している筈《はず》だ。

しかし、その隙《すき》をついて、大東会千葉支部は大いに勢力を拡大したらしく、夜の盛り場では大東会のバッジを光らせた連中がのさばっていた。

千葉に入った新城は、セミ・ロングのカツラをつけ、遊び人風の三つ揃《ぞろ》いの背広とラクダのコートをつけていた。

その新城は、軽く夕食をとってから、千葉駅前の富士見二丁目にある高級クラブ〝キャロライン〟に入った。そこは大東会直系の経営店であることをすでに新城は調べてある。その店の女とトラブルを起こしたときには、大東会のチンピラが吹っ飛んでくる……と、いうことも。

ドアを開いて入った小部屋がクローク・ルームになっていた。クロークのカウンターの前では、力自慢らしい大男がタキシードを着けて立っていた。

「いらっしゃいませ。会員証を……」

と、言う。

「これから会員になりたいんだ。いくら払えばいい？」

新城は軽薄な表情で尋ねた。

「どなたかの御紹介でしたら、入会金は要《い》りませんが」

「俺は保守党の横井代議士の息子なんだよ。仕事でこっちに来て、あと三晩泊まる」

新城は小型印刷機まである埼玉のアジトで作っておいた横井三郎という名の名刺を出した。肩書きは会社専務だ。横井代議士は、沖派の五年生代議士だ。

「失礼しました。どうぞ、コートをお脱ぎになってください」

男は揉《も》み手した。新城がコートを脱ぐと、男はクロークの女にそのコートを渡して、横のドアを開き、

「どうぞ、どうぞ……」

と、カニのように横歩きして、新城を空いたボックスに案内した。

ボックス席が二十ほどと、カウンターとのあいだにダンス・フロアがある。フロアに迫り上《せ》げ式の円型ステージがあった。フロアの横でエレクトーンの演奏者がムード音楽をかなでている。

ボックス席はほぼ八割がふさがっていた。実業家らしい客が多い。席についた新城がペルメルをくわえて銀のライターの火を移したとき、面長《おもなが》なマダムが和服の裾《すそ》さばきも鮮やかに、二人のホステスを引き連れて新城の席にやってきた。

「この店を預からせていただいてます香代でございます。これからも御贔屓《ごひいき》に、若先生」

と、愛想笑いする。

「こっちこそ、頼むぜ」

新城は偽名刺を出した。

その新城の右側に、細っそりとしているがバストとヒップは充分に発達した二十二、三のホステスの美津子、向かい側にグラマラスなホステス洋子が坐った。

やがてマダムがほかの席に移ると、新城はスコッチの水割りに口をつけながら、美津子を口説いた。ほかの席では、何億円株でもうけた、とか何千万を競馬ですった、などと客が大声で話している。

カンパーリ・ソーダのグラスを手にした美津子は、洋子がトイレに立ったとき、

「いいわ。今晩付きあう。十一時半に駅裏のスナックの〝スプリット〟で待っていて」

と、新城に囁《ささや》いた。

「待ちぼうけは御免だぜ。これは手付けだ」

新城は一万円札を美津子の和服の胸に押しこんだ。バストのふくらみは本物であった。

それから半時間ほど飲んでから、新城は席を立った。マダムが、

「お勘定は、国会のほうの先生にいただきますから」

と、言う。

「じゃあ、よろしく」

新城は手を振った。

店を出ると、駅のトイレでアルコールと夕食を吐いた。喉《のど》に指を突っこんで無理やりにだ。アルコールで運動神経が何十分の一秒かでも鈍ってはまずいからだ。

洗面所で手と顔を洗ってから、新城は千葉でも流行している昼寝クラブの狭い一室のベッドに横になった。昼寝クラブといっても夜だって営業する。

十一時過ぎにそこを出たとき、新城の体からはアルコール分が消えてきた。新城は歩いて二十分ほどのスナック〝スプリット〟に足を使って行った。

その店はマスターがボウリング・ファンらしい。ボウリングのピンやボウルやサイン入りの女子プロの写真をあしらった店内では、太ったマスターが若い客と投球フォームについて論じあっていた。

新城はカウンターの一番奥でミルク・ティーを頼んだ。

美津子は十一時四十分頃に入ってきた。ショールを外すと、

「待った？」

と、しなだれかかる。

「ほかのバーで時間を潰《つぶ》してたんで、もうアルコールのほうは一滴も飲めない。君は何にする？」

新城は肩をすくめた。

「わたし、コーラ、ねえ、おスシ屋に連れていって」

美津子は言った。

少したってから二人は栄町のスシ屋に行った。美津子はアワビやイクラや生きているエビなどの高いものばかり注文する。新城はショールダー・ホルスターの消音器付きベレッタ・ジャガーをいつでも抜き射ちできる体勢で、消化がいい卵《ぎょく》やアナゴなどを少しだけ食った。腹を射たれたときに腹膜炎を起こさないように、お茶もあまり飲まなかった。

「今夜のお小遣いは三枚よ。さっきの一枚を引いてあと二枚。いいでしょう？　そのかわり、朝御飯を御馳走《ごちそう》するわ」

美津子は食い終わると囁いた。

「いいとも。だけど、あとでいいだろう？」

新城は囁き返した。

「勿論《もちろん》よ」

美津子は答えた。

やがて二人はスシ屋を出た。新城が銀城会の幹部たちを殺した男と同一人物であることに気付いた者はいないようだ。

大東会のチンピラらしい若い男の運転するタクシーで、二人は千葉大に近い美津子のマンションに向かった。新城は抱きついてくる美津子にショールダー・ホルスターのベレッタや背中のうしろのベルトに差したホルスターのコルト・パイソン三五七マグナムのリヴォルヴァーを気付かれないようにした。

いかに千葉市が発展しても東京のようにだだっ広くないから、美津子の住んでいる汐山マンションにはすぐに着いた。

マンションとはいっても三階建ての小ぢんまりしたやつだ。美津子は、その建物の横についた階段を、新城の腕をとって登っていった。

三階には三戸があった。それぞれの玄関の前をコンクリートの廊下兼ポーチがつないでいる。美津子が住んでいるのは、三階の北端の続き部屋であった。ハンド・バッグからキーを出した美津子は、その玄関のドアを開いた。

先に入って電灯をつける。狭い玄関の向うが、ビーズ玉のカーテンにさえぎられた居間兼応接間だ。

新城が靴をスリッパにはき替えて居間に上ると、美津子はドアのノブのプッシュ・ボタンを押し、予備錠を掛けたが、チェーン・ロックは掛けなかった。

「チェーンは掛けないのか?」

新城はわざと言ってみた。

「地震や火事のとき、あわてているから、うまく外せないの」

美津子は答えた。大東会の者を呼んだときチェーン・ロックが掛かっていたのでは、ヤクザどもが外からドアを開くことが出来ないからであろう。

集中暖房式のマンションではないので、居間に移った美津子はガス・ストーヴに火をつけた。居間の突き当たりの右側のドアを開く。そこが寝室であった。美津子は寝室の石油ストーヴに火をつけた。

新城は居間や寝室の調度を見廻した。大東会に稼ぎの大半を絞り取られているらしく殺風景だ。

美津子は居間に戻ると、寝室のドアを閉じ、

「あとでは嫌な気がするでしょう？　いま払ってくれる？」

と、新城の表情をうかがった。

「分かった」

新城は上着のポケットから三十枚ぐらいの一万円札を摑《つか》みだし、そのうちの二枚を美津子に渡し、

「これはチップだ。そのかわり、舐《な》め舐めのほうもしっかり頼むぜ」

と、さらに一万円札を渡した。

2

「感激……」

美津子は新城に抱きついた。

そのときになって、新城のショールダー・ホルスターに収まった拳銃《けんじゅう》の硬さを感じて表情を変える。

「モデル・ガンだ。たまには、イキがってみたくてな」

新城はニヤリと笑ってコートと背広の胸を開いた。ショールダー・ホルスターと、そこから突きだしたベレッタの銃把《じゅうは》を見せる。

「びっくりさせないでよ」

美津子は声を立てて笑った。

「じゃあ、ベッド・ルームに案内してもらおうか」

新城は好色そうな笑いと共に言った。

「せっかちね」

美津子は言ったが、寝室のドアを開いた。新城も美津子に続いて寝室に入る。

「待ってね。お湯を持ってくるわ」

美津子は台所のほうに去った。

新城はズボンのベルトに差したコルト・パイソン三五七マグナム拳銃をダブル・ベッドのスプリング・マットレスのあいだにはさみこんだ。

コートを脱ぎ、ベッドに腰を降ろしてタバコを吸っている。美津子はホーロー引きの大きな洗面器に瞬間湯沸し器で暖めた湯とタオルを入れたものと水差しを運んできた。

洗面器を輻射熱《ふくしゃねつ》式の石油ストーヴの前に置いた。水差しはベッド・サイドのテーブルに置く。

新城は服を脱いでいった。消音器付きのベレッタ・ジャガーを収めたホルスターはベッドのヘッド・ボードに吊った。素っ裸になった新城はベッドにもぐりこんだ。部屋はまだ暖まってないが、電気毛布だからベッドは暖かい。

その新城をじらすようにして天井の電灯を壁のピンク色の淡く薄暗い灯に切替えた美津子は脱いでいった。

やはり、新城の目に狂いはなく、美津子は着瘦《きや》せするタイプであった。ヌードになって小麦色がかった全身をさらすと、乳房は反《そ》りあがり、股《また》のあいだにまったく隙間がない。

「気にいったぜ」

新城は呟《つぶや》いた。

ベッドにもぐりこんできた美津子は、唇を新城の首から次第に下のほうに這《は》いさがらせていった。なかなかのテクニシャンだ。

やがて美津子は新城のものをくわえる。前から横からしゃぶりまくり、軽く歯をたてたりする。

このところしばらく女に触れてなかった新城は、体位を変えて自分が上になると、美津子を貫いた。

美津子は演技だけでなく、新城が放射した時には熱いものをほとばしらせる。

しばらく余韻《よいん》を楽しんでいた美津子は、ベッドから降りると、ストーヴの前の熱い湯にひたしてあったタオルを絞って新城を拭《ぬぐ》った。自分も浴室に行ってきてから、舌と全身を使って再び新城をふるい立たせようとする。

二ラウンドが終わった時、美津子はぐったりとして軽い眠りに落ちた。新城はベッドから降り、自分で拭《ぬぐ》ってから、ヘッド・ボードに掛けてあったベレッタ入りのホルスターを持ってトイレに入った。

放尿してから寝室に戻る。ベッドのスプリング・マットレスのあいだからコルト・パイソンのマグナム・リヴォルヴァーを引っぱりだした。

コートを除いた衣類を身につける。マグナム・リヴォルヴァーはズボンのベルトに戻しショールダー・ホルスターは左肩から腋《わき》の下に吊った。

ベッドの脇《わき》に椅子《いす》を寄せてそれに腰を降ろし、水差しの水を飲んだ。タバコに火をつけたとき、美津子が瞼《まぶた》が腫《は》れぼったくなった目を開いた。

「あら、もう帰るの？」

と、言う。

「いや、まだ帰らん。モトを取戻さないとな」

新城はふてぶてしい笑いを見せた。

「どういうこと？」

「さっき貸してやったゼニはどこに仕舞った？」

「貸した……ですって！」

上体を跳ね起こした美津子の表情が変っていった。

「そういうわけだ。お互いに楽しんだのだから、俺は一文も払う気がない。さっきのゼニを返せよ」

「ふざけるんじゃないよ。あたいを何だと思ってるのさ。大東会を呼ぶよ」

美津子はわめいた。

「面白い、呼んでみな。ところでお前さん、どこにヘソクリを隠してるんだ？」

「畜生……あんた、本当に横井代議士の息子なの？」

美津子は歯を剝《む》きだした。

「ちがうな。タダ飲み、タダ乗りが俺の趣味なのさ。さっきのスシ屋の勘定は高かったぜ。あの勘定も利子をつけて返してもらう。ヘソクリを隠してあるのはどこだ？」

新城は薄く笑った。

「……！」

罵声《ばせい》をあげた美津子はベッドの横の壁についているボタンを断続的に押した。そうしながら、

「あんた、悪いところに飛びこんだね。このマンションには大東会の怖《こわ》い兄さんが何人も住み

こんでるのさ。もう、出口は固められたよ。逃げようったって、そうはいかない。命がおしかったら、財布にあるだけのおゼゼを出して許してもらうことだね」

と、せせら笑う。

「そうかい？」

新城はベレッタをショールダー・ホルスターから抜いた。親指で撃鉄を起こす。

「そんなオモチャ」

美津子は鼻を鳴らした。

新城はその美津子をベッドから引きずり降ろした。わめき声を出す口を左手で押え、洗面器に向けて一発射ってみせた。

銃声はごく小さかったが、洗面器に孔《あな》があき、湯が飛び散る。新城はそれを見て息を呑《の》んだ美津子の耳に、

「オモチャでないことが分かったか？　分かったら、おとなしくしてるんだ」

と、囁いた。

全身を硬くして震えはじめた美津子をドアの横に引き寄せる。その体を楯《たて》にして待つ。

玄関のロックが合鍵《あいかぎ》で解かれ、二人の足音が跳びこんでくるまでには大した時間はかからなかった。

男たちは玄関のドアを内側から閉じると、自信たっぷりの足どりで寝室に近づいてきた。

一人が寝室のドアを蹴《け》り開く。寝室に足を踏み入れ、ベッドに誰もいないので表情を変えた。

二十二、三のチンピラだ。右手に中古の安物の自動拳銃を構えている。もう一人のチンピラも、

「どうしたんだ？」

と言いながら寝室に入ってきた。

ドアの横で美津子を楯にしていた新城のベレッタ・ジャガーが、小さく鈍い音と共に六発の二十二口径弾を吐きだした。

二人は、腰椎《ようつい》と左右の手首を射ち抜かれて突んのめった。ストーヴに一人の手が当たり、血が焦《こ》げる悪臭がたった。

二人は悲鳴をあげようとするのだが、心臓が喉元までせりあがってきたような恐怖のために、かえって声をたてられない。

美津子は新城の左腕のなかで気絶していた。新城は、右の親指を撃針と撃鉄とのあいだにはさんで暴発を防いでおき、ベレッタの用心鉄で美津子の頭を強打した。

頭蓋骨《ずがいこつ》が陥没する音がした。これで、美津子は二日や三日のあいだは意識を取戻さないであろう。

その美津子をベッドに放り投げ、新城は二人のチンピラが放り出した安物の二丁の拳銃をベッドの下に蹴りこんだ。

腰椎を射たれているので、二人のチンピラは立上ることが出来なかった。両手首の骨を射ち砕かれているので、摑《つか》みかかることも出来ない。もっとも、二人は、生まれてはじめて本当に

怖いものに直面して、大小便を垂れながら喘《あえ》いでいるだけで、反撃のチャンスをうかがう余裕などまったく無いようだ。

新城は玄関に行ってチェーン・ロックを掛けてきた。寝室に移ると、ラクダのコートを着け、椅子に馬乗りになって冷然と二人を見おろす。

「射つな……射たないでくれ。死にたくない……お願いだ」

右側の二十三、四の、チンピラでもかなり格が上らしい男が泣き声をたてた。

3

新城はベレッタ・ジャガーから弾倉を抜き、背広の内ポケットの弾薬サックから出した七発の二十二口径ロング・ライフル・ファイアのカッパー・クラッドの被銅弾を弾倉に補塡《ほてん》した。その弾倉を、ベレッタの銃把の弾倉室に、カチッと音がする位置まで押しこむ。

「助けてくれ、兄貴……俺たちは兄貴が拳銃使いだと知らなかったんだ」

若いほうのチンピラが喘いだ。

「俺はお前らの兄貴じゃねえ。気安く呼ぶな――」

新城は吐きだすように言い、

「この女は、ベルを押しながら、このアパートの出口は固められた、と言った。本当か？」

と、尋ねた。

「階段の下に二人廻った」

「じゃあ、お前たちに尋ねることはない。階段の下の連中から尋《き》きだす。二人とも死んでもらうぜ」

新城は消音装置がついた拳銃の銃口をゆっくりと動かした。

「待ってくれ」

「頼む……俺たちが知っていることなら何でもしゃべるから」

二人はゲロを吐きながら哀願した。

「じゃあ、一つ尋く。お前たちの直系の大幹部は？」

新城は尋ねた。

「秋葉先輩だ」

「どこに住んでいるのか？」

「この近くだ。千葉大の向う側の穴川四丁目にある秋葉メイゾンが先輩のものだ。秋葉先輩は、あのメイゾンの五階に住んでいる。五階全部を使っている」

「家族と一緒にか？」

「…………」

「どうした？」

「二号と一緒だ。家族は東京住いだ」

「秋葉メイゾンにガードマンは？」

「いねえ。秋葉先輩が大東会の大幹部だっていうことは知れわたっているから、あのマンションで暴れる馬鹿はいねえよ。押売りも遠慮する」

チンピラの一人は答えた。

新城はさらに三分間ほど質問を続け、答えを引きだした。それから、

「よし。命は助けてやる。だから、俯《うつむ》けになって目を閉じていろ」

と、命じた。

二人のチンピラは、両肘《りょうひじ》を使い、麻痺《まひ》した下半身も何とか回転させて俯けとなった。その途端、新城のベレッタが二発のタマを吐き出した。

二人のチンピラは延髄《えんずい》に一発ずつくらって、瞬間的な死にとらえられた。まだ助かる見込みがあると自分たちでは思っている間に、射たれた自覚もなく死んだのだから、チンピラとしては幸福な死にざまかも知れない。

新城はベレッタの弾倉に二発補弾した。そっと玄関に近づく。玄関のドアに耳を寄せてみた。

廊下に人の気配はなかった。

階段の下を固めている連中は、たとえ悲鳴が聞こえたとしても、悲鳴をあげているのは客――すなわち新城のほうだと思っているのであろう。

玄関のドアを開きながら新城は身を伏せた。手すりのところまで這《は》い、下を覗《のぞ》きおろす。

建物の外に沿ってついた階段の下で、二人の男がコートと背広の左腋の下に右手を突っこんで三階を見上げていた。左の腋の下にはショールダー・ホルスターが吊られているのだろう。

新城は二人の眉間《みけん》を射ち抜いた。立上ると、要心深く階段を降りていく。

階段を降りきった新城は、死体の一つのポケットから、車のキーを奪った。コロナのものだ。

裏通りに駐《と》められている数台の車のうちの一台が、グリーンのコロナ・マークIIであった。ナンバー・プレートは、美津子の部屋でチンピラがしゃべった数字と合う。

奪ったキーと車のドアのロックも合った。そのコロナを運転した新城は、穴川四丁目に車首を向けた。

秋葉メイゾンは、美津子が住んでいる汐山マンションよりかなり大きかった。しかし五階建てのその高級アパートは、エレヴェーターもついていなかった。

秋葉メイゾンから百メーターほど離れたところにコロナを駐めた新城は、コートのポケットのなかでベレッタを握り、メイゾンの無人の玄関ホールから階段を使って五階に登っていった。

五階の廊下の入口に、形ばかりに鎖が渡してあった。それをまたぎ越えた新城は、五階の中央部に歩いた。ベレッタを握った右手は、ポケットから出している。

秋葉と妾《めかけ》の住居の玄関を見つけた新城は、インター・フォーンのブザーのボタンを押した。

「だあれ？」

インター・フォーンから、甘ったれた女の声が聞こえてきた。

「先輩はもう戻られましたか？」

「まだよ。事務所の人なの？」

「そうです。実は、汐山マンションが襲われて、あそこに住まわせていた女たちの金がみんな奪われたんです。住込みのチンピラどもは、みんな殺《や》られちまいました。だから、私がここの護衛に廻されたわけです」

新城は言った。

「まあ、大変」

秋葉の妾の圭子は叫んだ。

少し間があいてから、足音がドアの向う側に駆けてきた。ドアが開く。その前に、新城は拳銃を握った右手を背中のうしろに隠していた。

ドアは開いたが、細くでしかなかった。チェーン・ロックが掛かっているからだ。

圭子は二十二、三の大柄な女であった。顔だちも派手だ。アイシャドウが濃く、付けマツゲは長い。

「見たことない顔ね」

圭子は警戒の表情で言った。ネグリジェの上にガウンをまとっていた。

新城は細く開かれたドアの隙間に靴を突っこんだ。そうしておいて、親指を撃針と撃鉄のあいだにはさんで暴発を防いでおいたベレッタの用心鉄を、チェーン・ロックに振りおろした。

チェーンは、はじけ飛んだ。新城はドアに体当たりした。

反射的に両手を上げて顔をかばった圭子は、ドアにはじかれて仰向けに引っくり返った。

ホールに入った新城は、そこから見える左右四つのドアに向けて威嚇《いかく》射撃をし、それからうしろ手でドアを閉じた。エール錠なので、プッシュ・ボタンを押すだけでロック出来た。

仰向けに倒れた圭子のガウンとネグリジェの裾は太腿《ふともも》の上までまくれあがっていた。熟《う》れきった体だ。

両手で口を押え、圭子は悲鳴を押し殺している。

「しゃべるんだ。秋葉はまだ本当にここに帰ってないのか？」

新城は尋ねた。

「ほ、本当よ」

圭子は喘いだ。

「嘘《うそ》だと分かったら、女として一生使いものにならないようにしてやるからな」

新城は圭子の下腹部に銃口を向けた。

圭子は白目を剝《む》いて気絶した。

新城は圭子のガウンのベルトで、彼女の両手を背中のうしろで縛った。飛びちったチェーンのリングを拾い集めた。その時になってベレッタの引金の用心鉄がかすかに歪んでしまったことに気付いた。

秋葉を迎えるべく入念にセットしたままの圭子の髪を左手で摑《つか》んで引き起こした。一度宙吊りにしてやると、あまりの激痛に圭子は意識を取戻した。悲鳴を漏らす。

新城は左のバック・ハンドで圭子の口のあたりを一撃した。口が血まみれになった圭子は悲鳴を圧《お》し殺した。

「全部の部屋を案内するんだ。分かったな？」

ベレッタの弾倉に補弾しながら新城は命じた。

「…………」

圭子は顎《あご》をガクガクさせながら頷《うなず》いた。

部屋は全部で十室あった。新城は三十万円以上の値段はするダブル・ベッドが据えられた寝室で圭子を床に坐らせた。自分はベッドに腰を降ろし、

「いい御身分じゃないか。まだ死にたくはないだろう?」

と、唇を歪めて笑った。

「助けて……何でもするわ。わたしを抱いてもいいわ」

圭子は哀れっぽい声を出した。

「秋葉は何時頃に帰ってくる?」

「いつもは午前一時頃。でも、仕事で朝帰りのこともあるわ」

「今夜はいつ頃帰ると言ってた?」

「言ってくれなかったわ。でも、あんまり遅くなるようだと電話を掛けてきてくれるの」

「…………」

新城はサイド・テーブルの電話に視線を向けた。圭子は頷き、

「ねえ、逃げたりしないと約束するから、縄を解いて」

と、呻《うめ》いた。

「逃げようとしたら殺す。それに、秋葉から電話が掛かってきた時に、おかしなことをしゃべ

ってもな」

新城は冷たく言った。

電話が鳴ったのは、二十分ほどしてからであった。ベッドから降りた新城は、受話器を取上げ、圭子の口と耳にそれを寄せた。自分もそれに耳を寄せる。

「圭子か？」

ドスが利《き》いた中年男の声が受話器から流れてきた。

「あ、あなたね？」

圭子は叫ぶように言った。電話の相手は秋葉であろう。

「何かあったのか？」

「いえ。うとうとしてたの。悪い夢を見てて……」

圭子は答えた。

「寝てたのか？　道理で声がちょっと変だ。俺はちょっと帰りが遅くなる」

「何時頃になるの？」

「朝になるかも分からねえ。実はな、汐山マンションで縄張り荒らしが暴れやがったんだ」

「怖いわ」

「心配するな。これから、健と次郎をそっちにやるから、ホールのソファででも横にならせてやってくれ。飲みものと食い物も出してやってもらおう。なあに、ありあわせのものでいい」

「…………」

「じゃあな。健と次郎以外の者がやってきても、ドアを開けるんじゃねえぜ」

秋葉は電話を切った。

受話器を戻した新城は、

「よくやった。これで、あんたは死なずに済みそうだぜ」

と、圭子に言った。

ブザーが鳴ったのは、それから十数分たってからであった。

新城は壁についたインター・フォーンのところに圭子を連れていき、

「今度もうまくやるんだぜ」

と、圭子に言って、インター・フォーンのボタンを押した。

「今晩は姐《ねえ》さん」

気取った若者の声が聞こえた。

「ああ、次郎ちゃんね。いま開けるわ」

圭子は答えた。

新城はボタンを放し、圭子の頭を殴りつけて再び意識を失わせた。拳銃を構えてホールに行く。

玄関のドアを開いた新城はいきなり射った。ドアの向うに立っていた二人のヤクザは、ショールダー・ホルスターの拳銃に手を触れる余裕もなく、胃に二発ずつくらって崩れ折れた。

新城は血が廊下に流れぬ間に、二人をホールに引きずりこんだ。ソファの上に放り出し、頭を拳銃で殴りつけて意識を失わせておいてから、玄関のドアを閉じる。

二人の体を寝室に移した。圭子はまだ気絶したままだ。新城は二人の大東会のヤクザの服をさぐった。二人とも、ショールダー・ホルスターに収めているのは、新品に近いワルサーPPKの三十二口径であった。二人とも、PPKの予備弾倉を二本ずつと、実包五十発が入った弾薬サックをポケットに入れていた。

新城はそれらを自分のポケットに移した。シーツをナイフで裂いてロープを作り、二人の手足を縛った。ゆるく猿グツワを噛《か》ませる。

圭子にもゆるく猿グツワを噛ませた。小さな声は出せるが、大きな声は出せない程度にだ。

それから、まず圭子の耳をライターで炙《あぶ》った。圭子の意識が回復しかかると、二人のヤクザの耳を炙る。

健と呼ばれるほうは、運転免許証から木戸健一、次郎のほうは安川次郎と分かっている。木戸も安川も、なかなかダンディな男であった。もっとも、新城に射たれる前までのことだが。

二人は意識を回復すると、猿グツワの隙間から悲鳴を漏らした。新城は、

「俺が誰だか分かるか？」

と、不敵な笑いを浮かべた。

「あ、あんたか、汐山マンションで殺しをやったのは？」

木戸が喘いだ。

「まあな」

「助けてくれ……腹が痛い。死にそうだ」

木戸は涙をこぼした。

「救急車……救急車を呼んでくれ」

安川はもがいた。

「こ、ここにやってきた目的は秋葉ね。秋葉に何をしようというの？」

圭子が震えながら尋ねた。

「自分の命と、秋葉の命とどっちが大事だ？」

新城は圭子に尋ねた。

「…………」

「誰でも自分が可愛い。だったら、秋葉を警戒させるような真似はよしたほうがいい。約束するな？」

「…………」

圭子は頷いた。

「秋葉はいつ頃ここに戻ると言ってた？」

新城は木戸に尋ねた。

「朝になるだろう、と言ってた」

「そうか。ところで、大東会が第四海堡でフィリピンから戻ってきた船から大量の覚醒剤を受取るのはいつだ？」

「知らねえ」

「本当にそんなこと知らねえんだ。初耳だ」

二人のヤクザは言った。

「しゃべったほうを助けてやる。二人のうちで、先にしゃべったほうをな」

新城は冷たく言った。

「俺たちはまだ幹部見習いだ。そんなことは大幹部じゃねえと知らねえんだ。俺たちはまだ下士官みたいなもんだから、将校の命令通りに動くだけだ」

木戸が呻いた。新城はその木戸の右膝に消音装置がついたベレッタから一発射ちこんだ。手足を縛られたままの木戸は痛さに転げまわった。射たれていた胃にたまっていた血が吐きだされる。

新城は安川にベレッタを向けた。

「ま、待ってくれ！……嘘をつく気は毛頭ない。確かにこのところ、軍事訓練が三日にあげずあった。鋸山《のこぎりやま》の奥で射撃訓練と、射たれたときに転がりながら逃げて射ち返す訓練だ。それに、あと一と月は、無断で旅行してはいかん、と言われていた。だけど、その覚醒剤の話は聞かされてない。本当だ」

安川は猿グツワの隙間からわめいた。

「なるほど……ところで、あんたは？」

新城は圭子に銃口の向きを変えた。

「秋葉は仕事の話はほとんどしてくれないの。信じて！」

圭子は震え続けていた。

「よし、みんなの話を一応信じよう。あとは秋葉がここに帰ってきてからだ。秋葉に口を割らせる。秋葉が、お前たちも覚醒剤のことを知っている、と言ったら、三人とも殺してやる」

新城は言った。

「待ってくれ。正確なことは知らん。だけど、大幹部が話していることをちらっと聞いたことぐらいのことならしゃべれる。だから、俺だけは助けてくれ」

安川が啜《すす》り泣きながら言った。

第四海堡

1

「俺のほうがしゃべる。だから、安川でなくて俺のほうを助けてくれ！」

木戸が呻《うめ》いた。

「いや、俺のほうだ」

安川が木戸に憎悪の目を向けた。

「どっちでもいい。本当のことをしゃべったほうを助けてやる。嘘《うそ》をついたほうは死ぬことになる」

新城はベレッタ・ジャガーを腰だめにしたまま、薄笑いと共に言った。

「分かった、分かってるさ、あんたが殺すと言ったら必ず殺す人間だということは知っている。だから、俺は嘘はつかねえ」

安川が呻いた。

「じゃあ、聞こう」

「第四海堡で、うちの会が、フィリピンから戻ってきた森山運輸の船から大量の覚醒剤《かくせいざい》の粉末を受取るという話は本当だ。あんまり大量なんで、港で陸揚げするのはヤバイから、森山運輸の〝あけぼの丸〟が横浜港に入る前に覚醒剤の粉末を第四海堡に降ろすということだ」

「〝あけぼの丸〟か」

「そう聞いた。第四海堡に降ろされた覚醒剤は、森山運輸の国内用貨物船〝くれない丸〟に積み替えられて、九州製鉄埠頭《ふとう》に運ぶらしい」

安川が答えた。

「待てよ。〝くれない丸〟は、〝あけぼの丸〟が第四海堡に接岸するときには、すでに第四海堡で待っているのか？」

「いや――」

木戸が口をはさみ、

「そんなことをしたら、目立ってしようがない。〝あけぼの丸〟は第四海堡に接近しない。第四海堡のすぐ近くを、ひどくスピードを落として通過しながら、ゴム袋に入れてブイをつけた覚醒剤の荷を次々に海に投げこむんだ。それを、第四海堡の近くでモーター・ボートに乗って待っている俺たちが拾いあげ、第四海堡のなかに隠しておく。〝くれない丸〟は、夜があけてからやってくる。あんたは、第四海堡がどんなところか知らんだろうが、関東大震災のときに岸壁の下が崩れて、コンクリートの大きな塊が海にゴロゴロしていて、暗い時間に大型船を接岸させるのはひどく難しいんだ」

と、言った。

「なるほどな。夜が明けるまで、覚醒剤はどこに隠しておく？」

と新城は尋ねた。

「無人灯台の塔のなかにだ」

安川が答えた。

「〝あけぼの丸〟は灯台側を通るのか？」

「そうだ」

「そうだ」

安川と木戸は、ほとんど同時に答えた。

「第四海堡で、〝あけぼの丸〟が海に投げた覚醒剤の回収作業をする連中の員数は？　勿論《もちろん》、見張りも含めてだ」

新城は尋ねた。

「…………」

「どうした？」

「教えられてない……だけど、三十人以上だろう」

安川が答えた。

「いや、五十人以上だ。安川は嘘をついた。奴を殺してくれ……本当のことをしゃべった俺を助けてくれ」

「嘘だ。本当に教えられてないんだ。もしかすると、百人を越えるかも知れない」

安川がもがきながら言った。

「まあ、いい。その点は秋葉から尋《き》く。ところで、〝あけぼの丸〟から大東会が覚醒剤を受取る日は？」

「…………」

二人は顔を歪《ゆが》めた。

「どうしたんだ？」

「知らん。本当だ」

「そうなんだ」

二人は答えた。

「そうか？　話は変るが、大東会は極星商工会を通じて、韓国から厖大《ぼうだい》な量の武器弾薬を密輸入することになってるそうだな？」

新城は尋ねた。

「そ、そうなんだ」

「俺にしゃべらせろ」

安川と木戸はいがみあった。

「どっちでもいい。本当のことをしゃべった者を助ける。先にしゃべったからと言って嘘をつきやがったんでは命を落とす」

新城は薄笑いした。

「いつ、どこで荷を受取るか、ということはまだ教えられてない。だけど、その荷物をうちが受取ったら、銀城会や神戸の山野組なんか全滅させるだけの戦力になる、と偉い人たちが言っていた」

木戸が言った。

「貴様が知ってるのは？」

新城は安川に銃口を向けた。

「俺も陸揚げの日時や、荷物のくわしい数は知らねえ。陸揚げの場所もだ……」

安川は答えた。

新城はそれから二時間ほど安川と木戸に尋問を続けた。尋問を終えると、二人の猿グツワをきつく縛り直す。

それから、ようやく震えがおさまっている圭子の猿グツワと両手を縛っているベルトを解いた。

「秋葉が帰ってきたら、うまく迎えるんだ。俺がここにいることをカンづかせたら、お前は一生女として使いものにならない体になる。どんなに整形手術を受けても直らないぜ」

と、威嚇《いかく》する。

「分かったわ。でも、秋葉をどうする気？」

圭子は尋ねた。

「秋葉次第だ。奴が利口で、俺に逆らおうなんて気を起こさなかったら、奴は大幹部として生き続けられる。奴が俺を怒らせたら、お前は新しいパトロンを捜す羽目になる」

「分かったわ。わたしからも、あなたを怒らせないように説得するわ」

圭子は答えた。

寝室のインター・フォーンのブザーが鳴ったのは、午前六時近かった。寝室の壁についたインター・フォーンの近くに新城は圭子を運んでいき、立たせると、圭子の首筋にベレッタの消音装置を当てた。

圭子はインター・フォーンのトーキング・ボタンを押し、

「どなた？」

と、尋ねた。

「俺だ。待たせたな」

電話で新城も聞いた秋葉の声がインター・フォーンから伝わってきた。

「あなたのことが心配で、とうとう眠れなかったわ……ちょっと待ってね。いま次郎ちゃんか健ちゃんにチェーンを外させるから」

圭子は答えた。

「早く頼むぜ」

「誰か、お客さんを連れてきたの？」

「いや、一人だ。もう朝なんだぜ。くたくただ」

秋葉は言った。

「いま、すぐ」

圭子は言ってインター・フォーンのトーキング・スウィッチを切った。

新城はその圭子の首筋に左の手刀を叩《たた》きこんで意識を失わせた。横転した圭子を尻目《しりめ》に素早く玄関に急ぐ。玄関のドアの斜め横に立った新城は、急激にドアを開きながら身を伏せた。右手のベレッタの銃口を上向きにする。

四十三、四の精悍《せいかん》な男が、敷居の向うに踏みとどまり、背広の腋《わき》の下のホルスターから、もがくような動作で拳銃《けんじゆう》を抜こうとしていた。

秋葉であろう。新城のベレッタが心臓を狙《ねら》っているのを見て、化石したように全身を硬直させた。

「…………」

ゆっくり立上りながら新城は、秋葉に入ってこいと合図した。

溜息《ためいき》をついた秋葉は、ホルスターから抜きかけていた拳銃の銃把《じゆうは》から、そろそろと手を放した。

秋葉は顎《あご》が角張り、頬骨が突きだしている。血走った目は、普段は残忍な光を宿しているのであろうが、今は恐怖に引きつっている。

両手をだらんと垂らした秋葉は、玄関の内側に足を踏み入れた。新城はその秋葉をやりすごしておき、親指を撃針と撃鉄のあいだにはさんで暴発を防いだベレッタの用心鉄で後頭部を殴りつけた。

2

ガクンと両膝《ひざ》をついた秋葉は、顔をカーペットに突っこむようにして倒れた。新城はドアを閉じ、ノブのエール錠のロックとスライド式の二重錠を掛けた。

意識が朦朧《もうろう》としている秋葉のショールダー・ホルスターからワルサーPPKを奪った。これで、安川と木戸から奪った分をあわせると、新城が身につけた三十二口径のワルサーPPKは三丁になった。

秋葉はワルサーPPK用の予備弾倉三本と百発ほど実包が入った弾薬サックも身につけていたのでそれも奪う。それに、ゾーリンゲン・ヘンケルの黒柄の西洋カミソリも身につけていたのでそれも奪った。

秋葉を引きずって寝室に戻った。手足のロープを外そうともがいていた安川と木戸が、あわてて動きをとめた。

寝室で新城は秋葉を裸に剝《む》いた。小肥りの秋葉の体はがっしりしている。男根には真珠の粒を六個ほど埋めていた。

新城は椅子《いす》に馬乗りになり、タバコに火をつけて深く吸いこんだ。秋葉の意識がはっきりしてくるのを待つ。

秋葉は新城がタバコを一本吸い終えた頃には意識がはっきりしたらしい。しかし、まだ意識が朦朧としている振りをしている。

新城は消音器付きのベレッタ・ジャガーの二十二口径弾で、秋葉の睾丸《こうがん》を射ち抜いた。銃声は小さい。

射たれた途端、秋葉は野猫のような悲鳴を肺から絞りだしながら跳びあがった。尻餅《しりもち》をつくと、

「畜生……畜生……俺の大事な……」

と、ヨダレを垂らしながら呻く。両手で血が流れる睾丸の袋を押えている。

「俺が誰か分かるか？」

新城は尋ねた。

「き、貴様が汐山マンションで暴れた気狂いだな？　圭子に何をした？」

悲鳴を混じえながら秋葉はわめいた。

「心配するな。貴様のお古に興味はねえよ」

「畜生……俺の大事な金玉が……」

「もう一つの金玉も射ち砕いてやろうか？　いや、それよりも、チンポを吹っ飛ばしてやる」

新城は言った。

「やめろ。やめてくれ！　何が欲しい？」

「情報だ。ゼニや貴様の命をもらったところで仕方ないからな」

「情報……？」

「〝あけぼの丸〟が第四海堡の横で覚醒剤を大東会に渡す日時だ」

「〝あけぼの丸〟のことを、健たちがしゃべったのか？」

秋葉は呻いた。

「まあな」

新城は薄笑いした。

「勘弁してくれ、先輩。無理やりにしゃべらされたんだ！」

「俺を見てくれ。この通り、俺は腹と膝を射たれた。しゃべらねえわけにはいかなかったんだ」

安川と木戸が哀れっぽい声を出した。

「畜生……だらしがねえ」

秋葉は唾《つば》を吐いた。

「じゃあ、貴様はあくまで頑張るというのか？」

新城は笑い、ポケットから、バック製の折畳み《フォールディング》ナイフを取出した。刃渡り十センチほどの主刃を起こす。

その刃先を、倒れている秋葉の右眼球に近づけた。悲鳴を絞りだした秋葉は、

「わ、分かった。しゃべる。何でもしゃべる！　だけど、条件がある」

と、わめいた。

「何だ？」

「俺がしゃべったと健と次郎に知られたくない。奴等は支部長に報告する。俺はヤキを入れられて、首を切られてしまう。このマンションも取り上げられてしまうだろう」

「じゃあ、俺はどうしたらいい？」

「それを俺の口から言わすのかい」

「つまり、安川と木戸を俺が片付けたら、しゃべるというわけか」

新城は薄笑いした。

「そ、そういうことだ」

秋葉は震えはじめた。

「畜生！」

「よくもこれまで先輩づらしやがって！」

安川と木戸は罵《ののし》った。

「俺が片付けるのは嘘をついた奴をだ。だから、本当のことをしゃべるんだ。なぶり殺しにされたくなかったらな」

蹲《うずくま》った新城は、秋葉の縮みあがった男根にナイフの刃を当てた。

「〝あけぼの丸〟が第四海堡に接近するのは、十二月二十四日の夜……クリスマス・イヴの予定だ。午後十時の予定だ」

秋葉はしゃべった。

「クリスマス・イヴだと、税関や水上警察の職員は早く仕事を済ませて家に帰りたいから、仕事のほうは適当に済ませるからか？」

「そうだ」

「覚醒剤の粉末の量は？」

「百トン」

「竹村が言った通りだな」

「竹村はどうした？」

「俺は竹村から情報を買った。奴は今ごろ、東南アジアのどこかの国で、女を抱いてうまいものを食ってるだろう」

新城は嘘をついた。

「貴様……あんた、うちの会の覚醒剤を強奪しようとしてるんだな？　よしとけ、無理だ。一人で百人以上の男を相手に出来はしねえ」

「その人数だが……　〝あけぼの丸〟が第四海堡に近づく時、第四海堡やモーター・ボートで待つ大東会の人数は何人なんだ？　百人以上というわけか？」

「〝あけぼの丸〟から投げられた覚醒剤の袋を拾うときには、一隻のモーター・ボートについて四人ずつ乗る。二十隻だ。第四海堡では百人が見張ったり陸揚げを手伝ったりする」

「ボートで拾って陸揚げした覚醒剤のゴム袋は、第四海堡の無人灯台の塔のなかに隠しておく、というのは本当か？」

「そうだ」

「その覚醒剤は夜が明けてから森山運輸の小型貨物船〝くれない丸〟に移されるということだな？」

「そうだ。〝くれない丸〟は、覚醒剤を九州製鉄埠頭に運ぶ」

「なるほど……ところで、第四海堡を警備する連中の武器は？」

「と、言うと？」

「武器の種類だ。威力の程度だ」

「ピストルとカービンと鹿射ち用のバック・ショットをつめた散弾銃だ」

「奴等は、いつから第四海堡で待機する？」

新城は尋ねた。

「予定通りなら、二十四日の昼すぎからだ。ともかく〝あけぼの丸〟は日本に近づいたら、一時間置きに現在位置を打電してくることになっている」

秋葉は答えた。

「分かった。それじゃあ、次の話に移ろう。大東会は、韓国から、極星商工会を通じて、米軍払いさげの大量の拳銃と実包を密輸するそうだな？」

「竹村は、そんなことまでしゃべりやがったのか？」

秋葉は呻いた。

「そうだ。一千万の金に釣られてな。俺が貴様に質問しているのは、奴がしゃべったことと、貴様がしゃべることをチェックするためだ」

新城は言った。

「奴が何を言ったか知らねえが、武器弾薬を積んだ船が入ってくる日時はまだ未定だ。本当だ！」

「どこに着くのかも分からん、と言うのか？」

新城は秋葉の男根にナイフで刻み目をつけた。

芋虫のように身をよじって泣き叫んだ秋葉は、

「木更津飛行場の横の、九州製鉄が買い占めて屑鉄《くずてつ》置場に使っている岸壁だ」

と、しゃべった。

「もう一度尋《き》く。韓国から武器弾薬を積んだ船が着く日時は？」

「本当にはっきりしてないんだ。正月過ぎ……それも松の内が過ぎてかららしい」

秋葉は呻いた。

新城はさらに半時間ほど尋問を続けた。尋問を終えると、

「じゃあ、御苦労。竹村が待っている地獄に送ってやるぜ」

と、ニヤリと笑った。

「ど、どういうことだ！　竹村は外国に逃げたんじゃなかったのか！」

秋葉は脱糞《だっぷん》した。

「竹村は鼠《ねずみ》の餌《えさ》になった。第四海堡のな」

新城は冷たく言った。

秋葉は俯《うつむ》けに転がり、全身をよじって逃れようとした。新城はその延髄《えんずい》をナイフで抉《えぐ》って即死させた。

安川と木戸、それに圭子もナイフで片付けた。

自分が部屋のなかにつけた指紋を拭《ぬぐ》い去った新城は、棚のなかにあった小型のボストン・バッグに、男たちから奪った三丁のワルサーPPKと予備弾薬サックを入れた。

マンションに住んでいるサラリーマンたちが朝の出勤でマンションを出るのと一緒に外に出た。

3

それから一週間後、作業服に安全靴をつけた新城は、栃木県鹿沼の先の黒川の上流にある、銀城会直系の土建会社の岩石採取現場に、東京で盗んできたホロ付きの三菱ジープを近づけた。

そこで採れる岩は、長野の鉄平石によく似ていて、簡単に薄い板状にはがれる上に渋い美しさがあるので、飾り暖炉や玄関の床や壁などに使われるため、高く売れる。

採石場に一キロほどに近づくと、ダイナマイトの爆発音が轟《とどろ》いてきた。新城は林道から横の雑木林のなかにジープを突っこませた。

四輪駆動にしてあるので、そのジープはひどい悪路でも走れた。灌木《かんぼく》をへし折りながらジープは、林道から見えない位置に入りこんだ。

ジープに積んであったヘルメットをかぶり、アメ横で手に入れた米軍用の防弾チョッキを作業服の上からつけた新城は、尻ポケットに消音器付きの拳銃とナイフを入れていた。

ジープの後部座席から、釣竿《つりざお》のケースに入れたカービンを取出す。釣竿ケースのポケットには、三十連弾倉が二本入っている。

新城は大廻りして登り、採石場と向かいあった山に廻りこみはじめる。体力を衰えさせないために、仕事の合間には出猟してヤマドリ射ちをやっている新城には、藪《やぶ》くぐりや、きつい山登りは苦にならなかった。

一時間ほど歩いた新城は、採石場と向かいあった山の中腹にいた。その山と、採石場の半壊した山のあいだに、五千坪ほどの平地があり、飯場と火薬庫が二百メーターほど離れて建っていた。

ダンプが四、五台採石場に駐まり、ダイナマイトで砕かれた大きな岩片をフォーク・リフト車がダンプの荷台に乗せていた。夕陽は大きく傾いている。

新城は山の中腹のカヤ原に腰を降ろし、灌木を楯《たて》にして夜が更《ふ》けるのを待った。

夜になると、飯場で焼酎《しょうちゅう》の酒盛りが行なわれ、ガソリン・エンジンの発電機からとった電灯のもとで花札バクチに労務者たちが夢中になるのが分かった。

その飯場から二百メーターほど離れた火薬庫は木造であった。コンクリート造りだと、何かの拍子に火薬庫のなかのダイナマイトやコーズマイトが爆発したときに、かえって危険だからだ。

火薬も爆薬も、圧力がかかるほど威力が大きくなる。木造だと、簡単に吹っ飛んでしまうから、火薬庫内の圧力が高まらない。

その火薬庫に見張りはついていなかった。近くに手押し車が放置されている。新城は、豹《ひょう》のように音もなく山を降りた。

簡易発電機の電気を使った飯場のなかの灯りは火薬庫までとどかなかった。新城の黒い影は、火薬庫に忍び寄った。黒い手袋をつけている。

火薬庫の扉の錠は南京錠だけ、というお粗末さであった。

そんな南京錠など、作業服の襟《えり》の内側に差してあった針金で簡単に開いた。窓が無い火薬庫のなかに身を滑りこませた新城は、扉を内側から閉じると、作業服のポケットから小型懐中電灯を出して点灯した。

棚に、導火線や電気雷管が入った箱や、起爆装置とコード、それに、ダイナマイトや硝安爆薬やカーリットの箱などが無造作に積まれていた。

再び扉を開いて手押し車を火薬庫内に引き入れた新城は、それに爆薬や導火線や電気雷管などを移した。

手押し車に満載しても、下り坂なので、ジープを駐めてある横の林道まで降りるには大した力は要らなかった。手押し車には、ハンド・ブレーキがついていたから、なおさらであった。

林道の脇に手押し車の荷を降ろし、空になった手押し車を押して火薬庫に戻る。そうやって三往復する間に、一トン近くの爆薬類を運んだ。

林のなかに隠してあるジープにその荷を移し終えるまでには三時間ほど掛かった。ジープの運転席に腰を降ろした新城は、エンジンが掛かると、すぐジープを動かす。

さまざまな工作機械を据えた埼玉のアジトにジープが着いた時には朝になっていた。

シャッターが閉じるガレージにジープを仕舞った。生卵を割って混ぜた黒ビールを大ジョッキに一杯飲んだ新城は、ベッドに転がりこんでぐっすりと眠った。

翌日は、東京と千葉のアジトにも爆薬類を分散する。分散はしたが、千葉のアジトには全量の三分の二ほどを運んだ。ジープのナンバー・プレートや車検証は、無論、偽造したものと替えてある。

次の日は、秋葉原の電気部品のマーケットでさまざまな買物をし、その夜は、模型飛行機用のラジコンを利用して爆薬を爆破できるようにした。

十二月二十二日の早朝、新城は小型のモーター・ボートを使って、ネズミの島の第四海堡に上陸した。ひどい風だ。

岸壁が完全に崩れて石浜のようになっているところから上陸し、丸太のコロを使ってボートを海堡の上に引きあげる。夜でないので、近くのネズミたちは物蔭にひそんでいた。

新城はボートに積んできた手押しのカートに、これもボートに積んできた三百キロほどの爆薬の一部とツルハシやシャベルを乗せた。

無人灯台の近くの瓦礫《がれき》を掘り、爆薬を詰めた金属罐《かん》を埋めて電気雷管とラジコンの受信装置をセットする。その上から瓦礫をかぶせた。ラジオの天気予報は、あと一週間は関東地方に空っ風が吹きまくるだろう、と伝えている。天気予報は当たる時のほうが珍しいが……。

新城は無人灯台の近くの数十カ所に、ボートに積んできた三百キロほどの爆薬の罐を埋めた。いずれにも、電気雷管とラジコンの受信装置をセットしておく。

コロを使って押したボートを、かつては海の要塞《ようさい》であった第四海堡のトンネルの奥の地下広間に隠す。そのボートには、米軍基地から盗んだ自動ライフルと、数丁のハイ・パワー・ピストルや大量の予備弾倉などが積んであった。

トンネルの入口をレンガで隠した新城は、地下広間で二晩を過ごした。

海堡のまわりが騒がしくなったのは、二十四日の昼過ぎであった。約四十隻のモーター・ボートが押し寄せてきた騒音だ。

トンネルの入口近くまで新城が出てみると、大東会の男たちが上陸する音が聞こえた。トンネルの入口のレンガの隙間から覗《のぞ》いてみると、武装した男たちがネズミに石を投げている。

やってきたモーター・ボートのうちの半数ほどは去っていった。上陸した百五十人近くの男たちは、灯台の近くに泥色のテントを二十ほど張った。

テントの支柱を彼等が立てるとき、新城が埋めた爆薬の罐が発見されはしまいかと、新城は脂汗《あぶらあせ》の滲《にじ》む思いであったが、男たちは支柱の穴を深く掘らなかったせいもあって、爆薬は発見されずに済んだようだ。

強風にテントが煽《あお》られて幾つかが倒れた。倒れたテントのなかの男たちは灯台のなかに逃げこんで風を避ける。

夕方になって凪《な》いできた。

テントを畳んだ大東会の男たちは瓦礫の上にエア・マットを敷いて腰を降ろし、携帯レーションを食いはじめた。飢えに胃を焼かれたネズミが物蔭から出てくると、それを狙撃《そげき》して面白がる。

滅多に命中しなかった。派手に銃声をたてても海が音を吸いとってくれるし、猟期中だから、銃声を聞いた漁師がいても不審には思わないだろう。

新城は地下広場から、銃器や弾薬や、ラジコン・ボックスなどを取ってきていた。ヘルメットと安全靴をつけ、防弾チョッキもつけているが、ネズミを狙って大東会の男たちが射つ流れ弾が、トンネル入口のレンガをときどき砕くのには肝を冷やされる。

灯台と新城が隠れているトンネルの入口との距離は三百メーターほどであった。

新城は点滅しながら回転する灯台の灯が消えるリズムのあいだに、トンネルの入口のレンガの隙間を少しずつひろげていった。楽に這《は》い出すことが出来るだけにひろげた。

夜の十時近く、第四海堡の沖一キロほどのところから、貨物船の霧笛が三度聞こえた。海堡にいた大東会の男たちのうちの八十人ほどが、岸壁につないである二十隻のモーター・ボートに跳び乗った。あとの男たちはみんな岸壁に立って沖を見る。

トンネルから這い出た新城は、近くのレンガの山の蔭に移動した。体を起こすと、沖をゆっくりと航海する一万トン級の貨物船が照明弾を夜空に射ちあげ、岸壁を離れたモーター・ボートの群れが貨物船のほうに殺到するのが見えた。

照明弾は次々に射ちあげられた。落下傘付きなので、海面を照らす照明弾の落下スピードはごく遅い。

貨物船から、ブイ付きの大きなゴム袋が海に次々に投下された。

殺到したモーター・ボートは、それぞれ一隻につき、一人が運転係、一人がバランスとりの係となり、あとの二人が荷物をボートに引きずりあげる。

ゴム袋のブイには乾電池を電源としているらしい豆ランプまでついていて、漂う位置をはっきり示していた。

貨物船がゆっくりと去ると、海堡と沖を往復するモーター・ボートの群れは、海に漂う最後の荷物まで引きあげた。

海堡に残っている連中は、岸壁に引きあげた荷物を灯台の塔のなかに運んだ。百トンの覚醒剤の粉末だから、最後の一袋が灯台に運びこまれるまでには、かなりの時間がかかった。

モーター・ボートの連中はみんな海堡に上陸した。陸上にいた連中と一緒に灯台の近くでタバコを吹かしながら冗談を交しあう。

そのとき、新城はラジコンのスウィッチを入れた。

轟音と共に灯台の近くの地面が持ちあがったようになった。次いで火柱が吹きあがる。大東会の男たちの大半が千切れて吹っ飛び、灯台は横倒しになった。

レンガの山の蔭で新城は身を伏せた。その背中の上を、爆発で飛んだ瓦礫が鋭く夜気を嚙《か》んで通過していく。

クルーザー

1

新城はしばらくのあいだ聴覚を失ったような感じであった。固く瞼《まぶた》を閉じていたのに、目を開いてみても、少しのあいだは目がかすむ。

ガーンと耳鳴りが聞こえてくると共に、目のほうも見えてきた。新城は夜間射撃用のシングル・ポイント・サイトをつけたM十六自動ライフルを腰だめにし、レンガの山の陰で立上った。

地面の数十カ所に爆発の大穴があき、あたりじゅうが硝煙のヴェールに覆《おお》われていた。銃のセレクターをセミ・オートにした新城は爆煙が薄れるのを待つ。

はじめに横倒しになった灯台が見えてきた。耳には、重傷に喘《あえ》ぐ大東会の男たちの救けを求める声や悲鳴が聞こえていた。

新城はM十六自動ライフルを頬付けし、シングル・ポイント・サイトを右目で覗《のぞ》きこんだ。左目は大きく開いたままだ。

シングル・ポイントの無倍率の視界のなかにピンクがかった明るい赤い点が浮きあがる。シングル・ポイントは普通のライフル・スコープとまったくちがって、片眼で見た赤点ともう一方の目で見た像が射手の脳のなかで重なるようになっているのだ。

だから、夜間射撃や移動標的に向いている。視差は無いし、接眼距離は自由だ。そのかわり、一つの目標物に向けて、じっと赤点を見つめると次第に目標物が目から消えていくから、精密射撃には向かない。

したがって、シングル・ポイント・サイトを使って射撃する時には、狙《ねら》うのではなく、目標物に向けて突きつける感じでいいのだ。片眼を閉じてしまうと、脳のなかで赤点と目標物が重ならないから、まったく使いものにならない。

新城は一度銃を肩から外した。そのとき、三十メーターほど前を、こっちに這《は》ってくる男が見えた。

新城は素早く銃を肩付けし、頰付けもした。男の頭にシングル・ポイントの赤点が重なる。新城は引金を引いた。

小口径高速弾特有の突き抜けるような鋭い銃声と共に銃口から飛びだした〇・二二三口径弾は、男の頭を吹っ飛ばした。銃口についた消炎器《フラッシュ・ハイダー》のせいで、発射炎はほとんど見えない。反動は小口径弾のために小さかった。

新城はレンガの山の蔭に再び身を沈めた。しかし、射ち返してくる者はいなかった。三分ほど待ってから、新城はそろそろと身を起こしてみた。

今は爆煙はほとんど消えていた。ただ、爆発のあとの穴や窪地《くぼち》にだけは漂っている。この第四海堡《かいほう》は、もとは海の砲台として造られた人工島なので、関東大震災で崩れているとはいえ、地表の下は地下三階造りになっているのだ。

ところどころ、震災を受けても崩れなかった場所があったのが、今度の爆発で崩れたところがある。そういうところは、深い穴になっていた。

爆煙がほとんど消えた今、新城には大東会の連中の様子をかなりつかむことが出来た。

バラバラに吹っ飛んだ肉片や骨片は、ネズミに貪《むさぼ》り食われている。重傷を負った連中の体にもネズミの群れが歯をたてていた。

戦闘能力を残している大東会の男たちは十数人ぐらいしかいないようであった。そのなかには、新城が顔だけは知っている大幹部の管野と中堅幹部の成田がいる。

管野と成田には尋《き》きだしたいことがある。だから新城は、五十メーターほど離れた位置で震えているチンピラの一人にM十六を向けた。

シングル・ポイントの集光体の赤点がチンピラの顔に重なる。新城は引金を絞った。

新城のM十六が鋭い銃声を響かせた。それとほとんど同時に、夜気を嚙《か》んで一発の銃弾が新城の頰をかすめた。

新城は反射的に身を沈めながら、自分が狙ったチンピラの顔が吹っ飛んだのと、二百メーターほど離れた瓦礫《がれき》の山の向うでかすかな銃火が閃《ひらめ》いたのを見た。

新城はレンガの山の蔭で腹這いになった。横に移動する。さっき頰をかすめた銃弾がともなった衝撃波に叩《たた》かれ、頬がズキズキする。

レンガの山の右横に這い出た新城は、セレクターをフル・オートに切替えていた。点射でブッ放す。

M十六には二十連弾倉と三十連弾倉がある。新城は三十連弾倉を使っていたが、そいつはたちまち空になった。

さっき新城を狙って射ってきた男は三、四発射ち返しただけで死体になった。そのほかに、四人の男も死体となる。

弾倉を取替える新城に、生き残りの男たちが銃弾の雨を浴びせた。

だが、彼等は新城のように夜間射撃専用の照準器をつけてない。新城はレンガの山の左側に這い出て射ち返した。

十五本の弾倉を新城が空にした時、少なくとも新城から見える範囲では、生き残っているのは管野と成田だけになった。

二人とも、右腕を射たれて戦闘能力をほとんど失っていた。新城はまだ十本の弾倉が残っている予備弾倉帯を腰につけ、レンガの山の蔭から歩み出た。焼けた銃身のM十六を腰だめにしている。

管野より成田のほうが、新城がいたレンガの山に近かった。チンピラに対してはコケ嚇《おど》しがきくであろう頬傷の跡がある成田は、無表情に近づいてくる新城を見て、

「来るな！」

と、鼻汁とヨダレを垂らしてわめきながら、左手で腰の拳銃《けんじゅう》を抜こうとした。

新城はM十六から三発を速射した。そのうちの一発が成田の左腕の肉を大きくえぐる。

拳銃から左手を放した成田は悲鳴をあげ、

「助けてくれ……助けてくれたら何でもする」

と、喘いだ。

新城はその成田の頭を蹴《け》とばして気絶させた。視線は管野から離さずに、手さぐりで成田の武装を解除し、遠くに投げ捨てた。

管野に近づく。管野ははじめから戦意を失っていた。左手で片手拝みしながら命乞いをする。

新城はその管野の頭も蹴とばして意識を失わせた。武装解除し、成田が倒れているところに引きずってきた。

それから、タバコに火をつけて深々と煙を吸いこむ。半分ほどの短さになったタバコを火口を先にして成田の左耳に差しこんだ。

絶叫をあげて苦悶《くもん》しながら成田は意識を取戻した。新城は二本目のタバコに火をつけ、成田の意識がはっきりしてくるのを待つ。

泣き叫ぶ成田の声が啜《すす》り泣きに変った頃、管野が意識を回復したようだ。しかし管野は、まだ気絶を続けている振りをしている。

「俺が誰だか分かるか？」

新城は成田に無気味に静かな声を掛けた。

「知らねえ。誰なんだ？　秋葉を殺した男か？」

成田は怯《おび》えきった表情であった。

「そういうわけだ。この海堡にいた貴様の仲間も、管野をのぞいて、みんな血祭りにあげてやった」

新城は言った。

「俺は死にたくねえ……助けてくれ」

成田は再び啜り泣いた。

「死にたくなかったらしゃべってもらおう。大東会は極星商工会を通じて、韓国から米軍払いさげの大量の拳銃と実包を密輸する。間違いないな？」

「どうして、そんなことを知っているんだ？」

「貴様は俺の質問に答えたらいいんだ。イエスだろうな？」

「…………」

「どうなんだ？」

新城はM十六自動ライフルの銃口を成田に向けた。

「あんたの言う通りだ」

「陸揚げ地点は？　俺はとっくに知っているが、貴様の答とチェックしたいんだ」

「管野先輩に尋いてくれ。俺は先輩の前で裏切者になることは出来ねえ」

「カッコいいことを言っても俺には通じねえぜ。貴様の本心は、俺が管野を始末したら、安心してしゃべる、というわけだろう？」

「そ、そんな……」

「管野、もう気絶を続けてる真似はよせ。成田は貴様に死んでもらいたがってるんだが、貴様はどうする？」

新城は嘲笑《あざわら》った。

2

「畜生……」

管野は半身を起こし、左手を使って成田に殴りかかった。

「ちがう、誤解だ」

成田は身をよじって逃れようとした。

「二人とも、もういい。仲間争いはよして、俺の質問に答えるんだ」

新城は空中に威嚇《いかく》射撃した。

二人は俯《うつむ》けになって荒い息をついた。新城は管野に、

「さっき成田に尋ねてたことを聞いたろう？　拳銃の陸揚げ地は？」

と、迫った。

「しゃべる。何でもしゃべるから……陸揚げ地は、木更津飛行場と江川の漁村とのあいだにあ

る九州製鉄の屑鉄埠頭《くずてつふとう》だ」

管野は呻《うめ》いた。

「やっぱりそうか。拳銃を積んだ船が着くのはいつだ？」

「一月十日だった。だけど、秋葉が拷問されてしゃべった形跡があるので、二月五日に変更された。俺たちがあんたに殺《や》られたと分かったら、また船が着く日は変えられるだろう」

「船が着くのは夜か？」

「いや、真っ昼間の二時の予定だ。どうせ、拳銃や弾薬は梱包《こんぽう》されているから、昼間堂々と陸揚げしたほうがあやしまれずに済む。トラックに積み替えて、うちの会の倉庫に運ぶわけだ」

「その倉庫はどこにある？」

「本部ビルの地下三階だ。八トン・ダンプも出入りできる」

「なるほどな。そうか、入港予定はまた変るかも知れない、というわけだな」

「…………」

「話は変るが、この第四海堡に陸揚げされた覚醒剤《かくせいざい》の粉末は、夜が明けてから、森山運輸の国内貨物船の〝くれない丸〟が受取りに来る予定になってるんだな？」

新城は言った。

「その通りだ」

管野は答えた。

「森山運輸をコンツェルンの一部門として持っている森山大吉について、くわしくしゃべってみろ」

新城は言った。

管野と成田は、かつて竹村がしゃべった森山に関する情報よりもさらにくわしくしゃべった。

聞き終えた新城は、

「御苦労」

と、二人を射殺した。成田の左耳に二発射ちこんで頭を吹っとばし、耳の孔《あな》にタバコを突っこんだことが分からないようにした。

それから新城は、爆発であいた穴を覗《のぞ》きこんで歩いた。爆煙は消えている。穴のなかで重傷は負ってはいても死にきれていない者を見つけると、容赦なく射殺した。

それから新城は、第四海堡のなかの隠れ家である地下広間へのトンネルにもぐりこんだ。入口近くは爆発の震動でかなり崩れていたため、コンクリートやレンガの塊を外に捨てるのに手間どったが、奥のほうは崩れてない。

地下広間に残してあったM十六の予備弾倉を腰に捲《ま》き、三十キロほどの導火線付きダイナマイトを持って外に出た。

倒壊した灯台の基部に歩く。そこには、ゴム袋に入れられたままの覚醒剤の粉末が大量に散らばっていた。

新城はダイナマイトをそこに置くと、一袋二十キロの覚醒剤を五袋左肩にかつぎ、岸壁に行った。

岸壁につながれた二十隻のモーター・ボートのうち、五隻が爆発の被害を受けてなかった。新城はそのうちのニッサン・マリーン三リッター百七十馬力の船内機エンジンを二基積んだヤマハS十八CRを選び、運んできた覚醒剤の粉末の袋を積んだ。

ほかのモーター・ボートに積まれていた燃料のドラム罐《かん》を一度岸壁に移す。四十本近くあった。そのうち二サイクル用の混合油と四サイクル用のガソリンがほぼ半々だ。

新城はガソリンのドラム罐四本をヤマハS十八に移した。残ったドラム罐を一本ずつ転がして、灯台の基部まで運んだ。

さらに二百キロの覚醒剤の粉末をヤマハのボートに運びこむ。それでも灯台の基部に残っている覚醒剤の粉末は四千数百キロある。

新城は灯台の基部に運んであったドラム罐のガソリンや混合油を、覚醒剤の大量の袋にぶっ掛けた。その下に三十キロのダイナマイトを突っこむ。

ヤマハに戻る。そいつはキャビン付きだから、正確に言えばモーター・クルーザーだ。

そいつのイグニッション・スウィッチにはキーが差しこまれてあった。オンにすると、燃料ゲージは、ほぼ満タンを示した。念のために燃料タンクのキャップを開いてロッド・ゲージを抜いてみる。

タンクには九分目ほど入っていた。キャップを閉じた新城は、キャビンのうしろの一段高いところに据えられたコック・ピットに腰を降ろし、スターターをオンする。

スロットル・ボタンを軽く引いて二分ほど千回転でアイドリングさせてから、新城は舫《もや》いのロープを解いて前進レヴァーを入れた。エンジンの回転をさらに上げる。

二基のエンジンの二つの回転計の針がぴったりと同じ数字を示しながら昇っていった。モーター・クルーザーは、船首をあげて跳びだす。

灯台側の沖に三百メーターほど出たところで新城はクルーザーを停止させた。ガソリンや混合油を振りまいた覚醒剤の袋のあたりを目がけ、M十六からフル・オートで乱射した。

二弾倉を空にした時、銃弾が岩かレンガかコンクリートの破片か鉄筋に当たったときに生じた火花が、ガソリンに引火したのが見えた。

新城はクルーザーを再び動かし、全速で第四海堡から遠ざかる。

その背後で、ガソリンや混合油が炎を渦まかせて燃え狂っていた。一キロほど遠ざかった時、ダイナマイトの一つが爆発し、その爆発はほかのダイナマイトに伝わっていった。

振り向いた新城は、第四海堡から吹きあがった巨大な火柱を見た。凄絶《せいぜつ》に美しい光景であった……。

約半時間後、新城が操縦するヤマハ・クルーザーは、館山と白浜のあいだにある南房州道路、いわゆるフラワー・ラインの脇《わき》の砂浜に近づいた。

その有料道路と砂浜とのあいだは、かなりの幅の松林、それにヨシズに囲まれた花畠だ。

砂浜とはいっても、川が流れこんでいるあたりには岩場がある。新城は幾つかある川の一つの河口へモーター・クルーザーを微速で近づけた。遠浅だが、河口のあたりにだけは水路がついている。

河口の護岸にクルーザーを寄せ、杭《くい》にロープをつないで上陸した。その近くの松林のなかに、一台のワゴン型ジープが駐《と》めてあった。

松林の持主に特級酒を五本進呈し、十日間だけという約束でジープを置かせてもらっているのだ。そのジープのエンジン・ナンバーは打ち替え、ナンバー・プレートは偽造品を付けている。

新城はそのワゴン型ジープのドアをキーで開いた。なかを覗いてみたが、いたずらされた形跡はない。

バッテリーが上ってしまった場合にそなえて、そのジープは予備バッテリーを毛布に包んで後部フロアに二個置いてあった。

だが、運転席に坐ってエンジンを掛けてみると、寒冷地仕様の大容量のバッテリーは力強くセル・モーターを動かし、エンジンに生命が通った。

チョークを引いてエンジンをアイドリングさせておき、新城はモーター・クルーザーから覚醒剤の袋を何度かに分けて運んできた。ジープの後部フロアに積む。

もう一度モーター・ボートに乗りこんでUターンさせた新城は、フル・スロットルにすると共に護岸に跳びあがった。

脇腹を何度か護岸にぶっつけながらも河口を出たモーター・クルーザーは沖に向けて消えていった。

新城は再びジープの運転席に戻ると、チョークを押しこみ、四輪駆動にして発車させた。

直線が多いフラワー・ラインの良好な路にジープを出し、白浜側に車首を向けた。料金所に二キロほどのところで左のガタガタ道にそれる。

3

新城が着いたのは、千倉《ちくら》の外れの岩礁《がんしょう》が多い海岸に近い松林のなかの小さな一軒家であった。

そこは東京で小さな工場の社長をやっている男が別荘用として建てて使っていたのだが、ドル・ショックで倒産寸前になり、貸し別荘にしたのだ。

新城は東京の不動産屋を通じて偽名でそこを借り、千倉の町に買物に出た時には、自分は無名の画家だと言ってあった。

母屋の横の木造の、すでに軽四輪が入っているガレージにジープを突っこんだ新城は、母屋の台所のドアを開いた。台所から岩礁まで歩いていける。

台所のなかに大きな米国製の中古の冷蔵庫があって、必要とあれば一カ月分の食料をストックしておける。

新城はその台所の食器棚をずらし、床についた揚げ蓋《ぶた》を開いた。コンクリート製の隠し物入れが現われた。

新城はそのなかに、ジープから覚醒剤の粉末の袋を運んできて放りこんだ。最後の一袋のゴムをナイフで破り、その下のビニールも破って白い粉末を皿に少し取りだした。

揚げ蓋を閉じ、食器棚をもとに戻した。覚醒剤の粉末が入った皿と武器弾薬を持って、台所の横の食堂兼居間に入った。

その部屋は板張りだ。二十畳ほどあった。その部屋からも海が見える。一隅にもっともらしく、部屋から見た海の風景を描きかけているキャンヴァスがイーゼルにたてかけてあった。

自動ライフルと弾倉帯を低いテーブルの裏にガム・テープで貼りつけた新城は、一度母屋から出てガレージの扉を閉じた。

台所の冷蔵庫からよく冷えたビールを数本と、これもよく冷えたビーフィーターのロンドン・ジン、それにボロニア・ソーセージの一キロの塊を持って食堂兼居間に戻る。

口のなかにジンを放りこみ、ビールで胃に送りこんだ。ジンを三分の一壜とビールを一本たて続けに飲んだ頃、やっと軽い酔いが廻ってきた。

新城は部屋にあるステレオ・セットに組込まれたラジオのFMのボタンを押した。

「こちら、県警××号……本部応答願います……どうぞ……」

と、パトカーの無線ラジオの声が出てきた。

FMに偽装しているが、警察無線の極超短波を聴取出来る装置が、ステレオ・セットのなかに組込まれているのだ。波長はいま、千葉県警のものに合わせてある。

県警本部の一斉指令室は、いま事件処理中のものをのぞいて、全パトカーは富津港《ふっつ》に直行するように命じていた。何度も何度もくり返す。

新城は警察無線を聴きながら、皿に乗った〇・五グラムぐらいの覚醒剤の粉末を舐《な》めてみた。苦い。新城はそれをビールで胃に送りこみ、海側のカーテンを開くと、電灯を消してソファに腰を降ろした。ソーセージをかじり、ジンとビールを飲む。

「全パトカーに告げる。第四海堡で一時間ほど前に大爆発が起こった。何か大がかりな犯罪が行なわれたらしい。全パトカーは房総沿岸に散って、不審なモーター・ボートや漁船が接岸してきたら、乗組員を逮捕せよ」

本部の無線マイクは指令を発した。

それから夜明けまで、新城はパトカーと本部のあいだで交される無線を傍受した。パトカーは何隻かの漁船の乗組員を逮捕したようだ。

ときどき覚醒剤の粉末を舐めていたために、アルコールが体に廻ってきても新城は眠くなかった。覚醒剤の粉末は本物らしい。

早朝の二時間ほどを睡眠薬を飲んで仮眠した新城は、再び警察無線を傍受した。夜が明けてから水上警察と共に第四海堡に上陸した県警の捜査員たちは、おびただしい死体とガソリンで焦《こ》げた上に爆発で散らばった覚醒剤の粉末を発見して昂奮《こうふん》の極に達したようであった。

それから一週間にわたり、大東会千葉支部の生き残りの者たちはひそかに県警本部に呼ばれて事情聴取されたが、彼等は知らぬ存ぜぬで通したようだ。

一方、大東会のライヴァルの組織暴力団が、弱体となった大東会千葉支部の縄張りを着々と奪っていった。

ついには、大東会の最大の強敵である神戸の山野組までが千葉に乗りこみ、大東会と銀城会が縄張りを分けあっている曙街で事務所開きをやったことも警察無線から分かった。

新城は韓国から密輸されてくる大東会の大量の拳銃や弾薬を奪う時に、山野組を利用する積りだ。

だが、その前に、木更津の九州製鉄の屑鉄埠頭の地形をよく見ておかねばならぬ。

年が改まった一月の十日過ぎ、新城はガレージからホンダの軽四輪を引っぱりだした。東京で盗み、千葉の偽造ナンバー・プレートをつけたその軽四輪のボディは錆《さび》だらけであった。木更津精工と書いてある。無論、新城が書いたのだ。

新車に近いやつをわざと錆だらけにした車だから、エンジンやドライヴ・トレインはまだしっかりしていた。

作業服をつけ、国産の安っぽいメタル・フレームのブルーのサングラスを掛けた新城は、車のトランクに、キャンヴァスで包んだM十六自動ライフルと弾倉帯を積んだ。ホンダの軽四輪の場合、後部シートの背を倒すと、車のなかからも、トランク・ルームの荷を取出すことが出来る。

昼近くであった。新城は館山と鴨川や鹿島のほうを結ぶ国道百二十八号に向けて、山のなかの舗装が荒れた道を飛ばす。このあたりは沖縄のように常緑樹の葉が冬でも黒っぽい。

百二十八号に突き当たって左折する。このあたりにも三矢財閥は大々的に進出し、三矢不動産は道路の左右の山を崩して住宅地を造っていた。崩した山の土は砂利として利用するため、国道の上まで砂利のコンヴェア・パイプが通っている。

道にはダンプが多かった。新城の軽四輪は、無茶な追越しをかけてくるダンプに、しばしば踏み潰《つぶ》されそうになる。

館山港の近くの大衆食堂の近くに新城は軽四輪を駐《と》めた。港と産業道路をへだてて自衛隊のヘリ・ポートがひろがっている。

大衆食堂で新城は久しぶりに外食した。五目ソバの大盛りを食う。汁気がたっぷりした麺類《めんるい》に飢えていたので、さらにチャーシューメンも平らげた。

店を出ると、海岸に沿った国道百二十七号を木更津のほうに向かう。

左手に見え隠れする海岸の風景は伊豆にくらべるとかなり単調であった。新城は富山《とみやま》町の海岸にある海浜公園の駐車場に一度車を駐めた。

そこからは岩礁の海に降りられる。ドライヴの途中らしい親子が、岩礁でヤドカリを拾ったり、ハゼをつかまえたりしている。

新城は駐車場の横のトイレで腹を軽くし、再び車を走らせた。

やがてフェリーの発着場があり、怪奇な形の鋸山《のこぎりやま》がよく見える金谷を通過する。湊《みなと》を過ぎ、佐貫《さぬき》で左折して富津に向かった。

狭い道だ。道の近くの畠や山のなかに、ときどき、九州製鉄の下請けの工場の従業員用の鉄筋コンクリート建ての団地の棟が忽然《こつぜん》と現われる。

富津の町に入りT字路に突き当たると、左側が岬の根元の富津公園、右手に道をとると九州製鉄の工場と従業員団地だ。

　新城はまず左手の公園に向かった。

　その臨海公園は静かなたたずまいを見せてはいたが、九鉄からの煤煙《ばいえん》が飛んでくるのを防げない。

　車から降りた新城は、池が広い公園を駆け出した。麺類で一杯になっている胃を少しでも小さくしなければならぬ。もしこんな胃の状態の時に腹を射たれたら、確実に腹膜炎を起こしてしまう。

　一時間ほど駆けている間に、再び新城は便意をもよおしてきた。公園の公衆便所で再び腹を軽くする。軽四輪に戻った新城はシートをリクライニングさせて仰向けになり、二本のタバコを灰にしてから再びスタートさせた。

　Uターンして公園を出て、先ほどのT字路を真っすぐに走らせる。

　やがて左手に、丘の上までひろがる九鉄のマンモス団地と、グリーンの高い塀にさえぎられた九鉄君津製作所の長い長い工場群が見えてきた。

　新城は左にハンドルを切り、工場に近づいた。道の左右には九鉄の下請け工場やボウリング場やスーパー・マーケットや飲食店が並んでいる。

　工場の手前はマンモス駐車場になっているが、そこにさえ入りきれぬ車は、まだ沼が残る広い空地に数百台駐まっていた。

　新城は工場とマンモス駐車場の前を通る道路をまず左に行ってみた。やがて、工場の南ゲートに来る。

ゲートの真ん中の大きなゲート・ボックスのなかでは、自衛隊員のような格好をし、ＭＰのそれに似たヘルメットをかぶったガードマンが数人、出入りの車をチェックしていた。

新城は唇を歪《ゆが》めてその前でターンし、工場前の道路を戻っていく。数キロ北に行った左手に九鉄の事務所ビルがあり、右手はマンモス団地への入口の道であった。

新城はマンモス団地に軽四輪のエンジンとギアを唸《うな》らせて登っていった。鉄筋の団地群は、ヴェランダがブルーとイエローに統一されている。

夕食の買物時間なので、九州弁が残る主婦たちが歩道を占領し、スーパー・マーケットのあたりは彼女たちの車が乱雑に駐められていた。

団地の丘の頂上近くに新城は軽四輪を停めた。この高さから見ると、先ほどはグリーンの高い塀にさえぎられていた九鉄の工場群がよく見える。

無数の煙突が凶々《まがまが》しい煙や炎を吐きだしている。その工場の一つは、かつて新城の一家が住んでいた家の上に建てられているのだ。

暗い瞳をその工場に据え、新城はしばらくのあいだ、口のなかで呪《のろ》いの言葉と復讐《ふくしゅう》の誓いを呟《つぶや》いていた。

団地を降りた新城は、工場の前の道路をさらに北に向けて軽四輪を走らせた。臨海産業道路の道幅は上下六車線になり、無数のダンプやトラックが砂塵《さじん》のなかをブッ飛ばして、西部の街道町のようだ。

ここもフェリーの発着場がある木更津の港の前を過ぎると、航空自衛隊や米軍の駐屯基地が左手にひろがる。自衛隊の駐屯地もマイカーが多い。

そこを過ぎると、いよいよ木更津の飛行場であった。滑走路は金網で国民からへだてられている。新城は飛行場の北側に廻っていった。

ひどい道だ。泥んこ道であった。道の右側も防衛庁のものだが、農家が畠として使っている。滑走路の北側で新城は金網沿いに左に折れた。

滑走路と泥んこ道とのあいだに葦《あし》が茂った小川があり、地面に出ていた小さなカニの群れが、近づく新城の車の音を聞いて、あわてて小川に逃げこむ。

乗込む

1

その小川に沿って新城がホンダの軽四輪を走らせると、やがて海の五百メーターほど手前で小川は横に走るコンクリート道路の橋の下に隠れた。

橋の向うで小川は、幅五十メーターほどの運河と変っていた。運河には、千トン級の小型貨物船が数隻浮かんでいる。

運河の右側が十万坪の九州製鉄屑鉄埠頭《くずてつふとう》であった。運河側と海側の埠頭をのぞいて、鉄柵と金網に囲まれている。そのなかには数十万トンの屑鉄が野積みされ、幾つかの倉庫や事務所も見える。トラックが数十台駐《と》まっていた。

左側の木更津飛行場に沿った泥んこ道は、コンクリート舗装の道路に突き当たったところで途切《とぎ》れるので、新城は右にハンドルを切ってコンクリート道路に入った。

飛行場と反対側に向けて軽四輪をゆっくりと走らせる。やがて、屑鉄埠頭の正門の前を通り過ぎようとする。

そのとき、白バイによく似せた二台のホンダの七五〇《ナナハン》の二輪が正門の内側から爆音と共に跳びだしてきた。

二台のナナハンにまたがっている九鉄のガードマンは、これまた白バイの警官によく似た服装をしていた。ヘルメットやブーツもよく似ている。

二台のナナハンは赤灯をつけ、サイレンを咆哮《ほうこう》させて新城の盗品の軽四輪を左右から一気に追抜いた。二人のガードマンは、鮮やかな手ぶりで新城に停車を命じた。

新城は一瞬、停車すべきかどうか迷った。しかし、ガードマンたちを言いくるめることも出来る可能性があると思って、道の左端に寄せて停車する。

作業服のジッパーを引きおろし、腋《わき》の下のホルスターに収めたベレッタ・ジャガーをいつでも抜射ちできるようにした。

二人のガードマンは、それぞれ白いナナハンを新城の軽四輪の前に停めた。それから降りると、運転席の左右に立った。

新城は右側の窓を開いた。覗《のぞ》きこんだ右側のガードマンが、

「免許証」

と、提示を求める。

「あんたたち、ポリじゃないんだろう」

新城は言った。

「ここは九鉄の私道だ。我々は九鉄の保安部員だ」

ガードマンは言った。

「だからといって、運転免許証まで出せと言うことはないだろう」

「つべこべ言わずに降りろ。降りねえと、引きずり降ろすぞ」

「分かったよ」

新城はゆっくりと車から降りた。

「あんたは誰だ？　何の用があってここをうろついてた？」

「見たら分かるだろう？　車に書いてる通り、木更津精工の者だ。長須賀の木更津特殊金属に頼まれていたタップとネジを届けてから、すぐにうちの会社に戻るのも面白くないんで、ぶらぶらと車を走らせてたんだ」

新城は言った。

「木更津特殊金属といえば、九鉄の子会社だ。電話で確認をとってくる。あんたの名前は？」

「俺の名はこれだ」

新城は電光のようなスピードで、ショールダー・ホルスターから、消音器がついたベレッタ・ジャガーを抜いた。

右側のガードマンの眉間《みけん》を射ち抜く。二十二口径ロング・ライフルの小さな実包である上に消音装置を通したものであるから、銃声はごく小さかった。

射たれた男は前のめりに突っ伏した。

新城は、あわてて腰のベルトに吊ったホルスターからS・W三十八口径のリヴォルヴァーを抜こうとしているもう一人のガードマンにベレッタを向けた。ニヤリと笑う。

「う、射つな……」

拳銃《けんじゅう》から手を放したその若者は喘《あえ》いだ。顔は血の気を失っている。

「世の中には、貴様のようなチンピラを怖《こわ》がらぬ人間が何人でもいるということを知っておいてもらいたい」

新城は静かに言った。

「分かった……助けてくれ。見逃してくれ」

「会社のガードマンがハジキを携帯しているのはおかしいな。貴様はどこの組織の者だ?」

「大東会だ……あ、あんたは、大東会の者たちを虫ケラのように殺している男か?」

若者は黄水を唇から垂らしながら言った。

「貴様も虫ケラだ、ウジ虫だ」

「やめてくれ……射たないでくれ」

若者は体を折って吐きはじめた。

「ここは、どうしてこんなに警戒が厳重なんだ? 誰にでも、通りかかった者に、職務質問まがいのことをやってるのか?」

新城は尋ねた。

「あ、あんたを警戒してたんだ。あんたが本人とは知らなかった……俺は何て運が悪いんだ

「……」

「俺がここに近づいたら、九鉄や大東会としては何か都合の悪いことがあるのか」

「知らねえ、あんたも言ったように俺はチンピラだ、くわしいことは教えられてない。ともかく、この屑鉄埠頭に近づく者がいたらチェックして、不審な者は事務所に連れこむように、と命令されてるんだ」

男は言った。

「そうか」

新城は呟《つぶや》くと、その男の眉間もベレッタ・ジャガーで射ち抜いた。地面に転がっている二個の空薬莢《からやっきょう》を拾ってポケットに仕舞い、ホンダの軽四輪に戻った。

軽四輪を少しバックさせる。その時、正面の外にガードマンが四人走り出てきた。

新城は前にある二台のホンダ七五〇《ナナハン》の二輪を跳ねとばして逃げた。拳銃を乱射しながら追ってきたガードマンたちは、横転してエンストしている二台のナナハンを二人ずつで引起こし、エンジンを掛けようとした。

しかし、新城の車に跳ねとばされた時に配線が外れたらしくエンジンは掛からない。その間に新城は、九鉄の専用道路をエンジンをフル回転させた軽四輪で突っ走った。

その道路は、三キロほど行ったところで、国道十六号に合流していた。ブレーキングとシフト・ダウンで急激にスピードを落とした新城は、ライトが割れ、フェンダーやフロント・グリルが変形した軽四輪を国道十六号に乗入れた。

千葉市側に向けて少し走らせ、右折して十六号を外れる。その道の先に砂利採取場があるようだ。ダンプが新城の軽四輪をはじき飛ばすようにして追越していく。

一台が狭い道で強引に追越すとき、新城の軽四輪のフロント・フェンダーを引っぱがした。ショックでふらつく車を何とか新城が立直すと、追越したダンプは急停車し、運転手と助手が薄ら笑いを浮かべて降りてきた。

新城も車を停めて車から降りた。ダンプの運転手が、

「ど素人め。もたもたしやがるからそんなことになるんだ」

と、罵《ののし》る。作業服の前をひろげ、ラメが光る腹巻に差した短刀を見せびらかしている。

「ぶっつけたのは貴様のほうだ。払ってもらおう」

新城は二人に近づいた。

ダンプの運転手は、新城のたくましい体と殺気にぎくっとなったようだ。しかし、運転手は、

「ふざけるな。命があっただけましだと思うんだな」

と、せせら笑う。

新城は手刀の一撃でその運転手の首を叩《たた》き折った。運転手は吹っ飛ぶと、芋虫のようにもがいた。鼻からも耳からも血が噴《ふ》きだす。

「…………」

悲鳴をあげた助手が運転台のなかに逃げこもうとした。

新城はその襟首《えりくび》を摑《つか》んで引きずり降ろした。

「野郎！」

助手は口から泡を噴いてわめきながら、腹巻に差していた短刀を抜こうとした。

新城は小枝でもへし折るように助手の右手首を折った。猫のような悲鳴をあげる助手の心臓に手刀をくいこませる。

肋骨《ろっこつ》をへし折った新城の右手は助手の心臓に達した。心臓を摑《つか》みだしてよく見せてやると、助手は気絶したきり絶命した。

2

摑みだした心臓を助手の顔に投げつけた新城は、軽四輪の助手席にあったセーム皮で手の血を拭《ぬぐ》った。二つの死体を軽四輪のなかに押しこめる。

その車のトランクから、キャンヴァスで包んだM十六自動ライフルと弾倉帯を取出し、エンジンが掛かったままのダンプの運転台に登った。

そのダンプは空荷であった。新城はキャンヴァスの包みを助手席の床に置き、ノン・シンクロのセカンド・ギアを入れて発車させた。

少し行ったところにターン出来る空地があったので、そこでダンプをUターンさせ、国道十六号に向けて走らせる。ロー・ギアは坂道発進の時ぐらいしか用いない。

国道に出る少し手前で一台のダンプとすれちがったが、そのダンプの連中は、新城が運転しているダンプが強奪されたものであることに気付かないようであった。

半時間後、新城は習志野の自衛隊基地に近い狭い道路で、後ろからやかましくクラクションを鳴らし追越そうとするマツダ・カペラGSを妨害していた。

そのカペラに乗っているのは、運転席についている土地成金のドラ息子のような長髪の若い男だけだ。

新城は道路を斜めにふさぐ格好にダンプを停めた。カペラは急ブレーキを掛けた。追突もせずに停まる。

カペラの若い男は、車から降りる度胸は、持ってなかった。車窓を閉じたまま、クラクションを鳴らし続ける。

新城はダンプから降りた。カペラはバックしようとした。走り寄った新城は、エンジン・フードの上に跳び乗った。

若い男はバックさせながらジグザグ運転を続けた。新城を振り落とそうという気だ。

しかし、慣性の原理に車は敗れ、横の草地に大きく跳びだした。若い男はギアを前進に切替えて草地から脱出しようとした。

草地の下は砂地であった。駆動輪が砂にのめりこんで空転する。若い男はドアを開き、

「助けてくれ！」

と、わめきながら逃げようとした。

新城はその男が死なないように手加減して首の付け根を殴りつけた。昏倒《こんとう》したその男をダン

プの運転席に放りこむ。

ダンプを横の草地に突っこませ、キャンヴァス包みを持ってカペラに戻る。包みをエンジン・スウィッチから抜いた鍵束《かぎたば》のうちの一本のキーで開いたカペラのトランクに仕舞う。

カペラのギアをニュートラルにし、トランク・ルームの外板に肩を当てて新城は押した。凄《すさ》まじい新城の体力にかかったら、スタックした小型車が道路に押戻されることぐらいは簡単であった。

新城はエンジンを掛け、何度かハンドルを切ってカペラの車首を習志野の市街のほうに向ける。ロータリー・エンジンはタービンのようになめらかに回った。

習志野市の新興住宅街にある新城のアジトの一つは、そこからも、八分しか離れてなかった。新城はそのアジトの二台の車を収容出来るガレージのなかにカペラを突っこんでシャッターを閉じた。

その日は習志野のアジトで夜を過ごし、翌日、とりあえず偽造ナンバー・プレートをつけたカペラを、埼玉県与野のアジトに運んだ。

そのアジトには、さまざまな工作機械が据えられている。新城はそこで、カペラのエンジン・ナンバーとシャーシー・ナンバーを打替え、偽造ナンバー・プレートも精巧なものをつけた。車検証も偽造する。

そうやって安全なものにしたカペラを駆って、新城は千葉の千倉のアジトに戻った。

その夜、レイバン・イエローのシューティング・グラスを掛け、濃い付け髭《ひげ》をつけた新城の姿が千葉市にあった。

千葉ステーション・ビルの裏の二十四時間営業の駐車場にカペラを置き、栄町界隈《かいわい》の歓楽街を歩く。

銀城会にかわって大いに勢力をのばしていた大東会も、今は神戸から進出してきた山野組に大部分の縄張りを奪われて、暴力団地図の塗替えが予想以上に早まっているのが分かった。

シキテンを切っている大東会の連中は、曙街のトルコ風呂の密集地帯に、自衛する構えでかたまっていた。そのほかのシマでは、三角のなかに山の字が入ったバッジの山野組が大きな顔をしてのさばっている。

新城は東和ボウリング・センターに近い山野組の事務所に向かった。そこは表向きは芸能プロダクションの看板をかかげた四階建てのビルであった。

ビルの玄関に入ると、見張りのチンピラが四人、新城を取囲んだ。

「どなた様で？」

「どういう御用でしょうか？」

と、関西訛《なま》りを無理に関東弁にした口調で尋ねる。

「支部長に面会したい」

新城は言った。

「紹介状はお持ちで？」

「残念ながら持ってない。だけど、支部にとっていい稼ぎになる話を持って来た。取次がない

「と、あんたたち、あとで後悔することになるぜ」


「何やと？　こっちが下手《したて》に出てりゃ、でかい口を叩きやがって」

　新城は言った。


「叩き出してやる」

　四人のチンピラは一斉に新城に殴りかかってきた。

　新城は素早く動いた。全身が目にもとまらぬ早さで動く。

　新城の動きがとまった時、四人の男たちは鳩尾《みぞおち》に当て身をくらったり睾丸《こうがん》を蹴潰《けつぶ》されたりして倒れ、炙《あぶ》られた芋虫のようにのたうっていた。

　一階にいた事務員は逃腰になり、商談で来ていたらしいストリッパーやトルコ娘が派手な悲鳴をたてた。

　そのとき、二階から拳銃を腰だめにした幹部級の男が二人駆け降りてきた。階段の真ん中あたりで立ちどまり、

「誰だ、てめえは！　縄張り荒しか！」

　と、わめく。


「早まらないでもらいたい。商売の話を持ってきたんだ」

　新城は答えた。


「うるせえ、さっさと帰らねえとブッ放すぞ」

　幹部の一人はわめいた。

「頼む、俺の話を支部長に聞いてもらいたいんだ」

新城は静かに言った。

「うるせえ」

幹部たちは新城に拳銃の狙《ねら》いをつけようとした。

新城は体を倒しながら、腰のホルスターにつけていたコルト・パイソンの三五七マグナム・リヴォルヴァーを抜射ちした。ダブル・アクションなので、少々引金が重くなるが、一発ごとに親指で撃鉄を起こす必要はない。

二インチ半の短い銃身から発射された二発の三五七マグナム弾の轟音《ごうおん》は、ビルのなかに凄まじく反響した。窓ガラスが割れそうに震える。

二人の幹部は拳銃を構えていた右腕を肘《ひじ》の上でブチ抜かれた。

腕が千切れそうになった二人は拳銃を放りだすと、あっけなく失神した。階段を転げ落ちてくる。

新城はマグナム・リヴォルヴァーのシリンダー弾倉を左横に開き、エジェクチング・ロッドを勢いよく押した。

六個の薬室に残っている四発の実包はエクストラクターに引っかけられて浮上がっただけだが、二個の空薬莢は跳びだした。

新城は二発の実包——三十八口径スペッシャルの薬莢をのばして火薬量を増やしたのが三五七マグナムだ——を空になった二つの薬室に装塡《そうてん》し、シリンダー弾倉を閉じた。

「だから、よせと言ったんだ」

と、呟く。

一階にいる者は、みんな床に伏せていた。

その時、壁についたスピーカーから、

「ハジキを捨てろ、ハジキを捨てて両手を挙《あ》げるんだ。そうでないと、組織の総力をあげて貴様を狩りたててやる」

と、ドスが利いた声が命じた。

「あんたが支部長か？」

新城は叫んだ。一階のどこかに隠しマイクがついている筈《はず》だ……と、思う。

「俺が支部長の安本だ。貴様は誰だ？　どこの組の鉄砲玉だ？」

「どこの組の者でもない。話があってやって来た。ただ、言えることは、大東会に恨みを持っている者だ、ということだけだ」

「大東会に？……じゃあ、貴様は……いや、いや、信用出来ねえ。そんなうまいこと言いやがって、俺と顔を合わした途端にブッ放す積りだろう？」

「そんなに信用しないなら、誰か使いの者をここによこしてくれ。俺がどんな男だかを証明する物を取りに来させるんだ」

新城は言った。

3

「よし、分かった。ただし、使いの者を人質にしてこっちに上って来ようなんて考えを起こすなよ。そんなことをしやがったら、人質もろ共、蜂《はち》の巣にしてやる」

「分かってるさ」

新城は左手で、内ポケットからポリエチレンのシートに包んだものを取出した。五百グラムほどの覚醒剤《かくせいざい》の粉末だ。第四海堡《かいほう》で大東会から奪った物だ。

しばらくして、痩《や》せた顔に恐怖の目を光らせた若い男が降りてきた。右手に撃鉄を起こした拳銃を握っている。全身を小刻みに震わせていた。

「ち、近寄るな！　近寄るとブッ放すぞ」

と、呻《うめ》く。

「落着けよ、坊や。暴発に気をつけるんだな。じゃあ、荷物はここに置くぜ」

新城は近くの机の上に覚醒剤の粉末の包みを置いた。数歩さがる。

若い男は新城から目を放さずに机に近づいた。左手で包みを摑むと、あとじさりする。階段もあとじさりながら登った。

それから数分たった。一階の連中は床に伏せたままだ。

壁のスピーカーから、支部長の声が聞こえてきた。

「分かった。あんたを信用することにしよう。いま、迎えの者をやるから、ハジキを仕舞うんだ」

「じゃあ仕舞いますがね、俺のハジキは自分でいっちゃわるいが早いんだ。そっちがおかしな真似をしたら、そっちが引金を絞りきる前に、こっちの抜射ちのタマがそっちの心臓に命中しますぜ」

新城は言った。

「分かってるさ。こっちはおかしな真似をしない。男の約束だ」

「じゃあ」

新城はコルト・パイソンのマグナム・リヴォルヴァーを上着の裾《すそ》で隠しているヒップ・ホルスターに仕舞った。

その拳銃は、新城がヨーロッパから密輸してきたものだ。今夜の新城は、その三五七マグナム・リヴォルヴァーのほかに、あと二丁の拳銃を携帯している。

それから五分後、五人の男が降りてきた。みんなショールダー・ホルスターのために腋《わき》の下がふくれているが、拳銃は抜いていない。

二人の男が、一階にいる男女を、

「ここで起こったことを、よそでひとことでもしゃべってみろ。ミキサー・カーで粉々にして埋立て地のゴミの下に埋めてやるからな」

と、嚇《おど》しにかかった。

新城は三人の男に左右と背後をはさまれて階段を登った。二階にエレヴェーター・ホールがあり、三基のエレヴェーターが並んでいた。

一行は右端のエレヴェーターに入った。四階で吐きだされる。四階の廊下には、四、五十人の山野組の男たちが集まっていた。

みんな殺気だっていた。しかし、新城に手を出す者はいなかった。

新城は廊下の突き当たりにある支部長室に通された。

そこは、入ったところが広い応接室だ。カラーＴＶやステレオのセットが置かれ、バーまでもついた応接室と、曇りガラスのドアをへだてて支部長室がある。

支部長室で、支部長の安本は、マホガニーのテーブルの向うで肘掛け椅子《いす》に腰を降ろしていた。

四十五、六の精悍《せいかん》な男だ。額に薄い刀傷の跡がある。その安本の背後に、短機関銃を腰だめにした男が二人立っていた。

安本は入ってきた新城を見て、浅黒い顔に白い歯を見せて笑った。

「いい度胸だね。気に入ったぜ」

と、言う。

「そいつはどうも」

新城は軽く頭をさげた。

「まあ、掛けてくれ」

安本はテーブルの前の回転椅子を示した。

「ですが、サブ・マシーン・ガンの銃口に狙われてたんではね」

新城は肩をすくめた。

「なるほど」

安本は呟いて合図した。二人の用心棒は短機関銃――ドイツ製のシュマイザーであった――の銃口を天井に向けて胸に抱えた。

新城は回転椅子に腰を降ろした。

「名前を聞かせてもらおうか？」

安本が新城に言った。

「新井と言う」

「このところ大東会を目茶目茶にやっつけているのはあんただな？」

「まあな」

「第四海堡で大東会を大量に殺戮《さつりく》したのもあんただな？　さっきの覚醒剤は、あの時の獲物の一部というわけか？」

「そう」

「大東会に何の恨みがある？」

「個人的なことでだ。俺の過去を詮索《せんさく》するのは無用と願いたい」

「分かった。それで、山野組に用があるということだが？」

「大東会は、極星商工会を通じて、韓国から大量の拳銃と実包を密輸する。そのことを知っているのか？」

新城は尋ねた。

「初耳だ。量は？」

「拳銃三千丁、実包百万発だ」

「本当か？」

「銀城会と大東会の幹部をなぶり殺しにする際に尋《き》きだした」

「罠《わな》じゃないだろうな？」

「罠じゃない。韓国からの船は、大東会のバックにいる森山大吉の森山運輸のものだ。その船は、木更津飛行場の隣の九州製鉄屑鉄埠頭に接岸する。荷物はトラックに積替えられて、大東会本部ビルの地下倉庫に運ばれることになっている」

「どうして、そんな重要な話をここに持ってきた？」

安本は鋭い目を光らせた。

「俺一人だって、屑鉄埠頭を襲って、陸揚げされた大東会のハジキと実包を爆破できる。だけど、爆破してしまったんでは、あの大量の武器弾薬は使いものにならなくなってしまう」

「…………」

「俺はあの武器弾薬をあんたのところのものとさせたいんだ」

「なぜだ？」

「あんたのところが、大量の武器弾薬を手に入れて、今よりもっと強い組織となったら、当然のことながら、大東会や銀城会の力はぐんと弱まるからだ」

「なるほど。正直そうな答だな。だけど、あんたが警察《サツ》の秘密捜査官でないという保証も、大東会を散々に痛めつけた本人だという保証もない」

安本は言った。

新城は苦笑した。

「なるほど、あんたの言うことにも一理がある」

「あんた……と、言うか……大東会を痛めつけた男の、素顔も本名も過去も、誰も知らないんだ。少なくとも、生きてる者ではな」

「じゃあ、どうするんだ？」

「こうする」

安本は机の裏のボタンを素早く押した。

次に何が起こるかを予感した新城は、黒豹《くろひょう》のようなスピードとしなやかさで回転椅子から跳びあがった。

空中を三メーターほど後ろに跳びじさる。空中にある間に、腰のホルスターからコルト・パイソンを抜いて続けざまに二発射った。

短機関銃の銃口をあわてて新城に向けようとしていた二人の用心棒の頭が吹っ飛んだ。そして、いままで新城がいた回転椅子のあたりの床が、畳二枚ぐらいの広さにわたって地下に落ちていった。暗い穴があく。

新城はドアの横に身を寄せた。

安本は二人の用心棒の血と脳漿《のうしょう》を上半身に浴びて、茫然《ぼうぜん》と坐っていた。新城がその安本に三五七マグナムの銃口を向けると、我を取戻し、

「待て、射つな！」

と、もがくように両手をあげた。口から黄水が垂れ、今にも胃のなかのものをみんな吐きだしそうにしている。

「俺はフェアにやった。だけど、あんたは約束を破った。約束を破った者がどういう目にあうかは知ってるだろうな？」

新城の目がスッと細まった。

「悪かった……射たないでくれ……あんたが本物だということは、いま、この目であんたの動きを見て確信が持てた。ハジキを仕舞ってくれ」

安本は喘いだ。

ドアの外は大騒ぎになっていた。しかし、ドアを破って入ってくる度胸がある者は誰もいないようだ。

新城は素早くマグナム・リヴォルヴァーに補弾し、穴の横を通ってデスクの後ろに廻った。

二つの用心棒の死体の一つからシュマイザー短機関銃を奪った。もう一丁のシュマイザーから三十二連弾倉を奪って尻ポケットに突っこみ、

「いま、あんたを殺そうと思えば、マッチの火をつけるよりも簡単だ。この短機関銃があれば、何とか血路を開いて逃げることも出来るだろう」

と、安本に言う。

「わ、分かってる」

「だけど、俺はあんたを殺さない。銀城会や大東会をやっつけるためには、俺とあんたの組が手を結ぶ必要があるからだ」

新城は言いながら、シュマイザーを点検した。

「分かった。今度こそ、男の約束を守る。あんたに殺《や》られた、うちの連中のことは忘れる。子分どもにも、あんたに殺られた仲間のことでは恨みっこ無しだと言っておく。殺られたのは腕が悪かったからだ。いずれは、誰かに殺られる運命にあったんだ」

安本は喘いだ。

ダブル・プレイ

1

「約束だぜ。今度また約束を破ったら、あんたは確実に死体になる。あんただけでない。山野組千葉支部は、俺がくたばるまでに、ほとんどの連中が地獄に行くだろう」

コルト・パイソンの三五七マグナム・リヴォルヴァーの銃口を支部長安本に向けたまま、新城は圧《お》し殺したような声で言った。

「分かっている。ハジキを仕舞ってくれ」

安本はゼー、ゼーと喉《のど》を鳴らした。

「その前に、廊下の連中に、静かにするように命令するんだ」

新城は言った。

顎《あご》をガクガクさせて頷《うなず》いた安本は、

「おい、みんな、よく聞け！　この男《かた》は山野組の味方だ。この男《かた》に手出しした者は、俺と組長の名において処刑する。だから、みんなハジキを仕舞って、この男《かた》を丁重に接待してさしあげるんだ」

と、大声で叫んだ。

廊下の殺気だった騒ぎが静まった。

三五七マグナム・リヴォルヴァーをズボンのベルトに差しこんだ新城は、シュマイザー短機関銃を腰だめにし、

「じゃあ、あんたから先に廊下に出てもらおうか？」

と、安本に言った。

「…………」

安本は頷いた。新城の短機関銃に追いたてられ、応接室を通って廊下の手前のドアのところまで来ると、

「俺だ。射つなよ」

と、金切声で廊下の向うの部下たちに叫んだ。

それから、ドアを開く。その背に、新城は短機関銃の銃口を突きつけている。

廊下には五十人ぐらいの山野組千葉支部の連中が腋《わき》の下のホルスターやズボンのベルトに差した拳銃《けんじゅう》の銃把《じゅうは》に手を掛けて、恐怖と憎悪の目を光らせていた。

「みんな、ハジキから手を放すんだ。俺が射たれてもいいのか？」

安本は喘《あえ》いだ。

「さっきの銃声は何なんです？」

一人の男が嗄《しわが》れた声で尋ねた。

「岡田と高木が殺《や》られた。だけど、この男《かた》を恨むなよ。岡田たちが殺られたのは自業自得だったんだ。俺が命令もしないのに、この男《かた》を射とうとした」

安本は言った。

廊下の男《かた》たちは拳銃から手を放していた。安本は、

「この男《かた》は新井さんという。これからは、うちの組の客人だ。殺《や》られた仲間のことで、新井さんに復讐《ふくしゆう》しようなんて気を起こすなよ。そんなことをしたら、俺が処刑する。この手でな」

と、言った。

「わ、分かりました」

「支部長に逆らう気なんて毛頭ございません」

男たちは答えた。

「若いもんはああ言ってます。だから、あんたもシュマイザーを仕舞ってもらいたい」

ようやく表情に落着きを取戻しはじめた安本が新城に言った。

「いいとも。だけど、もし俺を射とうとする奴がいたら、真っ先にあんたに死んでもらうぜ」

新城はシュマイザー短機関銃のコッキング・レヴァーを安全溝に引っかけ、その銃を左肩から吊った。

「じゃあ、サロンに移りましょう――」

安本は新城に向けて言い、男たちに、

「幹部だけ付いてこい。あとの連中は、死体の始末や怪我人の手当てだ」

と、命じた。

サロンは同じ四階にあった。支部長室よりも大きなバーがついたそのサロンは、二十坪ぐらいの広さだ。分厚い絨緞《じゆうたん》が敷かれ、ソファや肘《ひじ》掛《か》け椅子《いす》が適当に並べられている。

安本と新城と共にサロンに入ってきたのは、十五人ぐらいの幹部たちであった。安本は幹部の一人に、

「スコッチを持ってきてくれ――」

と、命じ、新城に、

「あんたもどうですか？」

と、勧める。

「いや、遠慮しとこう」

新城は断わった。

肩をすくめた安本は、運ばれてきたジョニ黒のスコッチをコップに半分ほど注ぎ、顔をしかめながら一気に飲み干した。

太い溜息《ためいき》をつくと、今度は二《ツー》フィンガー分ほど注いで、

「さて、さっきの話を、ここにいる連中に聞かせてやってくれませんかね」

と新城に言った。

新城は大東会が韓国から大量の拳銃と実包を密輸することになっていることを話した。武器弾薬を積んだ船は九州製鉄屑鉄《くずてつ》埠頭《ふとう》に接岸することになっていることも話した。

「その船が着くのはいつなんです？」

蝮《まむし》のような目付きの男が尋ねた。安本があわてて、その男が千葉支部の副支部長の川田だと紹介する。

「はじめは一月十日の予定だった。だけど、俺に大東会の秋葉が拷問されて殺されたと分かったらしいんで、二月五日に変えられた。二月五日は、また、変るかも分からん」

新城は言った。

「ハジキや実包《ベービー》を積んだ船は森山運輸のものだ、と言われたが、それは本当ですかい？」

川田が尋ねた。

「本当なのか嘘《うそ》なのかは分からん。俺はそう聞いただけだ」

新城は答えた。

「森山運輸の船が運んでくるのなら、森山から尋《き》きだす、という手があるんですよ」

「そんなことをしたら、また予定日が変ってしまうぜ」

「いや、森山を絞めあげて尋きだすようなことはしねえ、奴はかなりの助平だ……かなりなんて生やさしいもんじゃねえ。色情狂のヒヒ爺《じじ》いと言ってもいい。だから、女を使って情報を取るんだ」

「…………」

「俺たち山野組は芸能界にも強いことを知ってるだろう？　箱根を越えたら、俺たち山野組がウンと言わないかぎり、どんな歌手や映画スターだって実演を打てねえんだ」

川田はニヤリと笑った。

「そういうことらしいな」

新城はタバコに火をつけた。

「森山大吉は、いま人気絶頂の美人歌手の白柳リタの熱狂的なファンなんだ。何とかしてリタと寝たいために、リタの後援会の千葉支部長をやってるぐらいだ」

「…………」

「そこでだ。うちの組は、リタを飼っている新音プロとリタ自身に圧力を掛ける。森山はリタを抱くわけだ。そのかわり、森山は寝物語りで、ハジキを積んだ船の入港日をしゃべることになる」

川田は言った。

「さすがは山野組だな」

「そういうわけだ――」

安本が口をはさんだ。

「うちの組長は衆道趣味があってな。つまり、男が男に惚《ほ》れる、というやつだ……何年か前のことだったが、新音プロに美里光一というハンサムな役者がいた。あんた覚えてるかどうか知らんが、当時は一番人気があった青春スターだった。

組長はその若造に惚れた。だけど、美里にはホモっ気はこれっぽっちもなかったもんだから、組長と寝るぐらいなら芸能界から引退したほうがましだ、とぬかしやがった。だから俺たちは奴を引退させた。奴の金玉を抜き取ってやったんだ。今は奴は、ゲイ・バーの傭《やと》われマダムをやってるよ。ついでに俺たちは新音プロの社長の女房の下腹を硫酸で軽く焼いてやった」

「じゃあ、新音プロが山野組の言う通りになるのは当たり前だな」

新城は吐きだすように言った。

「そうだ。当たり前だ。だけどな、俺たちがいるからこそ芸能プロは実演で荒稼ぎが出来るんだぜ。俺たちがバックにいないと、ほかの組が寄ってたかって稼ぎをみんな捲《ま》きあげるんだからな」

「それで、リタが森山と寝たとして、どうやってリタに切りださせるんだ？　リタがいきなりハジキのことを尋いたりしたら森山は警戒するにちがいない。なんぼ、リタに夢中になっててもな」

新城は言った。

2

「俺たちにはうまい考えがある。まあ、それはその時のお楽しみとしておいて、どうだ、今夜は派手に飲もうじゃねえか。女も呼ぶぜ」

「……………」

「心配するなよ。九鉄の屑鉄埠頭がよく見えるところに小櫃《おびつ》川の中洲がある。中洲というより、河口の先にある小島だ。うちの若い衆をその島に送りこんで見張りをさせる。十人交代でだ。無線機を持たせておくから、森山運輸のそれらしき船が屑鉄埠頭に近づいたら、すぐに俺たちは出動する。つまり、女と張込みの二段構えでいくというわけだ」

安本は言った。

「俺が心配してるのは、女たちに顔を覚えられることだ。大東会や銀城会の生き残りで、俺の顔を知ってる奴はいない。だけど、女たちが俺のことを奴等にしゃべったら、俺は動きにくくなる」

新城は言った。

「その点なら心配ない。あんたは、仮装パーティ用の仮面をつけたらいいんだ。女たちが入ってくる前にな」

「……………」

「それとも、俺たち山野組の酒は飲めない、と言うのか？」

「分かった」

「じゃあ、付きあってくれるんだな？　勿論《もちろん》、俺たちはあんたを酔い潰《つぶ》させて監禁しようなんて気はないから安心してくれ。ただ、俺たちのしきたりとして、客人は丁重にもてなさないことには気が済まんのだ」

安本は言った。

「じゃあ、有難く……」

「地下に宴会場がある。用意が出来たら呼びに来させる。俺はちょっと用があるが、あんたの歓迎会がはじまるまでには用を済ましておくから」

安本は立上った。三人の幹部を残し、あとの幹部たちも安本と共にサロンを出ていった。

残った三人は、いずれも新城に自己紹介した。三人とも中堅幹部だ。

三人の男は、しきりに新城の御機嫌をうかがい、なかでも、中尾という調子のいい男は、

「どうです、アペリチーフでも？　どんなお飲物でも差しあげられますよ。私は若い頃はバーテンをやってましてね」

とバーのカウンターのうしろに立つ。

「シェリーでももらおうか。そのかわり、みんなも同じボトルから飲んでもらわないとな」

新城は言った。

「これはまた用心深いことで……毒なんか入ってませんよ。でも、それで御納得がいくなら、私たちも同じやつをいただかせてもらいます」

中尾は大型のシェリー・グラス四つにブッカキ氷を入れ、ティオ・ペペのシェリー・ワインをたっぷりと注いだ。自分がまず一つのグラスのシェリーを一と息に飲んでみせてから、再びそのグラスに注ぐ。

小西という男が運んできたシェリーを新城はゆっくりと飲んだ。男たちはさかんに新城に酒を勧めながら、新城――この山野組には新井という名になっている――の素性をさぐろうと巧みな質問を会話のなかに混ぜてきた。

だが、新城はそれらの質問には答えず、

「俺が大東会や銀城会を痛めつけたから、山野組は千葉で大いに勢力をのばすことが出来たんだ。だから、俺が生きてるほうが山野組にとっては利益になる、というわけだ。俺を死なせたら、組長は責任を追及するだろうな」

と、言った。

その時、二人の男がサロンに入ってきた。

「用意が出来ました。これを付けてください」

と、平井という男が紙袋から、不透明なビニールで出来た、バット・マン・マスクのようなものを取出す。

それを顔につけると、眉《まゆ》の上から鼻の中間までのあたりが完全に隠れてしまうのだ。すでに濃い付け髭《ひげ》とレイバン・イエローのシューティング・グラスを顔につけて変装している新城は、マスクを受取ると壁のほうに体と顔を廻した。

シューティング・グラスを外した顔を見られたくないからだ。新城は壁を向いたまま、シューティング・グラスを外し、マスクを顔に付けはじめた。

その時、壁に映《うつ》っていた一人の男の影が素早く動いた。

新城は反射的に横に転がりながら、三五七マグナムのリヴォルヴァーを抜いていた。抜きながら撃鉄を起こす。

その三五七マグナムの銃口は、新城に向けて銃身が長いルーガー08拳銃を振り降ろそうとしていた平井の眉間《みけん》に狙いがつけられた。

大幹部だという平井は、粗《あら》いサンド・ペーパーで手ひどくこすったような皮膚と、ブルドッグのような顔を持った男であった。

その平井は、ルーガーを振りあげたまま、化石したように動けなくなった。顔は土気色になり、腫《は》れぼったい瞼《まぶた》の下の目は恐怖に吊りあがる。

「そんなに死にたいのか?」

銃口の向きは平井からそらさずに、新城はゆっくりと立上った。次の瞬間、まったく無駄がない動きで、肩から吊ったままであったシュマイザー短機関銃を左手で外した。その安全装置を外し、左腰に構える。

「やめろ……やめてくれ。平井さん、なんで馬鹿なことをしようとしたんだ?」

中尾が喘いだ。

「射つんなら、俺だけを射て――」

平井は呻《うめ》き、

「俺はあんたを殺《や》ろうなどとは思ってなかった。気絶させておいてから、ゆっくり時間をかけてあんたに本当のことをしゃべってもらおうと思っただけだ。俺のやろうとしたことは、支部長も、ましてここにいる中尾たちにも相談なしだった。俺が勝手にやろうとしたことだ。だから俺だけを射ったらいい」

と嗄《しわが》れた声で言った。

「本当に支部長の知らないことかどうか、これから確かめてみる。楽には死なせてやらねえぜ。まず、どこに射ちこんでやろうか？」

新城の凄味《すごみ》を帯びた目がスッと細められた。殺気がゆらめく。

「本当に支部長は知らねえことだ。俺が勝手にやって、しかも失敗したことを支部長は許してくれねえだろう。どうせ死ぬんだ。ここで殺《や》られたほうが、苦しみが短くて済む」

平井は呻いた。

「よし、分かった。ハジキを仕舞え。ただし、ゆっくりとだぜ」

新城から殺気が消えた。ニヤリと笑う。

「……？」

「仕舞うんだ。あんたが一人で責任を取ろうとする態度が気に入った。だから、あんたが何をやろうとしたかは忘れてやる。支部長にも黙っておく」

新城は言った。

「本当か？」

「ああ、約束するぜ」

「済まねえ」

平井はのろのろと拳銃をショールダー・ホルスターに仕舞った。

新城も三五七マグナム・リヴォルヴァーに撃鉄安全装置を掛けてズボンのベルトに差した。

左手で腰だめにしていたシュマイザー短機関銃にも安全装置を掛けて肩に戻した。中尾たちに、

「あんたたちも、みんなに黙っててくれよ」

と、頼む。

「分かりました。こう見えても、俺たちは口がかたいんで」

中尾は答えた。

新城は再び不敵な笑いを頬に走らせ、

「じゃあ、宴席とやらに行ってみようか」

と、床からマスクを拾いあげて顔につける。シューティング・グラスも床から拾いあげ、革ケースに入れてポケットに仕舞った。

中尾たちと共に廊下に出る。無論、やっと顔に血の気を取戻した平井も一緒だ。

右端のエレヴェーターで地下二階に降りた。そこは、真ん中に廊下が通り、その左側には小部屋のドアが並んでいる。

右側が宴会場らしく、ドアが開かれ、そこで支部長安本が愛想笑いを浮かべて待っていた。

「歓迎会に短機関銃は要《い》らないでしょう」

と、新城に言う。

「じゃあ、預かってもらうかな」

新城はシュマイザーから弾倉を抜き、それを安本に預けた。短機関銃は、ファイアード・ロム・オープン・ブリーチといって、いつも薬室は空《から》だ。遊底は後退した位置にある。引金を絞ると遊底は前進し、弾倉上端の実包を引っかけて薬室に送りこむと同時に撃針が薬《やっ》莢《きょう》の尻の雷管を叩いて発火させるのだ。

自動ライフルの場合は、普通、弾倉が空になってスライド・ストップがかからないかぎり、遊底は前進した位置にあって、完全に閉鎖《ロッキング》している。これは自動ライフルの場合には火薬量が多いライフル用実包を使うので、遊底が完全にロッキングした位置から発射しないと、発射時の高圧ガスで銃が破壊されるのに対し、短機関銃は火薬量が少ない拳銃弾を使用するため、遊底が完全閉鎖しなくとも、発射ガスの圧力で銃がこわれるようなことはないのだ。

しかも、現代の自動ライフルは、発射ガスの圧力で遊底を回転させるのには、銃身にあけた小孔からガスを採って、ガス導入管やピストンを使って間接的にエネルギーを遊底に伝えているのに対し、ガス圧が低い短機関銃のほとんどは、薬莢が自分のなかで燃えた火薬のガス圧で弾頭を飛ばした反作用でうしろに蹴られる力で直接遊底を後退させている。火薬量が少なく、威力は小さいかわりに、短機関銃の機構は簡単でいい。したがってスポーツ用の中級の拳銃よりも安いコストで製造出来る。

短機関銃の遊底が発射の瞬間以外には後退しているのは、そのために開いた排莢孔から銃身のなかに空気が流れこんで空冷効果を持たせるためだ。

それに、短機関銃のほとんどは撃針が遊底の前面に固定されているから、引金を絞って遊底が前進しきったところで、必然的に撃針が薬莢の尻の雷管を叩くことになっている。

そのかわり、発射の直前に重い遊底が強いスプリングの力で前進するのだから、短機関銃は狙撃《そげき》にはまったく向かない。遊底が前進する時、銃も動揺して、せっかくの狙いが崩れるからだ。だが、短機関銃は、はじめから狙撃精度など問題にしてない。

スプレイ・ガン、すなわちタマをバラ撒《ま》く銃、と仇名《あだな》されているように、連射で近距離の大勢の敵を倒すところに短機関銃の存在価値がある。

3

宴会場は高級クラブのような構えになっていた。幹部たちのほかに、バニー・スタイルだがウサギの尻尾《しっぽ》がついていないだけの網目タイツ姿や和服姿のホステスたちも三十人ほどいる。

一番奥まった場所にソファが置かれ、幹部の一人に新城から受取ったシュマイザーを渡した安本が、そのソファに新城を案内した。

ソファの真ん中に新城は坐らされ、その右側が安本、左側が副支部長の川田だ。ほかのソファは、モーター仕掛けで向きを変えられるようになっていて、今は一斉に新城たちのソファを向いた。

ホステスたちは壁に沿って立った。安本は仮面をつけた新城の耳に、

「女たちは、みんな関西の店から連れてきて、この千葉で稼がせている連中ばかりだ。気に入

った女がいたら、自由に寝てくれ、廊下の向かいの小部屋を使ったらいいんだ――」

と、囁《ささや》いてから、組員たちを見廻し、大声を張りあげて、

「さっきも言ったように、この客人の新井さんとうちの組は持ちつ持たれつの仲になったわけだ。名前も覚えてもらえんようじゃうまくいかんだろう？　みんな、自己紹介しろよ」

と、言う。

幹部たちの自己紹介がはじまった。みんな、得意そうに、前科何犯であるかを付け加える。殺人でくらいこんだ経歴を持つ者ほど得意そうであった。

大勢の幹部がいるので、自己紹介はなかなか終わらなかった。安本は新城に酒を勧め、自分も飲む。前のテーブルには、レストランや料亭から取寄せたらしい豪勢な料理が並べられている。

新城はスコッチの水割りを飲んだ。女たちはまだ壁ぎわに立ったままだ。

やっと幹部たちの自己紹介が終わると、安本は、

「じゃあ、乾杯といこう。これから、無礼講のパーティだ」

と、叫んだ。

ホステスたちは宴会場の左側についた本式のバーに駆け寄り、バーテンから、銀のバケツで冷やされているシャンペーンを次々に受取った。それぞれのテーブルにシャンペーンのバケツを運んでくる。

シャンペーンはドン・ペリニョンの本物らしかった。コルクの栓が次々に抜かれ、グラスに

泡だつシャンペーンが注がれる。

安本の音頭で乾杯が行なわれた。新城は、

「山野組のために」

と、言って二杯目も飲んだ。

女たちは、男たちのあいだに腰を割りこませた。

新城の左右に網タイツ姿と和服姿のホステスが坐り、新城に抱きつく。

それから約三時間後、女たちもかなり酔っぱらってきた。和服を脱ぎ捨て、腰巻き一つになって踊りだす女もいたし、まったくのヌードになって男たちを挑発する女もいる。

新城の左右の女は、この宴会場にいるホステスたちのうちで、顔もスタイルも抜群であった。右側の網タイツの女が玲子といって、のびやかな肢体と栗色の髪を持つ十八、九の混血だ。左側の和服姿は、抱きしめたら折れそうに繊細な体と京風の顔だちを持つ志乃だ。

新城はかなりのスコッチを飲んではいたが、神経が研《と》ぎすまされているせいもあって酔ってなかった。

だが、わざと酔ってきた振りをし、右手は玲子の網タイツを引き破って花弁をさぐり、左手は八つ口から差しこんで志乃の乳房を摑《つか》む。

安本たちを安心させるためだ。安本たちは何か罠《わな》を仕掛けているかも知れないから、その罠はなるべく早く嚙《か》み破っておいたほうがいい。

「どうだ、その二人は？　小部屋は空いてるぜ」

安本が呂律《ろれつ》の廻らぬ声で新城に言ったが、安本のほうも酔っ払った振りをしているらしいことを新城は感じていた。

「じゃあ、御好意に甘えて、味見させてもらいましょうか」

新城はだらしない笑いを浮かべてみせた。

「そうか、そうか。さっそく案内させよう」

安本も笑い、指を鳴らしてバーテンの一人を呼んだ。やってきたバーテンの耳に囁く。

そのバーテンはカウンターの奥から鍵を取ってきた。それを新城に渡し、

「では……」

と、愛想笑いを浮かべる。

両手で玲子と志乃の肩を抱いて新城は立上った。わざと、よろけて見せる。安本が幹部たちに、

「客分は今夜ここにお泊まりだ」

と叫ぶ。女たちを抱えた幹部たちは、新城を冷やかしながらグラスを差しあげた。

バーテンは、二人の女を引き寄せた新城を、小部屋のうちで一番奥の部屋に案内した。

その部屋は、小部屋とはいっても、和室に直すと十二畳ぐらいの広さがある。小さなシャワー・ルームもついている。

ベッドは大きなダブルであった。TVセットや冷蔵庫も置かれている。新城は二人の女とその部屋に入ると、内側からドアに鍵を掛けた。

その鍵をポケットに仕舞う振りをして床に落とし、ベッドの下に蹴りこんだ。服を脱ぎはじめると、玲子と志乃は、争って手伝う。

新城は口径三五七マグナムの拳銃と、あとの二丁の拳銃を大きな枕の下に突っこんだ。仮面だけはつけて、体は素っ裸になった新城がベッドに仰向けになると、二人の女はシャワーから熱い湯を出して金ダライに受け、タオルにその湯を含ませて新城の体を拭《ぬぐ》った。

玲子のほうが志乃より先にヌードになった。下の毛も栗色だ。花弁は黒ずんでない。乳房は上に反《そ》りあがっている。

玲子は身を伏せると、そっと新城の男根をくわえた。志乃は、

「恥ずかしいわ」

と、京都弁のイントネーションで呟《つぶや》き、天井の電灯を消して、ベッドの脇のスタンドの淡いピンクの灯をつける。

一方、玲子のほうは、はじめはそっと新城に唇をつけたが、新城が男としての反応を示してくると、夢中になってしゃぶりはじめた。

もともと好色な体質らしく、新城が足の指で花弁をさぐってみると、蜜《みつ》の洪水だ。新城は足の指で、玲子の勃起《ぼっき》した花芯を愛撫《あいぶ》してやる。

呻き声まで洩《も》らした玲子は、ますます夢中になって新城を頬ばるが、そのテクニックはラテン系の女のようにはいかない。

玲子の血の半分はアングロ・サクソン系らしい。

その玲子を見て目を吊りあげた志乃が、シューシューと音をたてて帯を解きはじめた。新城は両手を使って玲子の乳首をソフト・タッチで弄《もてあそ》んでやりながら、志乃を横目で見る。

やがて素っ裸になった志乃は、静脈が透けて見えるほど白く薄い皮膚を持っていた。だが、細っそりとしてはいても、要所要所は充分に張りだしている。乳房は、玲子とちがって紡錘形《ぼうすいけい》であった。

志乃もベッドに登ってきた。玲子を押しのけようとする。

「何しやはるの！」

玲子は志乃を突き落とそうとした。

「殿方をねぶらせていただく時はこうするもんよ」

志乃は素早く新城をくわえた。

志乃のテクニックは、ローマやパリの女に劣らなかった。縦から横から、絶妙に舌と唇と歯茎を使い、両手はポールやアナルを巧みに刺激する。

新城のものは灼熱《しゃくねつ》した鉄柱のようになった。志乃も新城が足の指で触れてみると大洪水だ。玲子が毛深い新城の腿《もも》に自分の花芯を当てて、激しく体を動かしはじめた。志乃は、もう目に霞《かすみ》がかかっている。

新城は志乃を下に組み敷いて貫いた。

あまりにも激しいものが侵入してきたので、志乃は一瞬逃げかけたが、次の瞬間には、自分から激しく腰を突きあげてくる。

抱きしめてみると、志乃の腰のくびれは、新城がそのまま腕組み出来るほど細かった。そして熱く濡《ぬ》れた志乃の内部は、狭くて無数の襞《ひだ》がある上に、カズノコのような感触がある。

このところ女に触れてない新城は、一ラウンドは長く保《も》ちそうになかった。その新城に横から身を寄せた玲子が、花芯をこすりつけながら、志乃におさまりきれぬ新城の根元を掌で包む。

罠

1

「ええわあ……たまらんわ……でも、仮面が邪魔やわ。顔に当たって痛いわ。外《ほず》してくれはる？」

喘《あえ》ぎつつ腰を突きあげながらも、志乃が新城に哀願するように言った。

新城の横で、毛深い新城の腿《もも》に花芯をこすりつけて呻《うめ》きながら、志乃におさまりきれぬ新城のものの根元を掌で包んで絞めつけている玲子も、

「お願いよ……顔を見せて……お願いやわ」

と、熱い息と共に言う。

志乃のメカニズムが素晴しいところにもってきて、玲子にも根元を絞められているので、しばらく女に触れてなかった新城は、珍しく我を忘れた。無言で仮面を外し、床に捨てる。もっとも、付け髭《ひげ》までは外さないが。

その新城の下の志乃が、焦点がうまく合わなくなっている目を開いた。玲子が新城の顔を見て、

「やっぱり、思った通り男らしいお顔やわ……ああ、もうたまらへんわ」

と、激しく腰をヴァイヴレートさせて、熱いものを新城の腿に浴びせる。

志乃はすぐに瞼《まぶた》を閉じた。新城の背中に爪をたてて激しくむさぼる。その志乃もやがて死にそうな声をあげて熱い蜜《みつ》を噴射した。

そこで新城は耐えきれなくなった。思いきり注ぎこむ。

だが、玲子が根元をしっかりと握りしめているので、スペルマは抵抗に会った。そのために、新城の快感のピークは実に五分以上にわたって続く。さすがの新城も、長く続いた快感がゆっくりと去っていくと共に、志乃の髪に顔を埋めてぐったりとなる。その間も、志乃の蜜壺は、それ自体が独立した生きもののように収縮をくり返していた。

しばらくして、玲子が志乃から外れて仰向けになった新城の下腹を熱い湯にひたしたタオルで拭《ぬぐ》う。

シャワーを浴びてきた志乃が、萎《な》えた新城のものをねぶる。玲子が新城の体じゅうを舌と唇で愛撫《あいぶ》する。

新城は再び隆々としてきた。

玲子が志乃をおしのけるようにし、

「今度はうちの番やわ」

と、仰向けになったままの新城に、眉間《みけん》に立皺《たてじわ》を寄せ、口を半開きにして体を沈めていく。乱れた栗色の髪のまわりが、電灯の光で金色に輝いていく。

新城の凶器のあまりのたくましさに、何度か歯をくいしばって腰を引いた玲子も、やっと収まった。その横では志乃が舌と唇で新城の体をくすぐる。

玲子が両手をベッドにつき、上体を反《そ》らし上向きに尖《とが》った乳房を突きだして激しくグラインドさせる。

新城はその乳房を両手で摑《つか》んだ。志乃が新城の右腕の下から顔を突っこんで新城の乳首をくわえる。

玲子のメカニズムは志乃のように万人に一人というものには及ばなかったが、アングロ・サクソンの血が半分混じった美しい顔を歪《ゆが》め、素晴しい体の線を震わせて昇りつめようとしているのを見ているだけでも新城は昂奮《こうふん》が高まってきた。

まして、志乃の巧みな愛撫が加わるから、新城はまったく警戒心を忘れ、ただの一匹の牡になっていた。

半時間後、左腕で玲子、右腕で志乃を引きつけた新城は、引金を絞った。今度も快感は長く続く。

しばらくして、新城に右腕を廻されて胸に引き寄せられていた志乃が、

「苦しいわ……お水《ひや》飲ませていただくわ」

と、新城からすり抜ける。玲子はまだ新城とつながったまま新城の左上半身に体を預けるよ

うにして動けない。

少したってから、再びシャワーを軽く浴びたらしい志乃がベッドのそばに戻ってきた。右手に、大きなグラスを持っている。

「冷とうて、おいしいのよ」

志乃は水が入っているらしいグラスを新城に差しだした。

上半身だけ横にねじってそのグラスを受取った新城は、今は冷静になっていたから、グラスの中身の匂《にお》いをよく嗅《か》いでみた。

異臭はしない。電灯の光にすかしてみても、不純物は見当たらない。

新城は冷たい水を喉《のど》を鳴らして飲んだ。アルコールが体内にあるせいもあってうまい。空になったグラスを志乃に戻し、

「もう一杯……」

と、言う。

志乃は二杯目をくんできた。新城はそれも飲む。玲子から体を外してタバコに火をつけた。

だが、三回ほど煙を吸いこんだとき、指先に異様な痺《しび》れがきた。新城の指からタバコがポロッとシーツに落ちる。

新城はそれを拾おうとしたが、全身から力が抜けていくのを覚えた。女たちに声を掛けようとしたが、舌がもつれて言葉にならない。

「畜生……薬《ヤク》を飲ましやがったな」

と、罵声《ばせい》を出そうとしても、もう声は出なかった。

志乃も、ベッドから素早く滑り降りて志乃の横に立った玲子も、今まで新城が見たことのない表情をしていた。

新城は目さえもかすんできた。目はかすみ、全身は痺《しび》れながらも、必死に枕の下に突っこんである拳銃《けんじゅう》に手をのばした。体が転がる。

やっと三五七マグナムのリヴォルヴァーに手が触れた。だが、銃把《じゅうは》を握る力さえもない。

二人の女が枕に跳びかかって押えた。新城の目の前が薄暗くなり、真っ暗に変ると共に意識が途切《とぎ》れる……。

猛烈な喉の渇きで、新城は夢とも現実《うつつ》ともつかぬ境地をさまよっていた。

水洗トイレまで這《は》っていって、便器に溜った水まで飲もうとする夢を見る。それが夢だと自分で分かり、何とか目を開いて洗面所に行こうとするのだが目が開かない。

次には猟で歩き疲れ、渓流の水を飲もうと腹ばいになる。だが、水まではどうしても口がとどかない。

まだ夢だった、と新城はもがきながら体を起こそうとした。だが、体は依然として動かない。

その時、全身に水をぶっかけられたらしく、新城の筋肉が収縮した。反射的に新城は跳ね起きようとした。

だが、少しだけ体を起こしたところで新城は引き戻された感じになった。焦点はまだ定まらないが、ぼんやりと目が見えてくる。

再び水がぶっかけられた。

新城は顔にかかった水を夢中で舐《な》めた。喉の渇きはますますつのってくる。それと共に目がはっきり見えてきた。ドリルを脳に刺しこまれているような激しい頭痛がする。

新城の目には、まず天井が写った。防音ボードが張られ、まぶしいアーク灯がついた天井だ。顔を左右に回すと、自分が岩乗な板張りのベッドのようなものに仰向けに寝かされていることを知った。素っ裸で大の字形であった。

そのベッドの四隅の鉄パイプの柱に、新城は両の手首と足首を鎖で縛られていた。そして、三人の男が新城の横に立って覗《のぞ》きおろしていた。

一人は山野組千葉支部長の安本、もう一人は副支部長の川田であった。さらにもう一人の男は、中堅幹部の中尾だ。

中尾は壁の蛇口からつながれたホースを手にしていた。これまでは新城に愛想のいい顔を向けていたのに、今はサディスティックな笑いを浮かべている。

「水をくれ」

新城は呻いた。付け髭ははがされていた。

「済まんな――」

安本が言い、

「これで俺は二度も約束を破ったことになる。だが、悪く思わんでくれよ。俺たちは、何もあんたを痛めつける気はないんだ。だけどな、あんたの正体が分からんことには、危《ヤバ》くて一緒に仕事をやる気にはなれん。俺は要心深いんだ。だからこそ、生きのびて来られた、というわけだ」

と、肩をすくめる。

「水をくれ……喉が焼けそうだ」

新城は呻いた。

「ああ、いくらでも飲ましてやるとも。そのかわり、あんたに本当のことをしゃべってもらいたいんだ」

安本は言った。

2

「俺が警察《サツ》のスパイだとでも思ってるのか」

新城は唸《うな》った。

「そうでないという証拠は無い」

副支部長の川田が言った。

「警察の者が、銀城会や大東会の連中を、あんなに大勢ブッ殺せると思うか？」

「さあな……確かに大東会は政府と密着している。だから、警察の犬が大東会を殺《や》るなんて、とんでもない話だと言いたいんだろう？」

「ああ」

「だけどな、大の虫を生かして小の虫を殺せ、という諺《ことわざ》もある。あんたがうちの組にもぐりこみ、俺たちの信用を得てから、うちの組を内部崩壊さすためには、大東会や銀城会の連中をブッ殺すのはやむをえなかったかも知れん」

安本が言った。

「あんたはインテリだ。だけど、あまりにも考えすぎだ」

新城は言った。

「そうかも知れん。あんたが警察の犬で、うちの組にもぐりこむだけのために、第四海堡《かいほう》であれだけの大東会の大虐殺をやったのでは、大東会の犠牲は大きすぎるからな」

「じゃあ、俺は誰だと言うんだ？」

「分からんから、尋《き》いているわけだ。さあ、しゃべってくれ」

「水をくれ」

「しゃべってくれたら、いくらでもやる、と言ってるだろう？」

安本は言った。

中尾が水道の蛇口を軽くゆるめ、ホースの先から、チョロチョロと水を垂らす。

そのホースの先を新城の顔に近づけた。首を思いきりのばした新城は舌を突きだして水を受けようとする。

しかし、残忍な笑いを浮かべた中尾は、ホースの先を新城の顔から遠ざけた。

「水が欲しかったらしゃべるんだな」

と、言う。

「俺は一匹狼《おおかみ》だ。警察の者でも、大東会の回し者でもない」

新城は言った。

「本名を教えてもらおう」

安本が言った。

「分かった。俺は新城という……新城彰だ」

新城は答えた。名前を教えたところで、それほどにには自分にとって不利益にならないだろう。

「新城か……どこに住んでいる」

川田が尋ねた。

「第四海堡に住んでいた。今は、住所不定というところだ。次々に車を盗み替えて、そのなかで寝ている」

新城は答えた。

「本当のことをしゃべるのだ。痛い目に会いたくなかったらな」

ホースをコンクリートの床に放りだした中尾が、尻ポケットからピックのディアー・スレイヤーのナイフを取出した。

その折畳み式《フォールディング》のナイフの刃を起こす。十センチほどの長さの刃はしっかりとロックされた。

中尾はそのナイフの刃を新城の腹に近づけた。臍《へそ》の近くに浅く突きたてる。刃は皮を破って、新城の脂肪層に達した。

　新城はかすかに身をよじった。中尾でなく安本を刺すような目付きで見つめ、

「これが、山野組の客人に対する扱いかたですかい？」

と、言う。

「済まんな。だけど、あんたの正体が分からんことには……」

　安本は視線をそらした。

「さあ、しゃべるんだ。そうでないと、ハラワタをえぐりだしてやるぜ」

　中尾はさらにナイフをくいこませた。

「俺は九鉄に漁師として生きる手段を奪われ、土地を銀城会に奪われて自殺した新城健二の息子だ。オフクロと二人の妹を、オヤジが自殺の道連れにした。俺は、千葉から海を奪った連中に復讐《ふくしゅう》しているんだ」

　新城は答えた。

「分かった。中尾、ナイフを仕舞え。新城君の写真は撮《と》ってあるから、すぐに調べはつく。あんたの実家があったのは」

　安本が言った。

「君津浜だ」

「よし、分かった。あんたが言ったことが本当だと分かったら、十分につぐないはする。嘘《うそ》だと分かったら、死んでもらうことになるが……中尾、何をしている。早くナイフを仕舞って、

水を飲ませてやるんだ」

安本は言った。

中尾は残念そうに新城の腹からナイフを抜いた。ロック・レヴァーを押して刃を畳み、ポケットに仕舞うと、ホースの先端の水を新城の口に当てた。

新城は、ときどき咳《せ》きこみながら、水をガブ飲みした。腹一杯になったので、口をつぐんで顔をそむけると、ニヤニヤ笑いながら中尾は、さらに飲まそうとする。安本に制止されて、やっとホースを床に投げだし、水道の蛇口のコックを止めた。

中尾を残し、安本と川田は部屋を出ていった。重い鋼鉄製のドアだ。

中尾は再びナイフをポケットから取出し、刃を起こした。

「貴様を痛めつけたくて、俺はウズウズしてるんだ。さあ、どこから切り刻んでやろうか、好きなところを言えよ」

と、血に飢えた表情で言う。

「支部長があんたの勝手を許すかな？」

新城は言った。

「貴様が襲ってきたからやった、と言うさ」

「どうやって俺が襲うことが出来るんだ？」

新城は唇を歪《ゆが》めた。

「いま、貴様の右手の鎖を外してやる。貴様が馬鹿力を出して、自分で外した、ということになるんだ」

中尾はニヤニヤ笑いながら、新城に近づいた。

新城の右手首を縛っている鎖のフックを外した。素早くさがろうとする。

しかし中尾は、新城の筋肉のバネのスピードを計算に入れてなかった。新城の右手刀が、目にもとまらぬ早さで中尾の首筋に叩《たた》きこまれる。

ナイフを握ったまま中尾は吹っ飛ばされた。横倒しにコンクリートの床に転がり、頭を床にぶっつけて動かなくなる。

新城は左手首と左右の足首の鎖を外して床に降りた。

倒れた中尾は鼻から血を流している。新城は中尾を素っ裸にし、その下着で濡れた自分の体を拭《ぬぐ》うと、体に直接、ズボンと上着をつけた。

窮屈だが、何とかなった。ピックのナイフの刃を畳んでポケットに仕舞ったついでに、ポケットの中身を調べてみる。

タバコやライターや札入れのほかに、新城のものであったコルト・パイソンの口径三五七マグナム・リヴォルヴァーが中尾の尻ポケットから突きだしていた。

ほかのポケットには四十数発の三五七マグナム実包が残った弾薬サックがあった。

新城は拳銃《けんじゅう》と弾薬サックも奪い、拳銃のシリンダー弾倉を開いてみる。六個の薬室にみんな装塡《そうてん》されていた。

新城は念のために六発の実包を抜いて点検してみた。どれも偽装弾ではなく実包のようだ。

使える。

新城は六発の実包を薬室に戻した。弾倉を閉じる。撃鉄安全を掛け、奪ったタバコにデュポンのライターの火を移した。

深く煙を吸いこむ。頭痛は去らぬが、ちょっとはましな気分になってきた。新城は短くなったタバコを、火口から先に中尾の耳の孔に差しこんだ。

嫌な臭いがした。ちょっとの間を置いてから、意識を回復した中尾が、悲鳴をあげようと口を開いた。

新城はその口に三五七マグナムの銃身を突っこんだ。悲鳴を圧《お》し殺された中尾は、白目を剝《む》いて震えはじめる。すでに失禁していた。

「悲鳴をあげてみろ。貴様の頭は吹っ飛ぶからな」

新城は冷たく笑った。

「た、頼む……悪かった……」

拳銃をくわえた中尾の口の隙間《すきま》から、血とアブクと共に、哀れっぽい声が漏れた。

「なぶり殺しにされる覚悟は出来てるんだろうな？」

新城は言った。

「やめてくれ……悪かった……ただ、ちょっと脅してみただけだったんだ。勘弁してくれ」

中尾の震えは痙攣《けいれん》に近くなった。

「俺は脅しはやらん。殺すと決めたら殺すだけだ」

新城は吐きだすように言った。

「こ、この通りだ……助けてくれたら、あんたの奴隷にでもなる」

「貴様のような奴を見てるだけで吐き気がしてくる」

新城は中尾の口から拳銃を抜いた。汚れた銃身を、震え続けている中尾のアンダー・シャツで拭った。

さっきまで縛りつけられていた木製のベッドのようなものに腰を降ろす。中尾はコンクリートの床に土下座して、まだ命乞いをしている。

「俺は警察《サツ》の犬でもないし大東会の回し者でもない。それだのに、一体、俺を何だと思ってるんだ」

新城は言った。

「お、俺はあんたを痛めつける気が無かった……ただ、命令だったもんで……」

「くどい。それより、俺の質問に答えろ」

新城は三五七マグナム・リヴォルヴァーの撃鉄を起こした。

中尾は悲鳴をほとばしらせようとし、あわてて右手の拳《こぶし》を口に突っこんで悲鳴を押えた。

やっと脱糞《だっぷん》が終わると、

「分からねえ、あんまりあんたの正体が分からんので、うちの組は警戒してるんだ」

と、喘ぐ。

3

それから二時間ほどがたった。ドアがノックされた。新城は中尾に三五七マグナムの銃口を向けた。目で、ドアを開けるようにと合図する。

もう射たれる心配は無いと思っていたか、かなり落着きを取戻していた中尾も、再び新城に銃口を向けられると、ピクンと体を震わせて立上った。

「い、いま開ける」

と、ドアに向かう。新城はそのあとを追った。

中尾はドアを開いた。中尾のために用意したらしい食事の盆を持ったチンピラが、部屋のなかの様子を見て茫然《ぼうぜん》と立ちすくむ。危く盆を落としそうになった。

「入れ。大人《おとな》しくしてたら射たぬ」

新城は言った。

チンピラは夢遊病者のような足どりで部屋のなかに入ってきた。新城が中尾の背中を銃口で小突くと、中尾はあわててドアを閉じた。

新城はチンピラに盆をベッドのようなものの上に置かせ、

「名前は？」

と、尋ねる。

「野田……野田です」

チンピラは喘いだ。

「そうか、床に四つん這《ば》いになってもらおう」

新城は言った。

「ど、どうする気だ？」

野田は失神寸前の表情で言った。

「あんたの武器を預かるだけだ。逆らわなかったら、射ちはしないよ」

新城は言った。

「ほ、本当か？」

「早くしろ」

新城は鋭い声になった。

野田は四つん這いになった。新城はその頭を殴って意識を失わせる。

野田はチンピラらしく、安物の飛び出しナイフと、これも安物のハーリントン・アンド・リチャードソンの二十二口径リヴォルヴァーを身につけていた。

その拳銃は、銃腔の溝は完全にすりへっている。

新城はそいつの弾倉から実包を抜くと、コンクリートの床に思いきり叩きつけた。拳銃は簡単に壊れた。

新城は盆に乗っているものを見た。氷を浮かした大カップのオレンジ・ジュース、ポテト・チップスに囲まれたベーコン・エッグス、ジャムとバターをはさんだ三枚重ねのサンドウィッチ、それに大カップのコーヒーだ。

「毒見してみろ」

新城は氷水が入ったグラスから中身を捨て、それにジュースを三分の一ほど入れて中尾に差しだした。

「口のなかが痛くて……」

と、言いながらも中尾はそれを飲んだ。

新城は二本目のタバコをふかしながら中尾を観察していたが、毒にやられた様子は無いようだ。

新城は中尾に壁に手をつかせて立たせておき、左手を喉に突っこんで、腹のなかでダブダブしている水を吐いた。

ホースの水で口をすすいでから、盆に乗っているものを食っていった。頭痛はかなり鎮まっている。

食事の途中で野田が意識を取戻した。ドアに向けて走ろうとするが、新城の眼光と銃口に射《い》すくめられて坐りこむ。

「支部長たちは何をやってるんだ?」

サンドウィッチでベーコン・エッグスの溶けた卵の黄身をしゃくって口に運びながら新城は

尋ねた。

「み、みんなで君津浜に行ってます。あ、あんたの顔写真を持って……」

野田は答えた。

新城はコーヒーも飲み終え、三本目のタバコに火をつけた。その時、廊下に数人の足音が近づく。

「二人とも、俺の前に並べ。楯《たて》になってもらう」

新城は中尾と野田に命じた。

二人は膝《ひざ》をガクガクさせながら命令通りに動いた。新城は二人を楯にしてドアに近づく。

中尾にドアを開かせた。

廊下には、安本と川田、それに平井がいた。中尾と野田のあいだから新城が三五七マグナムの拳銃を突きだしているのを見て、安本たちはもがくように両手を挙《あ》げ、

「射つな！」

「早まるな！」

と、口々に叫ぶ。

「三人とも、なかに入ってもらおう。両手は首のうしろで組むんだ」

新城は命じた。

「話がある。誤解は解けたんだ」

安木が唸《うな》った。

「いいから入れ」

新城は命じた。

安本たちは命令にしたがった。新城は野田にドアを閉じさせた。

「あんたが、猟銃自殺した新城健二という漁師の息子だということははっきりした。だから、あんな目にあわせた俺たちを許してくれ。頼む」

安本が頭をさげた。

「あんたが俺のような目にあわされた時、許してくれと言われて、あっさり許すか？」

新城は言った。

「申しわけない。これからは、あんたは俺の兄貴分として扱わせてもらう。金が欲しいなら、組の予算がゆるすかぎり、出来るだけのことはする」

「俺の目的は復讐だ。金じゃない」

「分かってる、分かってる。この通りだ。土下座させてくれ。指をつめてもいい」

安本は言った。

「よし、分かった。さっきのことは忘れてやる。俺たちの共通の敵は、大東会や、その背後にいる沖一派だということを確認してくれたらいいんだ」

「分かってくれたか……有難う……ところで、どうやって鎖を外したんだ」

安本が言った。

「中尾が外してくれたんだ」

「……？」

「奴は俺をなぶり殺しにしようとした。身動き出来ない俺をなぶり殺しにしたんではあんたに叱《しか》られる、というわけで、俺の右手の鎖を解いた。それからは俺のペースだった」

新城は言った。

中尾がわめき声をたてながらドアを開こうとした。そのとき、平井が素早く動き、中尾に足払いを掛けて床に尻餅《しりもち》をつかせた。

「助けてくれ……助けて……」

中尾は泣きわめきながらドアのほうに這おうとした。平井がその襟《えり》を摑《つか》んで部屋の奥に投げとばす。

「中尾、本当か？」

両手を首のうしろに組んだまま、安本が凄味《すごみ》が利いた声を出した。

「う、嘘だ！」

中尾はわめいた。

「そうか？　新城さんだって人間だ。鎖を自分の力で捩《ね》じ切れるわけはない」

川田が陰気な声で言った。

「助けてくれ……魔がさしたんだ……」

「そうかな？　前から、お前はちょいとばかりおかしかった。だから、わざとお前だけをここに残しておいたんだ。つまり、ここに足止めをくらわせてたんだ」

「畜生……」

「貴様は新城さんを殺そうとした。はじめっからの計画だったんだろう？　俺たちは、新城さんの正体が分かるまでは、おかしな真似をするなと、貴様に警告しておいた筈《はず》だ」

安本が言った。

「な、何のことをおっしゃってるのか分からん。さっぱり分からん」

中尾は喘いだ。

「つまり、貴様は大東会のスパイなんだ」

「嘘だ！」

「新城さんを片付けたら、大東会からいくらもらえることになっていた？」

「出鱈目《でたらめ》だ！」

「新城さん――」

安本が新城に視線を向け、

「両手を降ろしてもいいかな？　あんたのハジキが早いことは充分に知っている。俺たちはあんたと射ちあう気は毛頭ない」

と、言う。

「ご自由に」

「有難う――」

両手を降ろした安本は、中尾に近づいていった。

「助けてくれ！」

中尾は泣きわめいた。

「こいつを縛るんだ。両手両足を鎖でな」

安本が言った。

やがて必死に暴れる中尾は、先ほどまで新城がされていたように、ベッドのようなものの上に、仰向けに大の字に寝かされ、両手首と両足首を鎖で縛られた。

「これを貸してやってもいいぜ」

新城は川田にピック・ディアー・スレイヤーのフォールディング・ナイフを投げた。それを受けとめた川田は主刃を起こして中尾のパンツを切裂いた。縮みあがった男根が剝きだしになると、中尾は絶叫をあげた。

川田は主刃を畳み、骨切り用のノコギリ刃を起こした。その刃で、中尾の男根を挽《ひ》き切りはじめる。

「やめてくれ！　しゃべる。しゃべるからやめてくれ！」

絶叫を混じえてわめいた中尾は気絶した。


（下巻に続く）

※本文中に、今日の観点からみて差別的と思われる台詞や表現が含まれています。それらは作品が刊行された一九七二〜七五年（昭和四七〜五〇年）当時の時代及び社会風俗を反映したものであり、また、著者がすでに故人であることも考え併せ、原文のままとしました。読者の皆様のご理解を賜りたくお願いいたします。（編集部）

『黒豹の鎮魂歌　第一部』一九七二年二月、
『同　第二部』一九七三年十月、
『同　第三部』一九七五年六月　徳間書店刊

光文社文庫

黒豹《くろひょう》の鎮魂歌《ちんこんか》（上）

著者　大《おお》藪《やぶ》春《はる》彦《ひこ》

2024年3月20日　初版1刷発行

発行者　三宅貴久
印刷　新藤慶昌堂
製本　ナショナル製本

発行所　株式会社　光文社
〒112-8011　東京都文京区音羽1-16-6
電話（03）5395-8147　編集部
8116　書籍販売部
8125　業務部

落丁本・乱丁本は業務部にご連絡くだされば、お取替えいたします。
ISBN978-4-334-10238-8　Printed in Japan

組版　萩原印刷

神様からひと言　荻原　浩
明日の記憶　荻原　浩
あの日にドライブ　荻原　浩
さよなら、そしてこんにちは　荻原　浩
海馬の尻尾　荻原　浩
純平、考え直せ　奥田英朗
泳いで帰れ　奥田英朗
向田理髪店　奥田英朗
竜になれ、馬になれ　尾崎英子
グランドマンション　折原　一
棒の手紙　折原　一
ポストカプセル　折原　一
劫尽童女　恩田　陸
最後の晩餐　開高　健
ずばり東京　開高　健
サイゴンの十字架　開高　健
白いページ　開高　健
狛犬ジョンの軌跡　垣根涼介
トリップ　角田光代
銀の夜　角田光代
オイディプス症候群（上・下）　笠井　潔
吸血鬼と精神分析（上・下）　笠井　潔
ボクハ・ココニ・イマス　梶尾真治
李朝残影　梶山季之
嫌な女　桂　望実
諦めない女　桂　望実
おさがしの本は　門井慶喜
うなぎ女子　加藤　元
応戦1　門田泰明
応戦2　門田泰明
奥傳夢千鳥　門田泰明
夢剣霞ざくら　門田泰明
汝薫るが如し　門田泰明
天華の剣（上・下）　門田泰明